아르센 뤼팽 전집 13

시계 종이 여덟 번 울릴 때

Arsène Lupin

아르센 뤼팽 전집 **13**

시계 종이 여덟 번 울릴 때

Les Huit Coups de l'horloge

모리스 르블랑

양진성 옮김

황금가지

차례

서문

　『시계 종이 여덟 번 울릴 때』는 1922년 12월 17일, 처음으로 일간지 《엑셀소르》에 연재되기 시작했다. 《엑셀소르》에서는 소설을 연재하면서 처음 일주일 동안 첫 페이지에 벽시계 그림을 삽입하여 독자들에게 더욱더 큰 호기심을 불러일으켰다. 이 일간지는 소설을 연재하기 전날 12월 16일자 기사에서, 「독자들은 유명한 〈신사 도둑〉으로 알려진 주인공 레닌 공작의 매력적이고 치밀하며 생동감 넘치는 모습을 만나볼 수 있을 것이다」라고 소개했다.

　이 소설은 1923년 7월 단행본으로 출간되어 큰 성공을 거뒀으며 1924년 8월에는 〈모험과 활극 소설〉 시리즈 중 하나로 출간되었다. 당시 표지 그림은 로저 브로더, 삽화는 모리스 투쌩이 맡았다.

예전에 아르센 뤼팽에게서 이 『시계 종이 여덟 번 울릴 때』에 대해 전해 들은 바 있다. 그는 직접 사건을 해결했으면서도 그의 친구 중 한 명인 레닌 공작에게 그 공을 돌리는 것 같았다. 왜냐 하면 사건 해결 방식이나 절차, 인물의 태도, 성격 등을 통틀어 볼 때 이 두 친구를 같은 사람으로 생각할 수밖에 없었기 때문이 다. 아르센 뤼팽은 자신이 영웅이 되는 것을 거부하고 자신이 해 결한 사건을 다른 누군가의 공으로 돌릴 만큼 괴짜였다. 독자들 도 그가 괴짜라는 사실을 이 소설을 통해 판단할 수 있을 것이다.

탑 꼭대기에서

오르탕스 다니엘은 창문을 빠끔히 열고 작은 소리로 속삭였다.

「로시니! 거기 있어요?」

「여기 있소」

성 아래에 덤불 사이에서 목소리가 들렸다.

오르탕스가 창문을 더 열고 창 밖으로 고개를 내밀자 풍채 좋은 남자의 모습이 보였다. 남자의 불그스레하고 두툼한 얼굴은 금발 턱수염에 감싸여 있었다.

「어찌 되었소?」

남자가 말했다.

「엊저녁에 작은아버지 내외분과 한참 동안 얘기해 봤는데……. 그분들은 제 공증인이 보낸 계약서에 서명하길 거절하셨어요. 그리고 남편이 정신 병원에 갇히기 전에 병원비로 다 써 버린 지참금도 돌려줄 수 없다고 하셨고요」

「작은아버지야말로 당신 결혼을 성사시킨 장본인이 아니오? 계약서상에도 분명 그에게 책임이 있다고 나와 있소」

「그게 다 무슨 소용이에요? 어쨌든 계속 거절만 하시는데……」

「그렇다면 어쩔 셈이오?」

「당신……, 저를 데리고 도망칠 마음은 여전한 거예요?」

그녀는 살짝 웃으며 물었다.

「그 어느 때보다도 더 그렇게 하고 싶소」

「혹시 돈 때문에 그러는 건 아니죠?」

「당신 마음대로 생각하구려. 당신도 내가 당신한테 미쳐 있다는 사실을 잘 알고 있지 않소」

「그렇지만……, 불행히도 전 당신한테 미쳐 있지 않은걸요」

「난 당신더러 날 미치도록 사랑해 달라고 요구한 적 없소. 단지 조금만이라도 좋아해 달라는 것뿐이오」

「조금만이라도 좋아하라고요? 너무 많은 걸 요구하시는군요」

「그것도 싫다면, 왜 날 선택한 거요?」

「글쎄요, 저도 잘 모르겠어요. 단지……, 전 지루해서 죽을 지경이었거든요. 제 삶은 너무 단조롭게 흘러왔으니까요. 그래서 위험을 무릅쓰더라도 뭔가 새로운 일을 하고 싶었나 봐요. 자, 여기 제 짐이에요」

그녀는 커다란 가죽 가방을 아래로 내려 보냈다. 로시니가 가방을 받은 것을 확인하고 그녀는 작은 목소리로 말했다.

「주사위는 이미 던져졌어요. 당신 차를 타고 이프 교차로에 가서 절 기다리세요. 전 말을 타고 그리로 갈게요」

「세상에……! 난 당신 말까지 데려갈 순 없소」

「말은 돌려보낼 거예요」

10

「그렇다면 좋소! 아, 그런데……」

「뭐가 또 걸리나요?」

「사흘 전부터 그곳에 머물고 있는 레닌 공작은 도대체 어떤 사람이오? 그에 대해 자세히 아는 이가 아무도 없던데……」

「저도 잘 몰라요. 작은아버지께서 친구 분과 사냥하러 가셨다가 우연히 만난 사람이래요. 그래서 여기에 잠시 초대하신 건가 봐요」

「그런데 당신은 그자를 꽤나 맘에 들어하는 모양이더군. 어젠 그자와 함께 오랫동안 산책도 하지 않았소? 난 그자가 맘에 안 들어!」

「두 시간 후면 전 당신과 함께 이 성을 떠날 건데 그 사람이 무슨 상관이에요? 우리가 떠난 후에는 세르주 레닌도 깜짝 놀라 저에게 관심을 갖게 될지 모르죠. 다른 사람들도 우리 얘길 해 댈 거예요. 어쨌든 이러면서 시간 낭비할 때가 아니라고요」

그녀는 무거운 짐 가방을 들고 인적 없는 오솔길로 멀어져 가는 덩치 큰 로시니를 바라보다가 창문을 닫았다.

곧 공원 저편에서 기상을 알리는 뿔피리 소리가 들려왔다. 그러자 사냥개들이 화가 난 듯 마구 짖어 댔다. 이 소리는 라 마레즈 성의 사냥 축제가 시작됨을 알리는 소리이기도 했다. 성의 주인은 애글르호슈 백작과 백작 부인이었는데 백작은 사냥을 매우 좋아하는 사람으로 알려져 있다. 이 부부는 매년 9월 초가 되면 친구들과 주변에 있는 성의 성주들을 초대해 사냥 축제를 벌이곤 했다.

오르탕스는 천천히 세수를 했다. 그런 다음 승마복으로 갈아입고 챙 넓은 펠트 모자를 썼다. 승마복은 그녀의 유연한 몸매를 맵시 있게 잘 드러냈고, 모자 옆으로 풍성하게 퍼진 담갈색 머리카락은 그녀의 아름다운 얼굴을 더욱 돋보이게 했다. 그녀는 책상 앞에 앉아 남편의 작은아버지인 애글르호슈 백작 앞으로 편지를 썼다. 백작이 오늘 저녁에 받아 볼 이별의 편지였다. 그러나 무슨 말을 먼저 써야 할지 잘 떠오르지 않아 몇 번이나 고쳐 쓰다가 결국 포기하고 말았다.

「나중에 써야겠다. 마음이 좀 가라앉고 나면……」

오르탕스는 식당으로 갔다.

벽난로에는 커다란 장작이 타올랐다. 그 옆으로는 각종 총기가 진열된 장식장이 벽을 따라 죽 늘어서 있었다. 각지에서 온 손님들이 애글르호슈 백작과 악수를 하기 위해 모여들었다. 백작은 건장한 체격에 살집이 좋은 전형적인 시골 귀족이었다. 그는 단지 사냥을 위해 사는 사람이라고 해도 과언이 아닐 만큼 사냥을 즐겼다.

백작은 벽난로 앞에 서서 커다란 샴페인 잔을 손에 들고 손님들과 건배를 하고 있었다. 오르탕스는 형식적으로 숙부와 인사를 나눴다.

「어머, 작은아버지! 평소 때보다 과음하시는 거 아니에요?」

「이런! 1년에 한 번 정도는 조금 지나쳐도 괜찮아」

「작은어머니께서 화내시겠는데요」

「네 작은어머니는 두통 때문에 내려오지 않을 거다. 게다가……」

그는 퉁명스런 목소리로 덧붙였다.

「네 작은어머니는 그런 데는 별로 관심없을걸. 너도 마찬가지고 말이야」

그때 한 남자가 오르탕스에게 다가왔다. 얼굴은 갸름하고 창백했지만 전체적으로 우아한 자태가 흐르는 젊은 **남자였다.** 그의 두 눈을 보고 있자니 부드러우면서도 강하고, 상냥하면서도 빈정거리는 듯한 느낌이 동시에 들어 기분이 묘했다. 그가 바로 세르주 레닌, 레닌 공작이었다.

레닌은 오른쪽 다리를 뒤로 빼고 왼쪽 무릎을 구부린 후 상체를 숙여 오르탕스의 손에 입을 맞췄다.

「부인께서 하신 약속은 기억하고 계시겠죠?」

「약속이라뇨?」

「그래요, 약속. 어제 저와 산책하면서 한 약속 말입니다. 철문이 굳게 잠겨 있는 저 낡은 집이 수상해 보인다고 함께 들어가 보기로 하지 않았습니까? 사람들이 알랭그르 영지라고 부르는 땅에 말입니다」

그녀는 약간 차갑게 대꾸했다.

「죄송하지만……, 그러자면 시간이 꽤 걸릴 텐데요. 그런데 전 조금 피곤하거든요. 그냥 공원이나 한 바퀴 돌아 보고 나서 방으로 돌아갈 생각이에요」

두 사람 사이에 잠시 침묵이 흘렀다. 세르주 레닌은 주위에 아무도 없는 것처럼 그녀에게 시선을 고정시킨 채 웃으며 말했다.

「부인께서 저와 한 약속을 지키시리라 믿습니다. 그리고……, 그러시는 게 좋을 겁니다」

「누굴 위해서요? 당신을 위해서요?」

「부인을 위해서도 그게 더 좋습니다. 제가 확신합니다」

오르탕스의 얼굴이 약간 붉어졌다.

「무슨 말씀을 하시는지 도통 이해할 수가 없군요」

「부인께 수수께끼를 내고자 이런 말을 하는 건 절대 아닙니다.

단지 그곳으로 가는 길이 너무나 아름답고……, 또 알랭그르 영지를 둘러보는 일이 매우 흥미로울 것 같아서 드리는 말씀입니다. 그 어떤 곳보다 즐거운 일이 기다리고 있을 테니까요」

「정말 거만하시군요」

「게다가 고집도 세죠」

오르탕스는 화가 난 듯이 입술을 바르르 떨었다. 하지만 딱히 대꾸할 말을 찾지 못했는지 결국 아무 말도 않고 레닌에게서 등을 돌린 채 주위에 있던 몇몇 사람들과 악수하며 방을 빠져나갔다.

현관으로 나오자 시중드는 아이가 말을 준비해 놓고 있었다. 오르탕스는 안장에 올라 공원과 이웃한 숲 속으로 내달렸다.

날씨는 맑고 선선했다. 숲은 매우 울창했기 때문에 조금씩 흔들리는 나뭇잎 사이로 쾌청한 하늘이 언뜻언뜻 모습을 보였다. 구불구불한 오솔길을 계속 달리자 곧 계곡과 절벽을 따라 구부러진 넓은 길이 나타났다. 그녀는 고삐를 잡아 말을 멈추었다. 그리고 귀를 기울여 어떤 소리를 찾았으나 아무 소리도 들리지 않았다. 로시니는 자동차 엔진을 끄고 이프 교차로 주변의 덤불 속에 차를 숨겨 놓은 모양이었다.

이프 교차로는 그녀가 있는 곳에서 적어도 500미터는 떨어져 있었다. 오르탕스는 잠시 망설이다가 말에서 내렸다. 그리고 말이 쉽게 도망갈 수 있도록 고삐를 슬쩍 잡은 채 터벅터벅 걸었다. 어깨까지 내려오는 긴 갈색 베일로 얼굴을 가린 채였다.

길을 제대로 찾았는지 첫 모퉁이를 돌자 바로 로시니의 모습이 보였다. 그는 달려와 오르탕스를 잡목이 우거진 숲으로 데려갔다.

「어서어서……. 아! 늦을까 봐 얼마나 걱정했는지 모르오. 아니면 당신이 마음을 바꿀까 봐……. 어쨌든 이제 당신이 왔으니…….
어떻소, 나와 떠나려는 계획은 변함없소?」

그녀가 웃으며 말했다.

「그런 바보 같은 생각을 하면 행복한 모양이죠?」

「행복하고말고! 내가 장담하건데 당신도 곧 행복해질 거요」

「그럴지도 모르죠. 하지만 전 바보 같은 생각 따위 하지 않아요!」

「마음대로 하구려. 오르탕스, 당신의 삶은 한 편의 동화처럼
아름다워질 거요」

「그리고 당신은 멋진 공작님이 될 테고요!」

「당신은 온갖 부를 누리고 호화스런 생활을 하게 될 거요」

「난 재산이나 호화스런 생활 따위엔 관심 없어요」

「그럼 뭘 원하는 거요?」

「행복!」

「내가 당신을 행복하게 만들어 주지」

「당신이 만들어 준다는 그 행복의 질이 의심스러운데요」

그녀가 농담을 던졌다.

「이제 알 거요……. 이제 보면 알게 될 거요」

이들은 자동차가 있는 곳까지 걸었다. 오르탕스는 차에 올라
커다란 망토로 무릎을 덮었다. 로시니는 행복에 겨운 듯이 알 수
없는 말을 중얼거리면서 시동을 걸었다. 자동차는 여기저기에 풀
이 자라고 있는 좁은 오솔길을 지나 교차로에 다다랐다. 로시니
는 점점 속도를 높여 가며 달리고 있었다.

갑자기 로시니가 브레이크를 밟았다. 자동차는 양쪽으로 심하
게 흔들렸다. 오른쪽 숲 속에서 총소리가 들린 것 같았다.

「앞바퀴가 터진 모양이오」

로시니가 차에서 뛰어내리며 말했다.

「아니에요」

오르탕스가 소리쳤다.

「누군가 총을 쏜 거예요」

「그럴 리가……. 도대체 무슨 말을 하는 거요!」

그 순간 총성이 연이어 두 번 더 울리고, 다시 가벼운 충격이
느껴졌다. 총알이 발사된 방향은 좀 전과 같은 곳이었다.

로시니는 성난 표정으로 말했다.

「이번엔 뒷바퀴가 터졌소! 이런 젠장……, 도대체 어떤 자식이
이런 짓을 저질렀지? 잡히기만 해 봐라!」

그는 길옆에 있는 비탈을 올라가 주변을 둘러보았다. 주변에는
아무도 없었다. 게다가 잡목이 빽빽하게 우거져 있어 설사 누가
숨어 있다 하더라도 제대로 찾아낼 수 없었다.

「이런 제기랄! 당신 말이 맞았소. 누군가 자동차에 대고 총을
쏜 거요. 아! 믿을 수 없군! 출발이 몇 시간은 늦춰지겠소! 바퀴
를 세 개나 갈아야 하니……. 아, 당신……, 지금 뭐하는 거요?」

이번에는 오르탕스가 차에서 내리고 있었다. 그녀는 몹시 흥분
한 채 로시니에게 다가왔다.

「갈래요」

「도대체 왜?」

「알아야겠어요. 누군가 총을 쐈다면 그게 누군지……, 알아야
겠어요」

「제발……, 나와 함께 있어요」

「날더러 몇 시간 동안이나 기다리고 있으란 말이에요?」

「하지만 우린 출발해야 하지 않소? 우리 계획은?」

16

「내일이오. 내일 다시 얘기해요. 이따 성으로 오세요. 짐 가방을 가지고……」

「제발, 제발 부탁이오. 내 잘못은 아니잖소. 나한테 화가 난 모양인데……」

「난 당신한테 화나지 않았어요. 빌어먹을! 하지만 여잘 데리고 도망가면서 타이어가 구멍 나도록 놔둔 건 잘한 짓이 아니죠. 잠시 후에 봐요」

오르탕스는 서둘러 그곳을 떠났다. 그리고 다행스럽게도 얼마 걷지 않아 아까 성으로 돌려보냈던 말을 찾아냈다. 그녀는 다시 말에 올라 라 마레즈 성의 반대 방향으로 서둘러 달렸다.

의심의 여지가 없었다. 그 세 발의 총성은 레닌 공작의 짓이 틀림없었다.

「그 사람이 틀림없어」

그녀는 몹시 화가 나서 중얼거렸다.

「이런 행동을 할 사람은 그자밖에 없어……」

게다가 그는 야릇한 미소를 지으면서 이런 일을 예고하지 않았던가?

〈당신은 오게 될 겁니다. 전 확신할 수 있어요……. 당신을 기다리고 있겠습니다.〉

오르탕스는 레닌에게 무시당했다는 생각이 들자 화가 나서 눈물까지 나왔다. 그녀는 마치 레닌 공작의 뒤를 바짝 쫓는 사람처럼 말에게 연신 채찍을 내리쳤다.

조금 더 달려가자 울퉁불퉁한 땅이 나타났다. 이곳은 사르트 지방을 북쪽에 끼고 있는 곳으로, 〈작은 스위스〉란 별명답게 그림같이 아름다운 마을이었다. 목표하고 있는 지점에 다다르려면 아직 수십 킬로미터는 더 달려야 했기에 그녀는 가파른 언덕이 나타날 때마다 말이 무리하지 않도록 속도를 줄였다. 그래도 말은 점점 지쳐 갔지만 그동안에도 레닌 공작에 대한 분노는 전혀 사그라지지 않았다. 오르탕스는 레닌이 방금 전에 저지른 말도 안 되는 행동에도 화가 났지만, 지난 사흘 동안 지나치게 친절한 척하며 끈질기게 굴던 그의 뻔뻔함에 더욱 화가 났다.

계곡 아래에 낡은 성벽이 보였다. 목표 지점에 거의 다다른 모양이었다. 갈라진 성벽은 이끼와 잡초로 빽빽하게 덮여 있었다. 성 위에는 뾰족한 모양의 종루가 있었고 성 전체에 있는 창 덮개는 모두 굳게 닫혀 있었다. 이곳이 바로 알랭그르 영지에 있는 알랭그르 성이었다.

오르탕스는 성벽을 따라 모퉁이를 돌았다. 그러자 정문 앞에 있는 반원 모양의 공간 한가운데서 말고삐를 잡고 서 있는 세르주 레닌의 모습이 보였다.

오르탕스가 말에서 뛰어내리자, 와 줘서 고맙다고 인사하려는 듯 레닌이 모자를 손에 든 채 반가운 표정으로 다가왔다. 그녀가 그 모습을 보며 소리쳤다.

「우선 한 가지만 묻겠어요. 좀 전에 이상한 일을 겪었는데……. 제가 타고 있던 차에 누군가가 총을 세 발 쏘았어요. 그거……, 당신이 한 짓인가요?」

「그렇습니다」

그녀는 그의 뻔뻔한 대답에 오히려 할 말을 잃었다.

「그러니까 지금……, 자백하는 거예요?」

「부인께서 질문을 하시니 대답한 것뿐입니다」

「하지만 감히 어떻게 그런 짓을……? 도대체 무슨 권리로……?」

「부인, 전 제 권리를 행사한 게 아닙니다. 그저 의무를 이행한 것뿐이죠」

「말도 안 돼. 무슨 의무를요?」

「부인의 불행을 이용하려는 남자로부터 부인을 보호하는 게 제 의무입니다」

「그 따위로 말하지 마요. 내 행동은 내가 책임져요. 그리고 어떠한 결정을 내리는지는 모두 내 자유라고요」

「오늘 아침에 부인께서 로시니와 나누는 얘기를 들었습니다. 그런데 부인께서 그자를 따라가겠다고 하는 말이 제게는 진심으로 들리지 않더군요. 물론 제가 너무 갑작스럽게 나타나 부인을 놀라게 한 점은 인정합니다. 부인의 사생활에 끼어든 점도요. 하지만 이런 일을 벌여서라도 부인께 생각할 시간을 더 드리고 싶었습니다」

「이미 충분히 생각했어요. 그리고 난 한 번 내린 결정은 절대로 번복하지 않아요」

「아니요. 절대로는 아닙니다. 로시니를 따라가지 않고 여기로 왔으니, 이미 한 번은 번복하신 겁니다」

오르탕스는 갑자기 혼란스러워졌기 때문에 더 이상 화를 낼 수도 없어 레닌의 얼굴만 물끄러미 바라보았다. 엉뚱한 행동을 하긴 했지만 이 남자가 정말 자기 욕심을 채우려고 일을 벌이는 사람 같지는 않았다. 다른 사람의 마음을 잘 읽어 내는 이 남자는 어딘가 모르게 보통 사람들과는 많이 달라 보였다. 어쩌면 자기 말대로, 잘못된 길을 가고 있는 여자에 대해 신사의 의무를 다하려고 노력하는 사람일지도 몰랐다.

레닌이 매우 부드러운 목소리로 말을 건넸다.

「저는 부인에 대해 그다지 많이 알지는 못합니다. 하지만 부인께 도움을 드릴 만큼은 충분히 알고 있습니다. 현재 나이는 스물여섯 살, 양친은 모두 사망하셨고 7년 전 애글르호슈 백작의 조카와 정략결혼을 했습니다. 남편은 정신이 약간 이상한……, 그러니까 반쯤 미친 사람이라 정신 병원에 감금되어 있는 상태죠. 그래서 이혼을 할 수도 없고……. 또 부인의 지참금은 모두 남편의 병원비로 탕진한 상태입니다. 그래서 부인은 지금 남편의 작은아버지에게 빌붙어 살 수밖에 없는 처지이죠. 하지만 작은아버지 댁의 분위기도 그리 좋지는 않습니다. 백작 부부 사이가 별로 좋지 않으니까요. 예전에 백작은 첫 번째 부인에게서 버림받았습니다. 첫 번째 부인은 현재 부인의 전 남편과 정분이 나서 도망쳤지요. 버림받은 두 사람은 복수심 때문에 함께 살고 있긴 하지

20

만, 이들의 결혼 생활에서 남은 건 실망과 원한뿐입니다. 그 둘 사이에서 부인만 고달픈 생활을 하고 있죠. 1년 열두 달 대부분을 좁은 방 안에서 외롭게 지내면서 무미건조한 생활을 하고 있고…….

그러던 어느 날, 부인은 로시니 씨를 만났습니다. 그자는 부인에게 푹 빠져 같이 도망치자고 제안했지요. 부인은 그자를 별로 좋아하지 않았지만, 지루한 생활에서 벗어나고도 싶었고 이대로 젊음을 보내기가 아까워 그러기로 했습니다. 뭔가 흥미로운 일, 새로운 모험을 겪고 싶다는 충동이 일었기 때문이죠. 결국……, 자기를 사랑한다는 남자를 따라 도망치겠다는 결심을 한 겁니다. 그리고 그 이유뿐만은 아니었죠. 작은아버지가 당신의 도피 소식을 알게 되면 어쩔 수 없이 지참금을 돌려주고 당신의 독립을 허락하게 될 거란 순진한 생각에서 그런 결정을 내렸던 겁니다. 그래서 여기까지 온 거죠. 이제 부인은 선택하셔야 합니다. 부인의 삶을 로시니의 손에 맡기든가, 아니면 절 믿고 따라오든가……」

오르탕스는 레닌의 얼굴을 바라보았다. 이 사람은 도대체 뭘 바라는 걸까? 소중한 친구를 위해 애쓰듯이 저렇게 진지하게 이야기하고 있지 않은가? 저 사람의 제안을 무슨 의미로 받아들여야 할까?

잠시 침묵이 흐르는 동안 레닌은 말 두 마리의 고삐를 한곳에 동여맸다. 그러고 나서 육중한 성문을 이리저리 살펴보았다. 문짝에는 널빤지 두 장이 X자 형태로 못 박혀 있었다. 그 위에 20년 전에 붙인 선거용 벽보가 그대로인 것을 보니, 지난 20년 동안 아무도 이 문을 연 적이 없는 듯했다.

레닌은 문의 양 옆으로 뻗어 있는 울타리에서 쇠창살 하나를 뽑아 들었다. 그러고는 쇠창살을 지렛대 삼아 널빤지를 떼어 냈다. 썩은 널빤지는 쉽게 떨어져서 곧 그 뒤에 숨어 있던 자물쇠가 나타났다. 레닌은 스위스 군용 칼에 붙은 여러 도구를 이용해 자물쇠를 열려고 애썼다. 1분쯤 지나자 문이 열렸다. 레닌과 오르탕스는 성 안으로 들어갔다.

마당에 넓게 펼쳐져 있는 고사리 밭 끄트머리에는 가로로 길쭉한 낡은 건물이 있었다. 건물 옥상에는 네 모퉁이마다 작은 종루가 있었고 가운데에는 전망대처럼 솟은 탑도 하나 있었다.

레닌 공작이 오르탕스를 바라보며 말했다.

「재촉하진 않겠습니다. 오늘 저녁까지 시간을 드리지요. 로시니를 따라가기로 결심을 굳힌다면 전 더 이상 당신을 방해하지 않겠습니다. 하지만 저녁 전까진 저와 함께 있어 주시죠. 어제 이 성을 둘러보기로 약속했으니, 약속한 대로 하는 게 어떻겠습니까? 괜찮겠죠? 시간을 때우기도 좋고, 또 부인께는 매우 흥미로운 일이 될 겁니다」

명령하면서도 동시에 부탁하는 듯한 그의 말투에는 묘한 설득력이 있어, 오르탕스는 자신도 모르게 어느새 그의 말을 따르고 있었다. 그녀는 레닌을 따라 반쯤 부서진 계단을 올라갔다. 계단 끝에는 문이 하나 있었는데 성문과 마찬가지로 X자 모양의 널빤지가 못 박혀 있었다.

레닌은 성문을 열 때처럼 널빤지를 뗀 후 자물쇠를 열었다. 안으로 들어가자 바닥에 흰색과 검은색으로 된 타일이 깔린 넓은 현관이 나타났다. 그곳에는 교회에서나 쓰일 만한 고풍스런 장식장이 놓여 있었고 장식장 위에는 독수리 문장을 새긴 돌이 놓여 있었다. 장식장과 독수리 문장에는 모두 거미줄이 두껍게 덮여 있었다.

「저게 거실로 통하는 문인가 봅니다」

레닌이 말했다.

이번에는 아까처럼 쉽게 문이 열리지 않았다. 레닌은 어깨로 있는 힘껏 문을 밀친 후 간신히 열었다. 오르탕스는 아무 말 없이 레닌의 행동을 지켜보았다. 그녀는 레닌이 이렇게 익숙한 솜씨로 문을 따고 들어가는 모습을 보며 놀랄 수밖에 없었다.

레닌이 오르탕스의 생각을 눈치 챘는지 진지한 목소리로 말했다.

「저한테는 뭐……, 애들 장난 같은 일이죠. 전에 열쇠 수리공으로 일한 적이 있답니다」

그때 오르탕스가 레닌의 팔을 붙잡더니 작은 목소리로 말했다.

「들어 봐요!」

「무슨 일입니까?」

오르탕스는 그의 팔을 잡은 손에 힘을 주며 조용히하라는 신호를 했다. 곧 레닌도 속삭이듯 말했다.

「정말……, 이상하군요」

「들어 봐요……. 잘 들어 봐요! 세상에……, 이럴 수가……」

그리 멀지 않은 곳에서 어떤 소리가 들려왔다. 무언가가 규칙적으로 움직이며 날카로운 소리를 내고 있었다. 좀더 주의 깊게 들어 보니 그것은 시계 초침 소리였다. 어두컴컴한 거실의 침묵을 깨뜨리고 있는 범인은 바로 괘종시계였다. 무거운 놋쇠 추가 느리게 움직이면서 내는 똑딱 소리는 마치 메트로놈 소리처럼 율동감 있게 들려왔다. 오르탕스는 20년간 버려져 있던 성 안의 괘종시계가 계속 작동하고 있었다는 사실이 너무나 놀라웠다. 정말 이런 기적이 어디 있단 말인가? 이런 현상을 어떻게 설명할 수 있단 말인가?

오르탕스는 어안이 벙벙해서 떨리는 목소리로 말했다.

「하지만……, 하지만 지난 20년간 이 성에는 아무도 들어오지 않았잖아요?」

「아무도 들어오지 않았죠」

「그럼 아무도 태엽을 감지 않았을 텐데……, 20년 동안 멈추지 않았다니 믿을 수가 없어요」

「정말 믿을 수가 없군요」

「대체 어떻게 된 일일까요?」

세르주 레닌은 창문을 열고 바깥의 덧문도 열어젖혀 빛을 들어오게 했다.

거실은 잘 정돈되어 있었다. 의자도 제자리에 놓여 있고 주인의 손때가 묻은 가구도 그대로 남아 있었다. 이 거실은 성의 주인에게 가장 친숙한 공간이었을 것 같다는 생각이 들었다. 하지만 주인은 즐겨 읽던 책이나 탁자와 콘솔 위의 자질구레한 장식품을 하나도 챙겨 가지 않았다. 무언가 급한 일이 있었는지 간신히 몸만 빠져나간 듯했다.

레닌은 괘종시계를 살펴보았다. 괘종시계 표면에는 멋진 장식이 조각되어 있었고 타원형 유리 안에는 시계추가 있었다. 그는 괘종시계의 뚜껑을 열었다. 길게 매달린 시계추는 이제 막 움직일 태세였다.

마침내 〈탁〉 소리가 나더니 시계 종이 여덟 번 울렸다. 종소리는 오르탕스의 머릿속에서 웅장하게 울려 퍼졌다. 결코 잊지 못할 소리였다.

레닌이 말했다.

「이런 기적이 있나! 정말 기적이라고밖에 말할 수 없군요. 이 시계는 본래 태엽을 감지 않으면 일주일 이상 갈 수 없는 건데……」

「뭐 또 특이한 점은 없나요?」

「없습니다. 세세하게 살펴보면 또 이상한 점이 있을지 모르지만요」

레닌 공작은 몸을 구부리고 괘종시계 안을 들여다보았다. 시계추 뒤에 금속으로 된 기다란 관 같은 물체가 보였다. 레닌이 그 물체를 꺼내 빛에 비춰 보다가 깜짝 놀란 듯이 말했다.

「망원경입니다!」

레닌은 다시 골똘히 생각하며 말했다.

「누가 망원경을 숨겨 놓았을까요? 망원경을……, 왜 이런 곳에 숨겨 놓았을까. 그것도 전혀 보이지 않도록 완전히 감추어 놓았는걸. 정말 수상한데……. 도대체 왜 그랬을까?」

항상 그렇듯 시계 종은 다시 울리기 시작했다. 이번에도 여덟 번이었다. 레닌은 괘종시계 뚜껑을 닫았다. 그리고 망원경을 손에 든 채 집 안을 계속 둘러보았다. 그들은 이제 거실 옆에 있는 통로를 통해 끽연실로 보이는 작은 방으로 들어갔다. 이 방에도 가구가 잘 갖춰져 있었다. 방에는 유리로 된 총기 진열장이 있었지만 총 받침대 위는 비어 있었다. 창 옆 벽에 걸린 일력은 9월 5일을 나타내고 있었다.

오르탕스는 깜짝 놀라 소리쳤다.

「아니! 오늘이 바로 9월 5일인데……. 여기 살던 사람들이 9월 5일까지 일력을 뜯어 냈다는 얘기는……, 오늘이 바로 주인이 성을 떠난 날인가 보네요. 정말 믿기지 않는 우연의 일치로군요」

레닌도 놀란 표정으로 대답했다.

「정말 믿기지 않는군요. 오늘이 바로 성 주인이 이곳을 떠난 날입니다. 20년 전 바로 오늘에 떠났단 말이죠」

「당신도 이해가 안 되죠?」

「그렇습니다. 정말로……, 그렇긴 하지만……」

「뭐 짚이는 거라도 있나요?」

레닌은 잠시 뜸을 들이다가 대답했다.

「수수께끼의 실마리는 바로 저 괘종시계 뒤에 감춰져 있던 이 망원경입니다. 마지막 순간에 저 안에 이걸 감춰 넣고 떠난 거죠. 이게 과연 무엇에 썼던 물건인지 알아내기만 하면 되는데……. 그러나 망원경을 들여다봐도 1층 창문에서는 정원에 있는 나무밖에 보이지 않습니다. 다른 층 창문에서 봐도 마찬가지일 겁니다. 이 성은 계곡 안에 있으니까 여기서 바깥 경치 따위는 볼 수 없죠. 맞아요! 옥상으로 올라가면 혹시 망원경을 통해 멀리까지 볼 수 있을지도 모르겠군요. 어서 가 봅시다」

오르탕스는 조금도 망설이지 않았다. 이 모험을 시작하면서부터 계속 나타나는 새로운 수수께끼들이 그녀의 호기심을 자극했기 때문이다. 오르탕스는 레닌을 따라가 조사를 도와야겠다고 생각했다.

이들은 3층까지 올라갔다. 그곳에는 전망대로 올라가는 나선형 계단이 있었다. 계단을 따라 올라가니 2미터도 넘는 높이의 난간으로 둘러쳐진 야외 테라스가 나타났다.

레닌 공작이 말했다.

「여기 어딘가에 총안(銃眼)이 있었을 겁니다. 지금은 메워져 있더라도……. 자, 여길 보세요. 총안이 있던 흔적이 남아 있잖아요. 나중에 메운 게 틀림없습니다」

「그게 지금 무슨 상관이겠어요? 그나저나 여기에서 아무리 망원경을 들여다봐 봤자 수풀 때문에 아무것도 보이지 않겠어요. 차라리 다시 내려가서 집 안을 조사해 보는 게 좋겠네요」

「제 생각은 좀 다릅니다. 분명 저 숲 사이로 멀리까지 내다볼 수 있는 공간이 있을 겁니다. 그곳만 찾으면 이곳이 바로 망원경을 사용했던 장소라는 걸 알 수 있을 겁니다」

레닌은 난간을 잡고 까치발로 서서 주위를 둘러보았다. 그러자 계곡 전체의 모습과 공원에 있는 커다란 나무들이 한눈에 들어왔다. 푸른 언덕 너머에 그리 높지 않은 탑이 하나 보였다. 탑은 거의 무너질 것처럼 낡았으며 꼭대기에서 바닥까지 담쟁이덩굴로 뒤덮여 있었다. 이곳과의 거리는 7, 800미터 정도 되어 보였다.

레닌은 다시 주위를 살피기 시작했다. 문제의 핵심은 망원경의 용도를 밝히는 거라고 생각하는 모양이었다. 그는 총안을 하나씩 살펴보았다. 그런데 유독 한 총안이 그의 관심을 끌었다. 다른 총안들이 석고로 메워져 있는 것과 달리 이 구멍은 흙으로 메워져 있고 그 자리에 잡초가 자라고 있었다. 그는 잡초를 뽑고 흙을 파냈다. 그러자 직경이 15센티미터나 되는 구멍이 뚫렸다. 레닌은 앞으로 몸을 숙이고 천천히 구멍을 살펴보았다. 깊고 좁은 구멍 너머로 나무가 울창한 숲 꼭대기와 언덕, 그리고 담쟁이덩굴로 뒤덮인 탑이 보였다. 망원경을 구멍에 밀어 넣자 마치 수로에 끼워 넣은 수도관처럼 꼭 들어맞았다. 레닌은 바깥쪽 렌즈를 닦은 다음, 초점을 흐트리지 않기 위해 허리를 굽히고 조심스럽게 렌즈에 눈을 댔다. 그는 아무 말 없이 3, 40초 동안 세심하게 관찰했다. 마침내 그가 렌즈에서 눈을 떼며 잠긴 목소리로 말했다.

「끔찍해…… 정말 끔찍하군요」

「뭐가 보여요?」

오르탕스는 걱정스러운 목소리로 물었다.

「한번……, 보세요」

오르탕스도 상체를 숙이고 렌즈를 들여다봤지만 그저 뿌옇기만 할 뿐 어떤 형체도 보이지 않았다. 그녀는 초점을 맞추고 다시 한 번 렌즈에 눈을 댔다. 곧이어 그녀도 부르르 떨며 말했다.

「허수아비 두 개가 있는 것 같은데요……, 맞나요? 탑 꼭대기에 매달려 있어요. 저게 왜 저 위에 있지요?」

「다시 한번 잘 보세요. 좀더 자세히……. 모자 아래로……, 얼굴이 보일 겁니다!」

「아니……, 이런 끔찍한……!」

오르탕스의 얼굴은 거의 실신할 듯이 창백하게 질렸다.

망원경의 동그란 렌즈 안에는 마치 영사기에서 흘러나오는 영화 같은 장면이 연출되고 있었다. 우선 탑의 난간 한 부분이 먼저 눈에 들어왔다. 그 뒤로는 무대 배경처럼 멀찍이 뒤로 물러난 높은 벽이 있었는데, 벽도 탑 전체와 마찬가지로 담쟁이덩굴에게 완전히 점령당한 상태였다. 벽 앞에는 나무 두 그루가 서 있었고 나무들 사이에는 돌무더기가 있었다. 그리고 돌무더기 위에는 두 남녀가 서로 기댄 채 자빠져 있었다. 분명 옷과 모자를 걸치고 있긴 했지만 눈도 없고 볼도 없는 남녀……. 턱이나 약간의 살점조차 남아 있지 않은 저 둘을 정말 사람이라고 불러야 하는 건지…….

오르탕스가 더듬거리며 말했다.

「두 개의 해골……, 두 개의 해골에다 옷을 입혀 놨네요. 누가 저 위에다가 해골을 갖다 놓았을까요?」

「아무도……, 가져다 놓지 않았을 겁니다」

「하지만……」

「두 사람은 저 낡은 탑 위에서 죽은 겁니다. 아주 오래전에 요……. 까마귀밥이 된 후에 옷과 살이 다 썩은 거지요」

「끔찍해!」

오르탕스의 얼굴은 혐오감으로 창백하게 일그러졌다.

30분 뒤 오르탕스 다니엘과 세르주 레닌은 알랭그르 성을 떠났다. 이들은 돌아가기 전에 담쟁이덩굴로 덮여 있는 낡은 탑에 가보기로 했다.

낡은 탑 안은 텅 비어 있었다. 바닥에는 부서진 사다리 조각이 여기저기 흩어져 있어 예전에는 누군가가 탑 위로 올라가곤 했음을 짐작할 수 있었다. 탑 뒤쪽으로는 이곳이 공원의 끝임을 알리는 벽이 있었다.

오르탕스는 레닌 공작이 별로 세심하게 조사하지 않는 모습을 보고 의아해했다. 이상하게도 그는 이제 이 사건에 흥미를 잃은 사람처럼 별 관심이 없었다. 돌아오는 길에 들른 식당에서도 주인에게 성에 대한 이야기를 물어본 사람은 오르탕스였다. 그러나 식당 주인에게서는 어떤 정보도 건질 수가 없었다. 그도 새로 이사 온 사람이라 성에 대해 별로 아는 게 없었기 때문이다. 심지어 식당 주인은 그 성주의 이름조차 몰랐다.

오르탕스와 레닌은 라 마레즈 성으로 말을 몰았다. 오르탕스는 아까 본 끔찍한 광경이 자꾸 눈앞에 아른거려 마음이 산란했다. 그러나 레닌은 오히려 즐거워 보였다. 그는 옆에 있는 오르탕스의 기분을 살피기는 했으나 좀 전의 사건에 대해서는 모두 잊은 듯했다.

오르탕스가 더 이상 참지 못하고 말을 꺼냈다.

「이것 봐요! 이렇게 그 사건을 방치할 순 없어요. 해답을 찾아야 해요」

「해답이라……. 해답은 이미 나와 있지 않습니까? 로시니는 이제 주제를 알고 물러서면 되고, 당신은 이제 그 사람과의 일을 어떻게 할 건지 결정을 내리기만 하면 됩니다」

오르탕스는 어깨를 으쓱하며 말했다.

「그 문제야 그렇지만……. 지금 그 얘길 하는 게 아니잖아요」

「그럼 무슨 문제 말입니까?」

「두 구의 시신이 대체 누구냐를 알아내는 거죠」

「아무튼 로시니는……」

「로시니는 조금 기다려도 돼요. 하지만 나는 안 돼요」

「기다리기 싫어도 기다려야 합니다. 구멍 난 타이어를 갈려면 시간이 필요하니까요. 로시니한테는 뭐라고 말할 거죠? 중요한 건 바로 그겁니다」

「중요한 건 바로 우리가 본 광경이라고요. 그 수수께끼 같은 장면을 나한테 보여 준 사람이 바로 당신이잖아요. 지금 그 문제보다 더 중요한 건 없다고요. 도대체 어떻게 할 작정이에요?」

「어떻게 하다니요?」

「그 두 구의 시신 말예요. 경찰에 신고할 거죠, 그렇죠?」

「이런 세상에! 경찰에 신고해서 뭐 하려고요?」

레닌이 큰 소리로 웃으며 말했다.

「하지만! 그 끔찍한 사건의 수수께끼를……」

「수수께끼를 푸는 데는 그 누구의 도움도 필요 없습니다」

「뭐라고요? 그게 무슨 말이에요? 뭔가 실마리를 잡아내기라도 한 거예요?」

「이런 사건은 어렸을 때 읽은 책들과 다를 게 없어요. 항상 길게 설명을 늘어놓지만 결론은 아주 뻔한 겁니다. 결국엔 아주 간단한 문제죠」

오르탕스는 레닌이 자신을 놀리고 있다고 생각해 눈을 흘겼다. 그러나 레닌의 표정은 매우 진지했다.

오르탕스가 다시 물었다.

「그래서요?」

날이 저물기 시작했다. 오르탕스와 레닌은 말을 타고 라 마레즈 성을 향해 달렸다. 사냥 나갔던 사람들이 돌아오고 있었다.

레닌이 말했다.

「그렇습니다. 우리가 모르는 부분은 이 주위에 사는 사람들에게 물어보면 될 겁니다. 누구 그런 일을 알 만한 사람이 있습니까?」

「작은아버지요. 작은아버지는 여기에서 쭉 사셨거든요」

「좋습니다. 그럼 애글르호슈 백작님께 물어봅시다. 당신은 이제 곧 모든 사건이 논리적으로 하나하나 연결되어 있다는 사실을 발견하게 될 겁니다. 일단 그 연결 고리 하나만 찾아내면 마지막 고리는 자연히 찾게 마련이죠. 그보다 더 흥미로운 일은 없답니다」

오르탕스는 집에 도착하자마자 자기 방으로 들어갔다. 방에는 로시니가 보내온 그녀의 짐과 편지가 놓여 있었다. 로시니는 매우 화가 난 모양이었다. 그는 오르탕스를 버려둔 채 혼자 떠나겠다는 편지를 남겨 놓았다.

「잘됐군그래. 이 남자는 가장 현명한 해결책을 찾은 거야」

오르탕스가 일시적으로나마 연애 상대로 점찍었던 남자와 그동안 계획했던 일, 앞으로의 전망 따위는 이제 머릿속에서 사라진 뒤였다. 겨우 몇 시간 전만 해도 레닌은 오르탕스의 인생에 눈치 없이 끼어든 이방인이었다. 그러나 지금 자신의 인생에 끼어든 이방인은 바로 로시니이다. 이제 오르탕스는 로시니에 대해 아무런 미련도 없었다.

잠시 후 레닌이 문을 두드렸다.

「작은아버지께서 서재에 계시던데, 같이 가겠어요? 작은아버지께는 찾아 뵙겠다고 미리 말씀드렸습니다」

오르탕스는 그를 따라나섰다.

「오늘 아침에 당신의 계획을 훼방 놓으며 절 믿어 달라고 부탁할 때, 전 당신의 지참금을 찾아 드려야겠다고 결심했습니다. 이제 곧 그 결심을 이룰 테고, 당신은 그 결과를 보게 될 겁니다」

오르탕스가 웃으며 말했다.

「당신이 지켜야 할 약속은 한 가지뿐이에요. 제 호기심을 충족시켜 주는 거……」

「그 약속도 지키죠. 당신이 상상하는 것 이상으로 흥미롭게 문제를 해결하겠습니다. 애글르호슈 백작님께서 제 추리가 사실임을 확인해 주실 겁니다」

그는 확신에 찬 목소리로 진지하게 말했다.

그의 말대로 애글르호슈 백작은 서재에 혼자 있었다. 백작은 파이프 담배를 피우면서 스페인 산 백포도주 셰리 주를 마시고 있었다. 백작이 레닌에게 잔을 내밀며 술을 권했으나 레닌은 사양했다.

백작은 약간 잠긴 목소리로 말했다.

「오르탕스! 너도 좀 마시겠니? 이곳 생활이 참 따분하지? 9월의 며칠 동안만 빼곤 말이야. 이때를 충분히 이용하렴. 재미있는 시간을 가져 보거라. 그나저나……, 레닌 씨와 산책을 하고 온 거냐?」

레닌 공작이 그의 말을 가로막았다.

「안 그래도 산책과 관련해서 드릴 말씀이 있습니다」

「레닌 공작, 죄송합니다만……, 10분 후에는 제가 집사람 친구를 마중하기 위해 역에 나가야 합니다」

「10분이면 충분합니다!」

「그럼, 담배 한 대 피울 시간이면 되겠군요」

「그럼요」

애글르호슈 백작은 레닌에게 담뱃갑을 내밀었다. 레닌은 담배를 하나 꺼내어 불을 붙인 다음 말을 꺼냈다.

「오르탕스 부인과 함께 말을 타고 산책하다가 우연히 낡은 성을 발견했습니다. 바로 알랭그르 영지인데……, 백작님께서도 그곳에 대해 알고 계시죠?」

「그럼요, 알고 있습니다. 하지만 그곳은 20년 전에 문을 닫았습니다. 사람들이 들어가지 못하도록 아예 막아 놓았죠. 레닌 공작님도 들어가지는 못하셨죠?」

「아뇨. 들어가 봤습니다」

「정말입니까? 뭐……, 흥미 있는 거라도 있던가요?」

「네. 그 안에서 이상한 걸 보았습니다」

백작이 벽시계를 흘끗 보며 물었다.

「어떤 거였죠?」

레닌이 자세하게 설명했다.

「못질해 놓은 문들, 주인의 흔적이 그대로 남아 있는 거실, 희한하게도 저희가 도착할 때 맞춰 종을 치던 괘종시계……」

「별것 아니군요」

애글르호슈 백작이 중얼거렸다.

「그보다 더 큰 일도 있었습니다. 옥상 전망대에 올라가 보았는데 거기서 7, 800미터 떨어진 탑의 꼭대기에 두 구의 시신이……, 아니, 시신이라기보다 해골이 있는 걸 보았습니다. 하나는 남자고 하나는 여자였죠. 둘은 살해당할 당시에 입었던 옷을 그대로 입고 있더군요」

「아니, 이런! 살인 사건이란 말입니까? 끔찍한 일이군요」

「네! 그래서 백작님께 말씀드리는 겁니다. 분명 20년 전에 일어난 살인 사건입니다. 당시 이 사건에 대해 떠도는 소문은 없었습니까?」

「아뇨. 살인 사건이나 실종 사건에 대한 얘기는 전혀 없었습니다」

백작은 단호하게 말했다.

「아……! 백작님께 뭔가 특별한 얘기를 들을 수 있을 거라고 생각했는데……」

레닌은 실망한 표정을 지었다.

「도움이 못 되어 죄송하군요」

「아뇨. 오히려 제가 죄송합니다」

레닌은 어떻게 해야 할지 묻는 사람처럼 오르탕스를 한번 쳐다보더니 문을 향해 서너 걸음 걸어갔다. 그러다가 갑자기 무슨 생각이라도 난 듯 다시 돌아서며 말했다.

「주변 사람이나 친척 중에, 그 사건에 대해 알 만한 분은 없을까요? 제가 좀 만났으면 하는데요」

「친척 중에요? 그건 왜죠?」

「알랭그르 영지는 이전부터 지금까지 쭉 애글르호슈 가문의 소유가 아니었습니까? 돌에 새겨진 독수리 문장을 보니 이 댁과 무슨 관련이 있는 것 같은데요」

레닌의 말에 백작은 깜짝 놀라는 것 같았다. 백작은 술병과 잔을 탁자 한쪽으로 밀어 놓으면서 말했다.

「도대체 알고 싶은 게 뭡니까? 내 친척 중에는 그런 일에 관련 있는 이가 없습니다」

레닌은 고개를 가로저으며 미소 지었다.

「백작님께서는 백작님과 알랭그르 성주의 관계를 부인하려 하시는 것 같군요. 아니면……, 그 주인의 이름을 밝히지 않으시려는 건지……」

「그 성의 주인이 무슨 잘못이라도 했다는 겁니까?」

「살인을 저지른 사람은 바로 그 성의 주인입니다」

「무슨 말이오?」

백작은 벌떡 일어섰다.

오르탕스는 가슴이 쿵쾅거려 가만히 듣고 있을 수만 없어 끼어들었다.

「그곳에서 일어났던 일이 살인 사건임은 확실한 거예요? 그리고 성 주인이 그 둘을 살해했다는 게 정말인가요?」

「모두 사실입니다」

「뭘 보고 그렇게 자신 있게 말하는 거죠?」

「피해자 두 명의 신분과 가해자의 살해 동기를 알고 있으니까요」

레닌 공작은 단호하게 대답했다. 무슨 확실한 증거를 잡기라도 한 모양이었다.

애글르호슈 백작은 뒷짐을 지고 방 안을 이리저리 서성거리다가 잠시 후 입을 열었다.

「나도 뭔가 일이 벌어졌다는 건 짐작하고 있었지만 자세히 알아보려고 하진 않았습니다. 사실, 20년 전에 내 사촌뻘 되는 친척 한 명이 알랭그르 영지에 살고 있었죠. 아무리 의심이 간다고 해도, 잘 알지도 못하는 일과 관련해 무턱대고 그의 이름을 밝히고 싶지는 않았습니다. 그보다는 그냥 덮어 두고 싶었죠」

「그러니까……, 그 사촌이 살인을 했단 말입니까?」

「그래요. 살인을 저지를 수밖에 없는 상황이었죠」

레닌이 고개를 저으며 말했다.

「백작님, 백작님께서는 사촌이 살인을 저지를 수밖에 없던 상황이라 하셨는데 전 백작님과 생각이 다릅니다. 어쨌든 백작님의 사촌은 비겁하고 잔인하게 살인을 저질렀습니다. 전 이렇게 냉혹하고 교활하게, 계획적으로 저지른 살인은 처음 봅니다」

「그 사건에 대해 뭘 안다고 그런 말을 하는 겁니까?」

이제 레닌이 사건의 고리를 하나하나 더듬어 마지막 고리까지 찾아갈 순간이 다가왔다. 오르탕스는 아직도 이 사건에 대해 아무것도 이해하지 못했지만 지금이 매우 중요하고 조심스러운 순간이란 사실은 어렴풋이 깨닫고 있었다.

레닌이 말했다.

「사건은 매우 간단합니다. 정황으로 볼 때, 알랭그르 영지에는 애글르호슈 백작님의 사촌이 성주로 있었고 그에게는 부인이 있었습니다. 여기서는 그냥 그 사촌뻘 되는 분을 애글르호슈 씨라고 해 두죠. 그리고 그 이웃에는 또 한 쌍의 부부가 있었는데, 이 부부와 백작 부부는 매우 친하게 지냈습니다. 그런데 무슨 일이 일어났던 걸까요? 이 네 사람의 관계에서 가장 먼저 문제를 일으킨 사람은 누구였을까요? 그 점에 대해서는 저도 확실하게 말씀드릴 수가 없습니다. 하지만 추측컨대, 애글르호슈 부인이 그 이웃 남자와 담쟁이덩굴로 뒤덮인 탑 위에서 몰래 만나곤 했을 것 같습니다. 그리고 어느 날 부인의 간통 사실을 알게 된 애글르호슈 씨는 복수를 하기로 결심합니다. 하지만 소문이 나지 않도록, 심지어는 두 사람이 죽었다는 사실조차 알려지지 않도록 은밀한 방법을 쓰기로 했던 겁니다. 그런데 애글르호슈 씨는 새로운 사실을 또 하나 알게 됩니다. 아, 이건 제가 발견한 사실이기도 하지요. 바로……, 성의 전망대 한쪽에서 보면 공원에 있는 나무와 수풀은 물론 800미터쯤 떨어진 탑까지도 한눈에 보인다는 사실이었습니다. 건너편 탑의 전망대를 볼 수 있는 장소는 바로 거기 한 곳뿐이었지요. 그래서 그는 예전에 전투 시에 사용했던 다른 총안들과 비슷하게 난간에 구멍을 뚫었습니다. 망원경이 꼭 들어가는 크기로 말이죠. 드디어 9월 5일, 애글르호슈 씨는 바람난 두 남녀가 탑 위에서 만나는 장면을 목격했습니다. 그래서 그는 성이 비어 있던 그날, 총을 쏘아 두 연인을 살해했습니다」

이제 그 탑에 얽힌 기괴한 사건이 거의 진실을 드러낸 듯했다. 드디어 미궁에 빠져 있던 사건이 해결될 기미가 보였다.

백작이 더듬거리며 말했다.

「그래……. 바로 그 때문에 내 사촌이 그런 일을 저지른 거군요……」

레닌이 계속해서 말했다.

「그리고 나서 살인범은 구멍을 흙으로 깨끗하게 메웠습니다. 아무도 올라가지 않는 그 낡은 탑 위에 두 구의 시신이 썩어 가고 있다는 사실을 누가 알 수 있었겠습니까? 더군다나 살인범이 용의주도하게 나무 계단을 부숴 놓기까지 했으니 말입니다. 그는 그저 자신의 아내와 친구가 함께 도망갔다고 말하기만 하면 됐습니다. 아주 쉬운 일이었죠. 그는 두 사람이 함께 도망쳤다고 비난까지 퍼부었습니다」

오르탕스는 소스라치게 놀랐다. 전혀 예상치 못한 이야기였다. 레닌은 이렇게 마지막 말을 내뱉음으로써 사건을 완벽하게 파헤친 것과 다름없었다. 그녀는 레닌이 무슨 말을 하려는지 이제야 알아차릴 수 있었다.

「지금 무슨 말을 하는 거예요?」

오르탕스가 물었다.

「애글르호슈 씨가 자기 아내와 친구를 죽여 놓고, 둘이 함께 도망쳤다고 오히려 비난을 퍼부었단 말입니다」

레닌이 대답했다.

「아니, 아니에요」

오르탕스가 소리치며 말했다.

「그럴 리가……, 없어요. 그 말은 인정할 수 없어. 지금 작은 아버지의 사촌에 대해서 얘기하고 있잖아요? 그런데 왜 두 가지 문제를 섞어서 얘기하는 거죠……?」

레닌이 대답했다.

「어째서 그 당시에 있었던 두 가지 사건을 뒤섞어서 얘기하냐고요? 전 두 가지 사건을 한데 뭉뚱그려서 말한 적이 없습니다. 사건은 하나뿐이었고, 전 지금 그 일을 있는 그대로 말하고 있는 겁니다」

오르탕스는 남편의 작은아버지를 향해 고개를 돌렸다. 백작은 팔짱을 낀 채 아무 말 없이 앉아 있었다. 그의 얼굴 위로 스탠드 그림자가 길게 드리워졌다. 어째서 백작은 레닌의 말에 이의를 달지 않는 걸까?

레닌은 다시 단호하게 말했다.

「그렇습니다. 사건은 하나뿐입니다. 9월 5일 저녁 8시에 애글르호슈 씨는 도망간 아내와 친구를 찾으러 간다는 핑계를 대고 문을 널빤지로 막은 뒤에 성을 떠났습니다. 방 안에 있던 물건은 모두 그대로 둔 채 총기 진열대에 있던 총만 가지고 말입니다. 그런데 마지막 순간이 되어서야 그는 망원경을 숨겨야겠다는 생각을 했습니다. 만약에 그가 살인 계획을 세우는 데 이용했던 망원경이 발견되면 사건 수사에 단서가 될지도 모른다고 생각했기 때문이지요. 결국은……, 그렇게 되었지만요. 하여튼 그래서 망원경을 괘종시계 안에 감췄던 겁니다. 그리고 우연하게도 그 망원경 때문에 시계추의 진동이 멈췄죠. 다른 모든 범죄 사건이 해결될 때와 마찬가지로, 멈췄던 시계는 20년이 지난 오늘에서야 다시 움직이며 살인 사건을 풀 결정적인 단서를 제공했던 겁니다. 제가 거실로 들어가기 위해 문을 세게 치는 바람에 추가 작동하기 시작했는지도 모르죠. 어쨌든 시계는 다시 작동하기 시작했고, 여덟 번의 종이 울렸습니다. 제게는 그 종소리가 사건의 미궁 속에서 빠져나오는 아리아드네의 실과도 같았던 겁니다」

오르탕스가 더듬거리며 물었다.

「증거……, 있어요? 증거가 있냐고요!」

레닌이 큰 소리로 되물었다.

「증거라고요? 증거는 많지 않습니까? 당신도 저만큼이나 잘 알고 있지 않나요? 800미터나 되는 거리에서 사람을 쏴 죽일 만큼 사격 실력이 있는 사람이 그렇게 흔한가요? 뛰어난 총잡이, 또는 사냥을 매우 즐기는 사람이라면 가능할지 모르겠군요. 애글르호슈 백작님, 안 그렇습니까? 증거라고요? 그렇다면 어째서 성 안에 있던 물건들은 모두 그대로 있는데 총 한 자루만 없어졌겠습니까? 사냥꾼들은 항상 자기가 쓰는 총을 아끼고 잘 간수하는 법입니다. 안 그렇습니까, 애글르호슈 백작님……? 이곳 총기 진열대에 걸려 있는 총들을 보십시오. 증거라고요? 살인 사건이 일어났던 그날, 〈9월 5일〉이란 날짜는 범인에게도 끔찍한 기억으로 남아 있습니다. 그래서 백작은 매년 이맘때, 특히 9월 5일이 되면 평소보다 심하게 술을 마시며 그 기억을 잊기 위해 노력하죠. 오늘이 그날, 바로 9월 5일입니다. 증거라고요? 이 정도면 충분하지 않습니까?」

레닌은 손가락으로 애글르호슈 백작을 가리켰다. 백작은 끔찍한 과거가 떠올랐는지 소파에 털썩 주저앉아 손으로 얼굴을 감싸쥐었다.

오르탕스는 더 이상 레닌의 말에 이의를 제기하지 않았다. 그녀는 작은아버지, 아니 남편의 작은아버지를 조금도 좋아한 적이 없었다. 그녀는 남편의 작은아버지가 살인 혐의자라는 사실을 있는 그대로 받아들였다.

그렇게 1분쯤 흘렀다.

애글르호슈 백작은 백포도주를 따르고 연거푸 들이켰다. 그런 다음 자리에서 일어나 레닌에게 다가갔다.

「그 이야기가 사실이든 아니든, 아내가 친구와 바람이 났다고 해서 그 남편이 살인을 저질렀다고 단정할 수는 없지 않습니까?」

레닌이 대꾸했다.

「아니오. 제가 말씀드린 이야기는 사건의 한 단면일 뿐입니다.

그 밖에도 더 중요한 살해 동기가 있습니다. 더 설득력 있는 살해 동기……. 좀더 자세하게 조사해 볼 필요가 있긴 합니다만……」

「무슨 말을 하고 싶은 겁니까?」

「말씀드리죠. 좀 전에 말씀드린 내용은 바람난 아내를 남편이 처벌했다는 점에 중점을 두어 살인범의 입장을 그나마 설득력 있게 얘기했습니다. 하지만 이번 사건은, 친구의 아내와 재산을 탐하던 한 남자……, 그는 아마 파산했을 겁니다. 하여튼 그런 남자가 저지른 범죄라고 볼 수도 있죠. 자신의 아내에게서 벗어나고 친구의 재산을 뺏기 위해, 그는 두 사람에게 버려진 탑 위에 올라가도록 권유한 뒤 총으로 쏴 죽인 거죠」

백작은 강하게 반발했다.

「아냐, 아냐. 모두 다 거짓말이야」

「물론 제 말이 전부 사실이라고 고집하진 않겠습니다. 여러 가지 정황을 살펴 이런 결론을 얻기는 했지만 제 직관이나 추리에 의한 내용도 있으니까요. 하지만 여태까진 제 추리가 정확하게 맞아떨어졌습니다. 어쨌든 저도 제가 두 번째 제시했던 추리는 사실이 아니기를 바랍니다. 그런데 백작님께서는 어째서 그렇게 양심의 가책을 느끼시는 겁니까? 죄지은 사람들을 처벌한 것이었다면 그처럼 양심의 가책을 느끼지는 않을 텐데요」

「누군가가 죽었다면 당연히 마음이 무겁지 않겠습니까? 가까웠던 이들의 죽음은 마음을 짓누르는 무거운 짐이 될 수밖에요」

「그래서 과부가 된 희생자의 아내와 재혼하신 건가요? 중요한 건 바로 그 점입니다. 어째서 희생자의 아내와 결혼하신 거죠? 백작님께서 파산하셨나요? 죽은 친구의 아내와 결혼하면서 부자가 되셨습니까? 아니면 백작님과 지금의 아내 분이 먼저 눈이 맞았기 때문에, 그들을 살해하는 데 동의하셨던 건가요? 이런 문제에 대해서는 저도 잘 모르겠습니다. 지금은 이런 걸 밝혀 봐야 아무 소용이 없을 겁니다. 하지만 경찰이 조사를 한다면 결국 다 밝혀지겠죠」

애글르호슈 백작은 몸을 가누기조차 힘든 모양이었다. 낯빛이 백지장처럼 창백해진 그는 의자 등받이에 몸을 기댄 채 겨우 버티고 있었다.

백작이 더듬거리며 물었다.

「경찰에……, 신고할 겁니까?」

레닌이 말했다.

「아니……, 아닙니다. 우선 공소 시효도 지났고……. 또 백작님께서는 지난 20년 동안 양심의 가책과 두려움, 희생자들에 대한 기억 때문에 많은 고통을 겪으셨으리라 생각합니다. 그런 고통은 죽을 때까지 계속되겠죠. 아마도 집안의 불화와 희생자들의 증오에 휩싸여 하루하루 지옥 같은 날들을 보내야 할 겁니다. 그리고 언젠가는 범죄의 흔적을 없애기 위해 직접 사건 현장에 가셔야 하겠죠. 다시 탑 위에 올라가 직접 손으로 해골의 옷을 벗기고 뼈를 모아 땅에 묻어야 할 텐데……. 그러면서 또 얼마나 끔찍한 고통을 겪겠습니까? 더 이상의 형벌은 요구하지 않겠습니다. 사람들이 알아 봐야 애글르호슈 백작의 조카며느리에게 안 좋은 영향만 미칠 테니까요. 그럼 안 되겠죠. 그러니 이제 그 문제는 이대로 덮어 두도록 합시다」

백작은 다시 자리에 앉으며 떨리는 손으로 이마를 짚었다. 그리고 거의 들릴락말락 한 목소리로 물었다.

「그렇다면……, 왜……?」

레닌이 대답했다.

「제가 왜 이 사건에 끼어들었냐고요? 이 사건에 대한 얘길 꺼 낸 게 무슨 목적이 있어서 그런 건 아닌가……, 그런 말씀이시 죠? 맞습니다. 죄를 지으셨으니 작은 벌이라도 받긴 받으셔야죠. 그리고 우리의 대화도 실질적인 결론을 맺을 필요가 있고요. 하 지만 너무 걱정하진 마십시오. 애글르호슈 백작님은 별 어려움 없이 치르실 수 있는 일이니까요」

논쟁은 끝났다. 백작은 형식적으로나마 죗값을 치르고 이 고통 에서 벗어나야겠다고 생각하는 모양이었다. 잠시 후 백작은 다시 기력을 되찾은 듯 빈정거리며 물었다.

「그래, 얼마면 되겠소?」

레닌이 갑자기 웃음을 터뜨렸다.

「탁월한 판단이십니다! 백작님도 상황을 제대로 파악하고 계시 는군요. 그런데 저란 사람을 아주 잘못 보셨습니다. 전 돈을 위해 일하는 사람이 아닙니다」

「그렇다면 어떻게……?」

「되돌려주실 게 있는 걸로 알고 있습니다만」

「되돌려줄 거라니?」

레닌이 탁자 위에 양손을 짚고 상체를 숙이며 말했다.

「책상 서랍 어딘가에 백작님의 서명이 필요한 증서가 하나 있 을 겁니다. 백작님과 백작님의 조카며느리인 오르탕스 다니엘, 양 자간의 재산 관련 계약서 말입니다. 이미 써 버린 돈이긴 하지만 백작님의 책임이 인정되어 오르탕스에게 돌려주셔야 할 재산 말 입니다. 계약서에 서명을 하시지요」

애글르호슈 백작이 몸을 움찔하며 물었다.

「금액이 얼만지 알고 그러는 거요⋯⋯?」

「금액 따윈 알고 싶지 않습니다」

「거절한다면?」

「그럼, 백작 부인을 만나서 상의해 봐야겠죠」

백작은 더 이상 망설이지 않고 서랍을 열었다. 그리고 서랍 안에서 서류 하나를 꺼내더니 서둘러 서명했다.

「자, 여기 있소. 내가 바라는 건⋯⋯」

「백작님이나 저나 서로 다시 엮이는 일이 없기만을 바랄 뿐입니다. 안 그렇습니까? 그러니 전 오늘 저녁에 떠나도록 하죠. 백작님의 조카며느리는 아마 내일쯤 떠날 겁니다. 그럼 안녕히 계십시오!」

레닌과 오르탕스가 거실로 나오니 그곳에는 아무도 없었다. 레닌은 백작이 서명한 계약서를 오르탕스에게 내밀었다. 오르탕스는 지금까지 들은 얘기 때문에 아직도 어안이 벙벙한 듯 멍한 표정이었다. 그녀는 낱낱이 밝혀진 백작의 과거 때문에 놀라기도 했지만 그런 사실을 밝혀 낸 레닌이라는 남자에 대해 더욱 놀라고 있었다. 레닌은 겨우 몇 시간 전만 해도 세상에 드러나지 않았던 사건을 순식간에 파헤치고, 마치 사건의 처음과 끝을 내내 관찰했던 사람인 양 사건 전체를 세세하게 재현해 냈다.

〈그가 이토록 놀라운 통찰력과 명석한 두뇌를 가진 사람이었다니⋯⋯.〉

「이제 만족합니까?」

레닌이 물었다.

오르탕스는 두 손을 내밀며 말했다.

「로시니로부터 절 구해 주시고 이제 제가 자유와 독립을 찾도록 이렇게 도와주시니……, 정말 뭐라고 감사의 말씀을 드려야 할지……」

레닌이 대답했다.

「오! 전 그런 걸 바라고 물어본 게 아닙니다. 그저 당신이 즐겁기만을 바랄 뿐이죠. 당신은 그동안 너무 단조롭고 따분한 생활을 해 왔으니……. 오늘도 지루한 하루였습니까?」

「어쩜 그런 질문을 할 수가 있어요? 오늘처럼 이렇게 1분 1초가 새롭고 흥미진진한 날도 없었다고요」

「인생은 바로 그런 겁니다. 항상 자기 주변을 주의 깊게 살피는 탐구 정신을 가지면 인생이 더욱 흥미로워질 겁니다. 주위를 돌아보세요. 얼마든지 다양한 모험을 할 수 있습니다. 모험은 너무나 초라해 보이는 초가집 한구석에도 숨어 있고, 또 가끔은 아주 현명한 척하는 사람들의 가면 뒤에 숨어 있기도 하죠. 당신이 원한다면 어려움에 처한 사람들을 돕고 그릇된 일을 하는 사람들에게 따끔한 일침을 가할 수도 있습니다. 제대로 보고 판단할 줄 알면 누구나 제대로 된 인생을 살 수 있습니다」

오르탕스는 그의 내부에서 나오는 힘과 권위에 압도되어 머뭇거리며 물었다.

「당신은……, 어떤 사람이죠?」

「모험을 즐기는 사람이죠. 그뿐입니다. 모험 애호가라고나 할까요? 인생은 모험으로 인해 그 가치가 높아지는 법입니다. 다른 사람의 모험이든 자신의 개인적인 모험이든 말이죠. 오늘 당신이 했던 모험은 당신 마음을 온통 뒤흔들어 놓았을 겁니다. 당신 인생과 아주 밀접하게 관련 있는 일이었으니까요. 그런데 다른 사람의 모험에 뛰어드는 것도 그에 못지않게 흥미롭답니다. 어때요, 한번 해 보시겠습니까?」

「어떻게요?」

「제 모험의 동반자가 되는 겁니다. 누군가 제게 도움을 요청하면 당신도 함께 그 사람을 도와주는 거죠. 우연히 끼어들든 본능적으로 범죄를 감지하여 개입하든, 가끔씩은 고통스러운 모험이 될지라도 언제나 둘이서 함께 뛰어드는 겁니다. 그렇게 하시겠습니까?」

「네. 하지만……」

오르탕스는 망설였다. 그녀는 레닌의 말 속에 다른 의도가 담겨 있을 거라 생각하는지 잠시 머뭇거렸다.

레닌이 웃으며 말했다.

「하지만 절 완전히 믿지는 못하겠다……, 그런 말을 하고 싶은 거죠? 〈저 모험 애호가란 작자는 도대체 날 어디로 끌고 가려는 걸까? 저 남자는 날 맘에 들어하는 게 분명해. 하지만 언젠가는 내 지참금 문제를 해결해 준 대가를 내놓으라며 화를 낼지도 몰라〉라고 생각하는 건가요? 그럴 수도 있죠. 아무래도 확실하게 계약을 하는 게 좋을 것 같군요」

오르탕스는 그의 말을 들으며 좀 안심이 되었는지 농담조로 말했다.

「아주 세세한 내용까지 계약서에 명시하자고요. 자, 그럼 계약 조건을 한번 들어 볼까요?」

그는 잠시 골똘하게 생각하다가 입을 열었다.

「자, 이렇게 하죠. 우리가 첫번째 모험을 함께한 오늘, 알랭그르 성에서 괘종시계가 여덟 번 종을 쳤습니다. 그 숫자만큼 앞으로 3개월 동안 일곱 번 더 모험을 하는 겁니다. 그리고 여덟 번째 모험이 끝나면 제가 원하는 걸 들어주세요」

「그게 뭔데요?」

레닌은 확실한 대답을 하지 않고 말을 돌렸다.

「다시 한번 말씀드리지만 제가 당신을 즐겁게 해 드리지 못하면 언제든지 절 떠나도 좋습니다. 만약 우리가 약속한 여덟 번의 모험을 끝까지 함께하게 된다면 석 달 후, 12월 5일에 시계 종이 여덟 번 울릴 때……, 물론 그날도 시계 종은 반드시 울리겠죠. 이제 낡은 구리 추의 움직임을 방해할 만한 건 아무것도 없으니까요. 그러니까……, 시계종이 울리면 제가 원하는 걸……」

그녀는 이제 기다리기 지쳤다는 표정으로 반복해서 물었다.

「도대체 그게 뭔데요?」

레닌은 입을 다물었다. 그리고 그녀를 즐겁게 해 주는 대가로 받고 싶다고 말하려던 오르탕스의 아름다운 입술만 바라보았다. 그는 오르탕스도 자신의 마음을 눈치 챘으리라 생각하며 더 이상 자신이 바라는 것에 대해 늘어놓지 않기로 했다.

「당신을 바라보는 것만으로도 전 무척 기쁩니다. 계약 조건은 제가 제시할 게 아니라 당신이 제시해야 할 것 같은데요. 뭐, 원하는 게 있습니까? 있으면 어서 말씀해 보세요」

오르탕스는 그의 배려에 고마움을 느끼고 웃으며 말했다.

「저의 계약 조건이라……」

「그렇습니다」

「어려운 걸 말해도 되나요?」

「당신의 마음을 얻고 싶은 사람에게 어려운 일이란 없죠」

「불가능한 일이래도요?」

「불가능한 일이라면 더욱 흥미롭겠군요」

마침내 그녀가 얘길 꺼냈다.

「블라우스에 다는 오래된 브로치를 찾아 주셨으면 좋겠어요. 금속 테두리에 홍옥수를 박아 넣은 거예요. 어머니께서 항상 끼고 다니시던 건데 제게 물려주셨죠. 사람들은 그 브로치가 행운을 불러온다고들 했어요. 실제로 제게 행운을 가져다 주기도 했고요. 매우 소중히 여기는 브로치라서 보석 상자에 넣고 잘 잠가 두었는데, 어느 날 열어 보니 사라지고 만 거예요. 그 뒤로는 점점 불행한 일만 일어났어요. 천재 탐정님! 그 브로치를 찾아 주세요」

「그 브로치를 언제 잃어버렸죠?」

그녀는 희망에 찬 목소리로 대답했다.

「7년 전……, 아니면 8년 전……. 아니면 9년 전……. 잘 모르겠어요. 어디에서 잃어버렸는지도 모르겠고 어떻게 잃어버린 건지도……. 전 아무것도 모르겠어요」

레닌이 믿음을 주는 단호한 태도로 말했다.

「제가 찾아 드리죠. 그럼……, 당신도 다시 행복해질 겁니다」

물병 사건

　파리에 도착하고 나흘 후, 오르탕스 다니엘은 공원에서 레닌 공작을 만났다. 햇살이 화사하게 내리비치는 오전이었다. 그들은 앵페르얄 레스토랑에 있는 테라스의 한쪽 구석에 앉아 있었다.

　오르탕스는 이제 삶의 기쁨을 되찾은 듯 밝고 매력적이며 우아한 모습이었다. 레닌은 그녀가 혹시 언짢아하지는 않을까 해서 얼마 전 맺은 계약에 대해서는 아무 말도 하지 않았다. 오르탕스는 레닌에게 라 마레즈 성을 떠나온 과정을 자세하게 이야기했다. 그러면서 로시니에 대한 소식은 전혀 듣지 못했다는 말을 덧붙였다.

　레닌이 말했다.

　「그 사람 소식은 제가 알고 있습니다」

　「그래요?」

　「그렇습니다. 저한테 결투를 신청하더군요. 그래서 오늘 아침

에 만났습니다. 결국 그자는 어깨에 상처를 입고 물러났죠. 그 얘
긴 이제 하지 맙시다」

그들은 이제 로시니에 대해서는 아무 이야기도 나누지 않았다.
그리고 레닌은 생각해 두었던 두 가지 모험 계획을 설명하며 그
녀에게 동참할 생각이 있는지 조용히 물었다.

「모험은 예기치 못한 상황에서 발생할 때 흥미가 더한 법이죠.
정말 흥미로운 모험은 아무 예고 없이 아무도 모르게 갑자기 다
가옵니다. 하지만 상상력이 없는 사람은 자기 능력을 발휘하고
이용할 수 있는 기회가 와도 그런 사실을 깨닫지 못합니다. 기회
가 오면 그 순간에 포착할 수 있어야 해요. 조금만 망설여도 놓치
기 십상이죠. 후각을 이용해 찾아야 하는 물건을 정확히 집어내
는 탐색 견처럼 우리도 얼마든지 특별한 감각을 갖고 있습니다」

그의 말을 듣고 오르탕스는 주위 사람들을 한 명씩 세심하게
관찰하기 시작했다. 그렇게 관찰하다 보면 사적인 문제나 저들이
처해 있는 불행한 상황, 범죄 성향 등을 파악할 수 있다고 생각
하는 모양이었다.

테라스에는 손님들이 점점 늘어 갔다. 바로 옆 자리에는 젊은
남자 한 명이 신문을 읽고 있었다. 그는 다갈색 수염을 길게 기른
모습을 제외하고는 이렇다 할 특징이 없는 사람이었다. 뒤쪽 창
문에서는 밴드의 연주가 들려왔다. 뒤를 돌아보니 음악 소리가
나는 방에서 사람들이 짝 지어 춤을 추고 있었다.

레닌과 오르탕스는 일어날 채비를 했다. 레닌이 음료수 값을
지불하고 있는데 수염을 길게 기른 옆 자리 남자가 곧 숨이 넘어
갈 사람처럼 다급하게 급사를 불렀다.

「급사, 얼마죠……? 잔돈이 없다고요? 아! 젠장……, 어서요!」

레닌은 남자가 읽고 있던 신문을 집어 들고 재빨리 내용을 훑어보았다.

자크 오브리외의 변호사 두르뎅 씨는 자크 오브리외의 집행 유예를 청원하였으나 엘리제 궁이 기각했다. 따라서 자크 오브리외의 사형은 내일 아침 예정대로 집행된다.

다급하게 찻값을 치른 남자가 급히 테라스를 가로질렀다. 레닌과 오르탕스도 서둘러 레스토랑 입구로 달려가 그를 가로막았다.
「실례합니다만, 갑자기 당황하시는 걸 보고 저도 놀랐습니다. 자크 오브리외 사건 때문에 그러시는 거죠?」
남자는 더듬거리며 말했다.

「네……네, 그래요……, 자크 오브리외……. 자크와 저는 어릴 적부터 친구였습니다. 전 지금 그 친구의 집으로 가는 중입니다. 자크의 아내를 만나려고요. 그녀는 너무나 고통스러워하다가 미쳐 버릴지도 몰라요」

「제가 뭐 도와드릴 건 없습니까? 전 레닌 공작이라고 합니다. 저희가 오브리외 부인을 만나 뵙고 도움을 드렸으면 합니다만……」

신문 기사 때문에 너무 당황한 탓인지 남자는 레닌이 하는 말을 잘 이해하지 못하는 듯했다. 남자는 잠시 머뭇거리더니 곧 자기 소개를 했다.

「전 뒤트레이……, 가스통 뒤트레이……입니다만……」

레닌은 조금 떨어진 곳에 차를 대기시키고 있던 운전사 클레망에게 손짓을 했다. 그러고는 남자를 먼저 차에 태운 뒤 물었다.

「주소는요? 오브리외 부인이 계신 곳 말입니다」

「룰가 23-2번지……」

레닌은 오르탕스가 차에 타는 걸 도운 뒤 운전사에게 주소를 알려 주었다. 차가 출발하자 레닌이 가스통 뒤트레이에게 다시 질문을 던졌다.

「전 이 사건을 접한 지 얼마 되지 않았습니다. 간략하게 이 사건에 대해 설명을 좀 해 주시겠습니까? 자크 오브리외가 가까운 친척을 죽였다고 했나요?」

뒤트레이는 설명하는 것조차 힘들어 보였다.

「그는 무죄입니다. 그는 절대 살인을 저지를 사람이 아니에요. 그 친구는 제가 잘 압니다. 20년 동안이나……, 옆에서 지켜본 걸요. 그는 무죄예요. 그가 살인을 저지르다니……, 정말 끔찍한 말이죠」

뒤트레이는 흥분을 가라앉히지 못했기 때문에 그에게서는 더이상 정보를 끄집어낼 수 없었다. 게다가 그의 친구 오브리외의 집은 매우 가까운 곳에 있어서 레닌은 뒤트레이와 충분히 얘기를 나눌 시간도 없었다. 차는 이미 사블롱 문을 지나 뇌이이로 접어들었다. 2분 후, 차는 좁고 기다란 오솔길 앞에서 멈췄다. 이들이 차에서 내려 오솔길 안으로 들어서자 곧 단층으로 된 작은 건물이 나타났다.

가스통 뒤트레이가 벨을 누르자 가정부가 문을 열며 말했다.

「오브리외 부인은 어머님과 함께 응접실에 계십니다」

뒤트레이가 레닌과 오르탕스를 응접실로 안내했다.

꽤 넓어 보이는 응접실은 멋진 가구들로 채워져 있었다. 책이 많은 걸 보니 손님이 없을 때는 서재로 사용하는 모양이었다. 응접실에는 두 여자가 서로 부둥켜안은 채 울고 있었다. 그중 머리가 희끗희끗한 노부인이 이들이 들어서는 모습을 보고 일어났다. 가스통 뒤트레이가 그녀에게 레닌을 소개하자 그녀는 다시 서럽게 울며 하소연을 시작했다.

「제 사위는 결백해요. 우리 자크가 얼마나 착한 사람인데…….정말 비단결 같은 마음씨를 가졌어요. 그런 사람이 사촌을 죽인 살인범이라니……! 게다가 그 둘이 얼마나 사이가 좋았다고요. 제가 보장할 수 있어요. 사위는 무죄입니다. 그런 사람을 사형에 처하다니요! 아! 선생님, 그렇게 되면 내 딸도 죽을 거예요」

이들은 지난 몇 달 내내 자크 오브리외의 무죄를 확신했기 때문에 자크가 결코 처형되지 않으리라 믿고 있었다. 그러다가 갑자기 사형 집행 소식이 알려지자 모녀는 너무 놀라 거의 미칠 지경에 이른 것이다.

레닌은 아름다운 금발이 돋보이는 젊은 여자에게 시선을 돌렸다. 그녀는 절망의 구렁텅이에 빠져 헤어나지 못하는 사람처럼 축 늘어져 있었다. 오르탕스가 옆에 앉더니 그녀가 기댈 수 있도록 어깨를 빌려 주었다.

「오브리외 부인, 제가 무엇을 먼저 도와드려야 할지 아직 잘 모르겠습니다. 하지만 부인께 도움을 줄 수 있는 사람은 바로 저 뿐이라고 굳게 확신합니다. 그러니 제 질문에 명확하고 확실하게 대답해 주십시오. 그래야 저도 자크 오브리외 씨에 대해 부인과 같은 믿음을 가지고 이 상황을 반전시킬 수가 있으니까요. 부인의 남편은 무죄잖아요. 그렇지 않습니까?」

그녀는 감정이 북받치는 듯 소리를 내질렀다.

「오! 선생님……」

「물론 법정에서는 씨도 먹히지 않는 소리겠지만, 부인께서는 남편이 무죄임을 확신하시죠. 그렇다면 저도 부인의 주장을 믿을 수 있도록 도와주십시오. 그렇다고 너무 세세한 사항까지 알고 싶은 생각은 없습니다. 그리고 그 끔찍한 사건을 부인의 기억 속에 되살리고 싶지도 않습니다. 하지만 간단하게 몇 가지 질문할 테니, 부인께서는 제 질문에 정확하게 대답해 주시기 바랍니다. 그렇게 하시겠습니까?」

「예, 질문하세요」

오브리외 부인은 이미 레닌에게 압도당한 듯했다. 레닌이 오브리외 부인의 신뢰를 얻고 자신의 말을 따르도록 설득하는 데에는 겨우 몇 마디 말밖에 필요하지 않았다. 오르탕스는 레닌이 지닌 힘과 권위, 설득력 있는 언변에 다시 한번 감탄했다.

레닌은 노부인과 가스통에게 끼어들지 말고 조용히 들으라고 이른 뒤 질문을 시작했다.

「남편의 직업은 뭐죠?」

「보험 중개인이오」

「일은 잘 풀렸나요?」

「작년까지는요」

「그럼 올해에는 경제적인 어려움이 있었다는 말씀입니까?」

「네」

「살인 사건은 언제 일어났습니까?」

「지난 3월이오. 일요일이었어요」

「남편은 피해자와 어떤 관계였습니까?」

「사촌뻘 되는 먼 친척이오. 기욤이라고, 쉬렌에 살고 있었어요」

「혹시 사건 현장에서 도난당한 물품이나 돈이 있습니까?」

「네. 1000프랑짜리 수표 예순 장이 사라졌어요. 기욤이 오래전에 누군가에게 빌려 주었던 돈이죠. 아마 사건이 있던 바로 그 전날 돌려받았을 거예요」

「남편도 기욤에게 큰돈이 있다는 사실을 알고 있었나요?」

「네. 사건이 있던 일요일 낮, 전화 통화 중에 사촌이 그 얘길 꺼냈어요. 그래서 자크가 그런 거금은 집에 두지 말고 다음날 은행이 문을 여는 대로 가서 바로 입금하라고 말했어요」

「그게 정확히 몇 시쯤이었습니까?」

「오후 1시경이었어요. 자크는 원래 기욤 집에 가려 했죠. 그런데 피곤해서 못 가겠다며 약속을 취소했어요. 그러고는 하루 종일 집에 있었죠」

「혼자서요?」

「네, 혼자서요. 일하는 사람 두 명도 휴가 중이었거든요. 저는 어머니를 모시고 뒤트레이 씨와 함께 영화를 보러 테른 극장에 갔어요. 그날 저녁에 기욤이 피살되었다는 소식을 들었고요. 그 다음날 아침에 자크가 체포되었어요」

「경찰은 어떤 증거를 제시하며 자크를 체포했나요?」

이 가엾은 여자는 잠시 주저했다. 남편의 혐의에 치명적인 물증이 있던 모양이었다. 그러나 레닌이 눈짓을 하자 그녀는 더 이상 망설이지 않고 곧바로 대답했다.

「기욤을 살해한 범인은 쉬렌까지 오토바이를 타고 갔다고 하더군요. 그런데 그 바퀴 자국이 제 남편의 오토바이 바퀴와 일치했어요. 그리고 경찰은 사건 현장에서 제 남편의 머리글자가 새겨진 손수건과 살인에 쓰인 권총을 발견했습니다. 물론 그 권총도 제 남편 것이었고요. 또 이웃 사람들 중에 제 남편이 3시경에 오토바이를 타고 나간 걸 보았다는 사람이 있습니다. 4시 반에 돌아오는 것을 보았다고 증언한 사람도 있고요. 살인 사건은……, 4시쯤에 일어났어요」

「자크 오브리외 씨의 알리바이는요?」

「오후 내내 잠만 잤다고 했어요. 그동안에 누군가가 몰래 들어와서 오토바이를 훔쳐 타고 쉬렌에 간 거라고……. 손수건과 권총은 오토바이에 매달아 둔 짐 가방 안에 있던 거라고 하더군요. 살인범은 그걸 이용한 게 분명해요」

「그럴 만하군요」

「네. 하지만 검사가 두 가지 이의를 제기했어요. 우선 남편이 오후 내내 집에 있는 걸 본 사람이 아무도 없다는 거죠. 아무도요. 게다가 남편은 일요일 오후만 되면 항상 오토바이를 타고 외출했거든요」

56

「두 번째는요?」

오브리외 부인은 자신이 죄를 지은 사람인 양 괜히 얼굴이 달아올라 작은 목소리로 말했다.

「기욤의 집에서 살인범이 마시다 만 포도주가 발견되었어요. 포도주 병에서도 남편의 지문이 발견됐고요」

오브리외 부인은 있는 힘을 다해 이야기를 쏟아 내고 기진맥진했다. 게다가 자기 입으로 남편에게 불리한 증거를 늘어놓다 보니 레닌이 나타났을 때 품었던 희망도 모두 사라진 모양이었다. 그녀는 다시 입을 다물었다. 오르탕스가 아무리 위로를 해도 기분이 나아지지 않는 모양이었다.

그녀의 어머니가 더듬거리며 말했다.

「사위는……, 무죄예요. 안 그렇습니까, 선생님? 무죄인 사람을 처형하다니요. 아무도 그럴 권리는 없어요. 아무도 내 딸을 죽게 할 순 없다고요. 오! 세상에, 세상에……. 우리가 뭘 잘못했다고 이런 고통을 겪어야 하는 거지? 가엾은 마들렌……」

뒤트레이도 떨리는 목소리로 말했다.

「마들렌도 자살하고 말 거예요! 자크가 단두대 위에 올라간 모습을 생각만 해도 견디지 못할 거라고요. 자크를 살리지 못하면……, 마들렌은 오늘 밤 자살할지도 몰라요」

레닌은 그저 방 안을 서성거리고 있었다. 그의 모습을 보며 오르탕스가 물었다.

「자크 부인을 위해서 할 수 있는 일은 아무것도 없는 것 같아요, 안 그래요?」

「지금이 11시 반……. 내일 아침이면 사형이 집행될 텐데……」

레닌의 표정도 밝지 않았다.

「자크가 범인이라고 생각해요?」

「잘 모르겠어요. 정말 모르겠어. 부인이 자크의 결백을 저렇게 확신하는 걸 보면 그냥 무시하고 넘어갈 일은 아닌데……. 한 침대에서 몇 년 동안이나 같이 살았으니, 누구보다도 남편에 대해 잘 알 거고……. 그렇지만……」

그는 긴 소파에 앉아 다리를 뻗고 담뱃불을 붙였다. 그리고 담배를 연거푸 세 대나 피웠다. 그동안 아무도 말을 꺼내지 않았다. 레닌도 가끔씩 시계만 들여다볼 뿐이었다. 1분 1초가 아쉬운 상황이었다.

마침내 레닌은 마들렌 오브리외에게 다가가 손을 잡으며 부드럽게 말했다.

「목숨을 끊으려는 생각 따위는 절대 하지 마십시오. 마지막 순간까지 희망을 잃지 말아야 합니다. 저도 끝까지 최선을 다할 겁니다. 하지만 부인께서 자신감을 가지고 침착하게 계시지 않으면 제가 아무리 노력한다 한들 무슨 소용이 있겠습니까」

마들렌이 애처롭게 대답했다.

「침착하게 있도록 노력할게요」

「자신감도 가지셔야 합니다」

「그럴게요」

「좋아요. 그럼 여기서 절 기다리고 계세요. 두 시간 후에 다시 오겠습니다. 뒤트레이 씨, 저와 함께 가시죠」

뒤트레이와 오르탕스, 레닌은 차에 올랐다.

「뒤트레이 씨, 사람이 많지 않은 작고 조용한 레스토랑이 어디 없을까요?」

레닌이 물었다.

「테른 광장에 있는 루테티아 호프가 괜찮을 것 같네요. 저희 집이 있는 건물 1층에 있습니다」

「좋습니다. 그곳이 좋을 것 같군요」

루테티아 호프까지 가는 동안 차 안에서는 아무도 입을 열지 않았다. 호프 근처에 와서야 레닌이 먼저 말을 꺼냈다.

「뒤트레이 씨, 어디선가 수표 번호를 찾았다는 말을 들은 것 같은데요」

「네, 기욤이 자기 수첩에 그 수표 예순 장의 번호를 모두 적어 놓았답니다」

레닌은 잠시 생각에 잠겼다가 중얼거렸다.

「문제는 바로 그겁니다. 수표는 지금 어디에 있을까요? 수표만 찾으면 일이 쉽게 풀릴 텐데……」

이들은 루테티아 호프에 도착해 전화기가 딸려 있는 특실을 요구했다. 급사가 주문을 받고 나가자 레닌이 무언가를 결심한 듯 전화기 쪽으로 다가가 수화기를 집어 들었다.

「여보세요……, 파리 경찰청 부탁합니다. 여보세요, 여보세요……. 경찰청이죠? 수사과 좀 대 주세요. 중요한 일입니다. 레닌 공작이라고 전해 주십시오」

그는 수화기를 든 채 가스통 뒤트레이를 돌아다보며 말했다.

「여기로 사람을 한 명 더 불러도 괜찮겠죠? 시끄러운 일은 생기지 않을 겁니다」

「물론이죠」

「수사과입니까? 아! 좋아요. 뒤두이 씨는 몇 번 뵌 적이 있습니다. 예전에 제가 유용한 정보를 전해 드린 일이 있었죠. 레닌 공작이라고 전해 주시면 아실 겁니다. 오늘은 오브리외가 사촌을 살해하고 훔친 6만 프랑을 숨겨 놓은 장소를 알려 드리려고 합니다만……. 제 제안에 관심이 있으시면 테른 광장에 있는 루테티아 호프로 수사관 한 분만 보내 주십시오. 저는 부인 한 분과 오브리외의 친구인 뒤트레이 씨와 함께 있겠습니다. 그럼 안녕히 계십시오」

전화를 끊자 뒤트레이와 오르탕스는 어안이 벙벙한 듯 놀란 눈으로 레닌을 바라보았다. 오르탕스는 목소리를 낮춰 속삭이듯이 물었다.

「뭔가 알아냈군요. 어떤 사실을 알아낸 거죠?」

레닌이 웃으며 대답했다.

「아무것도……」

「그런데 왜 그런 말을 했어요?」

「뭔가 알아낸 척 행동하는 겁니다. 이것도 하나의 방법이죠. 점심이나 먹읍시다」

시계는 오후 12시 45분을 가리키고 있었다.

「아마 20분 안에 경찰청에서 보낸 수사관이 도착할 겁니다」

오르탕스는 의아하다는 얼굴로 레닌을 바라보았다.

「정말 오긴 올까요?」

「분명히 올 겁니다. 제가 만약 뒤두이 씨에게 〈오브리외는 결백하다〉고 했다면 아무도 오지 않겠죠. 사형이 집행되기 바로 전날, 용의자가 결백하다고 주장해 봤자 경찰이 믿겠습니까? 그런 말은 해 봤자 별로 소용이 없어요. 자크 오브리외는 이미 사형 집행인의 손안에 있습니다. 하지만 사라진 수표 예순 장을 찾게 되었다고 말하면 경찰들은 크게 관심을 가질 겁니다. 생각해 보세요. 지금 상황에서 경찰은 사라진 수표만 찾으면 이 사건의 수사를 완벽하게 마무리하는 것이라며 아쉬워하고 있을 겁니다」

「하지만 당신도……, 수표가 어디에 있는지 모르잖아요」

「오르탕스! 설명하기 힘든 물리 현상이 있다고 칩시다. 그럴 때는 무조건 원리만 찾으려고 하지 말고, 눈으로 보이는 현상들을 가지고 일단 가설을 세우는 겁니다. 그리고 그 물리 현상은 이 가설에 따라 움직이는 거라고 말하는 거죠. 저도 지금 그 방법을 쓰고 있는 겁니다」

「그러니까 무슨 가설을 세웠다는 말이에요?」

레닌은 대답하지 않았다. 그는 한참 후 식사가 끝날 무렵이 되어서야 입을 열었다.

「물론 머릿속으로 생각하고 있는 게 있습니다. 며칠만 더 여유가 있다면 제 직관뿐만 아니라 여러 가지 사실에 기초를 두고 추리를 했을 텐데 말이죠. 하지만 지금은 단 두 시간밖에 없으니까 이렇게 할 수밖에 없습니다. 이쪽 길이다 싶으면 확실하지 않더라도 그냥 그 길로 가 보는 거죠. 그러면서 다른 사람들 앞에서는 그 길에 진실이 있다고 확신하는 사람처럼 행동해야 합니다」

「잘못 짚은 거면 어떻게 하죠?」

「선택의 여지가 없습니다. 게다가 이젠 너무 늦었어요. 어, 벌써 누가 문을 두드리는군요. 한마디만 더 하죠. 제가 무슨 말을 하든 절대로 끼어들어선 안 됩니다. 뒤트레이 씨, 당신도 마찬가지고요!」

레닌이 문을 열자 담갈색 수염이 눈에 확 띄는 삐삐 마른 남자 한 명이 방 안으로 들어왔다.

「레닌 공작이신가요?」

「네, 제가 레닌입니다. 뒤두이 씨가 보낸 분이시죠?」

「네, 주임 수사관 모리소라고 합니다」

「수사관님, 이렇게 빨리 와 주셔서 정말 감사합니다. 뒤두이 씨께서 이렇게 주임 수사관님을 직접 보내 주셨으니 실망시켜 드리면 안 되겠는데요」

「뒤두이 씨는 저뿐 아니라 지금까지 저와 함께 이 사건을 맡아 온 수사관 두 명도 함께 가라고 하시던걸요. 그 사람들은 밖에 대기시켜 놓았습니다」

「얘기는 금방 끝날 겁니다. 앉으시란 말도 할 필요가 없을 것 같군요. 몇 분이면 해결될 겁니다. 수사관께서는 무슨 문제인지 알고 오셨죠?」

「자크가 기욤에게서 훔친 6만 프랑에 대한 일이라고 들었습니다. 수표 번호는 여기 있습니다」

레닌은 수사관이 건네준 번호를 자세히 살펴보고 나서 말했다.

「맞습니다. 좋아요」

모리소 수사관은 매우 흥분되는 모양이었다.

「레닌 공작님께서 수표의 행방을 알고 계시다고 하던데요. 이제……, 가르쳐 주시죠」

레닌은 잠시 침묵을 지키고 있다가 드디어 입을 열었다.

「주임 수사관님, 제가 혼자 이 사건에 대해 면밀히 검토해 본 결과 몇 가지 새로운 사실을 알게 되었습니다. 우선, 살인범은 쉬렌에서 돌아올 때 오토바이를 타고 룰가까지 왔습니다. 그런 다음 오토바이에서 내려 테른 광장을 가로지른 뒤 이 건물로 들어왔지요」

「이 건물이오?」

「네」

「하지만 이곳에 뭐 때문에……?」

「훔친 돈, 6만 프랑을 숨기기 위해서였습니다」

「뭐라고요? 어디에요?」

「이 건물 6층에 있는 방입니다」

가스통 뒤트레이가 놀라서 소리쳤다.

「하지만 6층에는 한 집밖에 없어요. 제가 사는 집이라고요」

「그렇습니다. 범인은 당신이 오브리외 부인과 그녀의 어머니를 모시고 극장에 간 사이를 노린 겁니다」

「그건 불가능해요. 집 열쇠를 갖고 있는 사람은 저뿐입니다」

「열쇠가 없어도 얼마든지 들어갈 수 있지요」

「하지만 문을 따고 들어간 흔적은 전혀 없었습니다」

모리소가 끼어들었다.

「자, 설명을 해 보시지요. 그러니까 뒤트레이 씨 방에 수표가 숨겨져 있다는 말씀이십니까?」

「그렇습니다」

「자크 오브리외는 사건이 발생한 다음날 아침에 체포되었으니까 수표는 아직 그대로 있겠군요?」

「제 생각도 그렇습니다」

가스통 뒤트레이는 참지 못하고 웃음을 터뜨렸다.

「말도 안 돼요! 그랬다면 제가 벌써 발견했겠죠」

「수표를 찾아봤습니까?」

「아뇨……. 하지만 수표가 있었다면 금방 발견했을 겁니다. 손바닥만 한 집이니까요. 보시겠어요?」

「아무리 좁아도 수표 예순 장 정도는 숨길 수 있죠」

「그래요. 그럴 수도 있겠죠. 하지만 다시 한번 말하지만 제 방에 침입했던 사람은 아무도 없습니다. 열쇠도 하나뿐이고 방 청소도 제가 직접 한다고요. 당신이 대체 왜 그런 생각을 했는지 이해할 수가 없군요」

오르탕스도 이해할 수 없었다. 그녀는 레닌 공작의 눈을 뚫어져라 바라보며 그의 생각을 읽어 보려 했다. 도대체 레닌은 무슨 게임을 하려는 걸까? 그가 이토록 자신만만하게 일을 벌이고 있는데 그녀도 거들어야 하는 건 아닐까?

마침내 오르탕스도 입을 열었다.

「수사관님, 레닌 공작께서 위층에 수표가 숨겨져 있다고 하시니 한번 가서 살펴보면 되지 않겠어요? 뒤트레이 씨, 위층으로 안내해 주시겠어요?」

뒤트레이가 말했다.

「그럼 올라가 보자고요. 그거야 간단한 일이니까요」

네 사람은 6층으로 올라갔다.

뒤트레이가 문을 열었다. 응접실, 침실, 부엌, 화장실이 하나씩 있는 작은 집이었다. 내부는 무척 깔끔했고 의자 하나하나까지 흐트러짐 없이 정돈되어 있었다. 담배 파이프와 성냥도 나란히 놓여 있었다. 지팡이 세 자루는 크기에 따라 순서대로 걸려 있었다. 창문 앞에 있는 작은 탁자 위에는 얇은 종이를 깔아 놓은 모자 상자가 주인을 기다리고 있었다. 뒤트레이는 펠트 모자를 벗어 상자 안에 조심스럽게 집어넣었다. 그리고 옆에 있는 상자 뚜껑 위에는 장갑을 벗어 올려놓았다.

뒤트레이는 한번 사용한 물건은 반드시 제자리에 가져다 두어야 직성이 풀리는 사람처럼 조심스럽게 기계적으로 행동했다. 레닌이 물건을 살펴보고 다른 곳에 놓아두자 그는 곧바로 얼굴을 찡그렸다. 뒤트레이는 다시 모자를 푹 눌러쓰고 창문을 열더니 사람들에게 등을 보인 채 팔꿈치를 창틀에 대고 창 밖을 바라보았다. 마치 이런 야만적인 광경은 도저히 참을 수 없다고 말하는 듯했다.

수사관이 레닌에게 물었다.

「여기가 확실합니까?」

「네, 그렇습니다. 살해 후에 이곳에 훔친 돈을 숨겨 놓은 게 분명합니다」

「찾아봅시다」

수색은 쉽고 빠르게 이루어졌다. 30분쯤 지나자 집 안을 한 군데도 빼놓지 않고 샅샅이 뒤져 볼 수 있었다.

「아무것도 없습니다. 수색을 계속해야 합니까?」

모리소 수사관이 말했다.

「아뇨. 돈은 더 이상 이곳에 없습니다」

레닌이 대답했다.

「무슨 말입니까?」

「이미 다른 곳으로 옮겨 놓았다는 말입니다」

「누가요? 좀더 정확하게 설명해 주십시오」

레닌은 아무 대답도 하지 않았다. 가스통 뒤트레이가 얼굴을 휙 돌리더니 참을 수 없다는 표정으로 말했다.

「수사관님, 저분보다는 제가 더 정확하게 설명해 드릴 수 있겠군요. 그러니까 레닌 씨 말씀은 이곳에 나쁜 사람이 있고, 살인범이 훔친 돈을 이곳에 숨겨 놓았는데, 그 나쁜 사람이 그 돈을 다시 안전한 장소에 옮겨 놓았다……, 그런 얘기 아닙니까, 레닌 씨? 그리고 그 도둑놈이 바로 나라고 말하려는 거죠, 안 그렇습니까?」

그는 자기 가슴을 주먹으로 내리치며 레닌에게 다가왔다.

「내가! 내가! 내가 그 돈을 발견했다고요? 그리고 내가 그 돈을 가지려고 숨겨 두었다고요? 어떻게 감히 그런 말을……」

레닌은 여전히 아무 대답도 하지 않았다.

뒤트레이는 수사관을 붙잡고 소리쳤다.

「수사관님, 정말 이건 말도 안 되는 희극이라고요. 수사관님은 모르고 하신 일이지만 어쨌든 전 상당히 불쾌합니다. 수사관님이 오시기 전에 레닌 공작이 제게 뭐라고 한 줄 아십니까? 자기는 우연히 이 사건에 개입한 것이며 아직은 아무것도 밝혀낸 게 없다고 했습니다. 하지만 아무렇게나 추리해서 그게 맞는 것처럼 밀어붙이면 요행히 사건을 해결하게 될 수도 있다고 말입니다. 저 부인도 같이 들었다고요. 레닌 씨, 당신이 그렇게 말하지 않았습니까?」

레닌은 입술을 꼭 다문 채 아무 말도 하지 않았다.

「그렇게 있지만 말고 대답을 좀 해 보세요! 설명 좀 해 보시라고요. 아무런 증거도 없이 사건을 그럴듯하게 포장해서 말하고 있는 거잖아요. 내가 돈을 훔쳤다고 너무 쉽게 말하는 거 아닙니까? 하지만 돈이 이곳에 있었다는 걸 어떻게 증명합니까? 그리고 누가 그 돈을 가져다 놓았단 말입니까? 어째서 살인범이 돈을 숨기는 장소로 하필 내 집을 택했단 말입니까? 모두 말도 안 되는 얘기입니다. 논리적이지도 않고 우습기 짝이 없다고요. 증거를 대봐요, 레닌 씨! 단 하나라도 증거를 대라고요!」

모리소 수사관은 어쩔 줄 모르는 표정이었다. 모리소가 눈짓으로 레닌에게 말을 하라고 재촉하자 레닌이 어쩔 수 없이 입을 열었다.

「더 정확한 내용을 듣고 싶으시면 자크 부인이 얘기해 줄 겁니다. 전화를 해 보죠. 내려갑시다. 이제 1분만 있으면 모든 진상이 밝혀질 겁니다」

뒤트레이가 어깨를 으쓱하며 말했다.

「맘대로 하시죠. 하지만 헛수고일걸요!」

뒤트레이는 매우 화가 난 모양이었다. 더구나 한동안 따가운 햇볕이 내리쬐는 창가에 서 있어서 그런지 몹시 땀을 흘리고 있었다. 뒤트레이는 침실로 가서 물병을 하나 가지고 돌아왔다. 그는 물을 몇 모금 마신 후 물병을 창가에 내려놓으며 말했다.

「가시죠」

레닌 공작은 껄껄거리며 웃었다.

「이 집을 빨리 떠나고 싶어하는 것 같군요」

「당신에게서 더 이상 쓸데없는 말을 듣고 싶지 않아서 서두르는 겁니다」

뒤트레이가 문을 쾅 닫으며 말했다.

그들은 아래층으로 내려가 전화기가 딸려 있는 특실로 들어갔다. 방 안은 비어 있었다. 레닌은 가스통 뒤트레이에게 오브리외의 전화번호를 물어보았다. 수화기를 들고 번호를 누르자 곧 마들렌의 집으로 연결되었다.

하녀가 전화를 받았다. 하녀는 오브리외 부인이 너무 상심해서 고통스러워하다가 좀 전에는 기절까지 했다고 말했다. 그리고 지금은 정신을 차렸다가 다시 잠이 든 상태라고 했다.

레닌 공작이 말했다.

「그럼 자크 부인의 어머니를 바꿔 주시오. 레닌 공작이 급한 일로 찾는다고 좀 전해 주시오」

레닌은 같은 선에 연결되어 있는 수화기 하나를 모리소에게 건넸다. 상대편 목소리가 또렷하고 깨끗하게 잘 들려서 옆에 있던 뒤트레이와 오르탕스도 통화 내용을 들을 수 있었다.

「자크 부인의 어머님이십니까?」

「네……, 레닌 공작님? 아! 선생님, 무슨 진전이 있나요? 희망을 가져도 될까요?」

노부인은 애원하듯 물었다.

레닌이 말했다.

「조사는 만족스럽게 진행되고 있습니다. 희망을 가지세요. 지금은 아주 중요한 질문을 드리려고 전화했습니다. 사건 당일, 가스통 뒤트레이 씨가 그 집에 갔습니까?」

「네. 점심 식사 후에 제 딸과 절 데리러 왔어요」

「그때 뒤트레이 씨도 기욤 씨 집에 6만 프랑이 있다는 사실을 알고 있었습니까?」

「네, 제가 얘기했어요」

「자크 오브리외가 몸이 좋지 않아서 평소와 달리 오토바이를 타고 외출하지 않고 집에서 잔다는 사실도 알고 있었습니까?」

「네」

「확실합니까, 부인……?」

「그럼요」

「그리고 세 분이 함께 영화를 보러 갔습니까?」

「네」

「극장에서는 셋이 나란히 앉아서 영화를 보셨나요?」

「아! 아뇨. 남은 자리가 별로 없어서요. 뒤트레이 씨는 좀 멀리 떨어진 자리에 앉았어요」

「두 분 자리에서 잘 보이는 곳이었나요?」

「아뇨」

「중간 휴식 시간에 뒤트레이 씨가 부인들이 계신 자리로 왔습니까?」

「아뇨. 영화가 다 끝나고 나갈 때 봤어요」

「확실합니까?」

「그럼요」

「좋아요. 한 시간 후에 다시 연락드리겠습니다. 따님은 아직 깨우지 마세요」

「잠에서 깨어나면요?」

「안심시키고 자신감을 잃지 말라고 하십시오. 일이 점점 잘 풀리고 있어요. 생각했던 것보다 훨씬 잘되고 있습니다」

그는 전화를 끊고 뒤트레이를 바라보며 큰 소리로 웃었다.

「하! 하! 이보게! 이제 좀 분명해지는 것 같은데 자네 생각은 어떤가, 뒤트레이?」

레닌은 도대체 무슨 말을 하고 있는 걸까? 그는 통화를 하면서 어떤 결론을 유도해 낸 걸까?

잠시 무겁고 견디기 힘든 침묵이 흘렀다.

「수사관님, 밖에 사람들을 대기시켜 놓았다고 하셨죠?」

「수사관 두 명이오」

「그분들은 그대로 자리를 지키는 게 좋을 것 같습니다. 지배인에게도 절대로 우릴 방해하지 말라고 일러두십시오」

모리소가 밖에 있던 수사관에게 갔다가 돌아오자 레닌은 문을 닫고 뒤트레이 앞에 섰다. 그러고는 그를 추궁하기 시작했다.

「지난 일요일, 극장에 같이 갔던 두 사람이 3시에서 5시 사이에 자넬 보지 못했다고 했어. 수상한 냄새가 나지 않나?」

뒤트레이가 따지듯이 물었다.

「그게 뭐가 수상하다는 거죠? 당연한 일 아닙니까? 수상하긴 뭐가 수상합니까? 무슨 증거라도 있습니까?」

「이보게. 자네가 두 시간 동안 마음대로 활동할 수 있었는데, 그게 증거가 아니고 뭐란 말인가?」

「난 두 시간 동안 극장에 있었습니다」

「다른 곳에 있었겠지」

뒤트레이가 그를 쳐다보고 물었다.

「다른 곳이라고요?」

「그래. 영화가 상영되는 동안 마음대로 산책이라도 할 수 있었겠지. 예를 들어, 쉬렌까지 갔다왔다든가……」

「극장에서 쉬렌까지는 아주 멀다고요」

이번에는 뒤트레이가 농담조로 빈정거리며 말했다.

「아주 가까운 거리라네. 자네 친구 자크 오브리외의 오토바이를 타고 갔을 테니까, 안 그런가?」

다시 한번 침묵이 흘렀다. 뒤트레이는 레닌의 말을 이해할 수 없다는 듯이 미간을 잔뜩 찌푸리고 있었다. 마침내 그가 중얼거리듯 말했다.

「그러니까 결국 날 범인으로 몰려고 하는 거군……. 아! 이런 젠장……!」

레닌은 뒤트레이의 어깨를 꽉 잡았다.

「어디, 더 말해 볼까? 사실대로 말해 주지, 가스통 뒤트레이!

자넨 중요한 두 가지 사실을 모두 알고 있는 유일한 사람이었어! 기욤이 6만 프랑을 집에 보관하고 있다는 사실과 자크 오브리외가 외출하지 않았다는 사실 말일세. 그래서 순간적으로 그런 생각을 했겠지. 오토바이도 마음대로 쓸 수 있다……, 영화를 보는 동안에는 마음대로 움직일 수 있다. 그래서 자넨 쉬렌으로 간 거야. 거기서 기욤을 살해했지. 6만 프랑은 자네 집에 숨겨 두었고……. 그러고는 5시에 다시 극장으로 돌아가 두 부인과 함께 돌아온 걸세」

레닌의 말을 듣는 뒤트레이의 얼굴에는 빈정대는 듯한 표정과 아무것도 모르는 일이라는 듯 멍한 표정이 번갈아 나타났다. 뒤트레이는 중간중간 모리소 수사관을 바라보며 말했다.

「미친 모양이네요. 저 사람을 탓할 것도 없어요」

레닌이 말을 마치자 뒤트레이는 웃기 시작했다.

「아주 재밌군요. 얘기를 잘도 지어내시는군요. 그래서……, 이웃 사람들이 오토바이를 타고 나갔다가 들어오는 자크를 보았다고 했는데……, 그것도 나라고 말할 건가요?」

「물론 자크 오브리외의 옷을 입은 자네였지」

「기욤의 집에서 발견된 포도주 병에 묻은 지문도 내 것이던가요?」

「그 포도주 병은 자크가 점심때 집에서 마시려고 딴 거지. 자크에게 누명을 씌우기 위해 자네가 가져다 놓은 거란 말일세」

뒤트레이는 정말로 우습다는 표정을 지으며 소리쳤다.

「점점 더 재미있어지는군요. 그러니까 내가 살인을 저지르고 자크에게 뒤집어씌웠다는 말입니까?」

「자네에겐 그게 가장 확실한 방법이었겠지. 의심도 받지 않고 말이야」

「그래요? 하지만 자크는 내 죽마고우란 말입니다」

「자넨 자크의 아내를 사랑해」

뒤트레이는 갑자기 화를 내며 소리쳤다.

「감히 그런 말을……! 뭐라고! 내가 그런 파렴치한 놈이란 말이오?」

「증거도 있어」

「거짓말! 난 항상 자크 부인을 존경해 왔어. 그뿐이야……」

「겉으로 보기엔 그렇지. 하지만 자넨 자크 부인을 사랑하고 있어. 그녈 원하고 있다고. 부인하지 말게. 증거는 많으니까」

「거짓말! 당신은 날 만난 지 얼마 되지도 않잖소!」

「자, 실은 자네를 단번에 옭아매기 위해 몰래 숨어서 며칠 동안 감시하고 있었다네」

레닌은 다시 한번 뒤트레이의 어깨를 쥐고 세차게 흔들었다.

「자, 뒤트레이! 이제 자백하라고! 증거가 많다니까. 수사과에 가면 알겠지만 증인도 있다네. 그러니 어서 자백해! 어쨌든 자네도 양심의 가책으로 고통스러워하고 있잖나. 레스토랑에서 신문을 읽으며 끔찍해하던 자네 모습을 떠올려 보란 말일세. 자! 자크 오브리외는 사형 언도를 받았단 말이야! 거기까진 생각을 못했겠지. 징역형으로 끝날 줄 알았겠지만, 교수형이라고! 자크 오브리외는 내일 사형에 처해질걸세. 아무 잘못도 없는 사람이 사형에 처해진단 말이야! 그러니 어서 자백하게. 어서 자백하라고!」

레닌은 있는 힘을 다해 뒤트레이의 어깨를 짓누르며 자백하라고 소리쳤다. 하지만 뒤트레이는 그의 손을 뿌리치고 일어나 경멸하듯 차갑게 말했다.

「당신은 미쳤어. 도무지 무슨 말을 하는지 하나도 모르겠군. 당신 말은 하나도 맞는 게 없어. 그리고 그 수표는……, 당신이 말한 대로 내 집에 수표가 있던가?」

레닌은 화가 치밀어 뒤트레이를 향해 주먹을 뻗었다.

「이 망할 자식! 내가 코를 납작하게 해 주지! 자……, 수사관님 생각은 어떻습니까? 정말 천하에 못된 놈 아닙니까?」

수사관이 머리를 끄덕였다.

「그런 것 같군요. 하지만 아직까진……, 실질적인 증거가 없지 않습니까?」

「잠깐만요. 뒤두이 씨를 만날 때까지만 기다려 보죠. 경찰청에 가면 그분을 만날 수 있겠죠?」

레닌이 말했다.

「네, 오후 3시에는 나오실 겁니다」

「좋아요. 이제 진실이 밝혀질 겁니다, 주임 수사관님」

레닌은 사건을 완전히 해결한 사람처럼 웃고 있었다. 레닌 바로 옆에 서 있던 오르탕스는 다른 사람들이 듣지 못하도록 작은 소리로 물었다.

「이제 범인을 잡은 거죠, 그렇죠?」

그는 머리를 끄덕이며 대답했다.

「이제 잡겠죠. 아직까진 처음과 전혀 달라진 게 없지만……」

「세상에! 그럼 증거는요?」

「증거는 하나도 없습니다. 그저 저절로 드러나길 바랄 뿐이죠. 저 못된 작자가 스스로 증거를 제공하게 될 겁니다!」

「하지만……, 정말 저 사람이 범인이라고 확신하는 거예요?」

「저자 말고는 그럴 만한 사람이 없으니까요. 처음부터 저자가 범인이라는 걸 직감으로 알 수 있었습니다. 그래서 그 뒤로 줄곧 저자에게서 눈을 떼지 않고 있었죠. 저자를 향해 수사망을 좁히며 몰아가자 점점 더 불안해하고 있지 않습니까? 이제 확실히 알 것 같습니다」

「자크 부인을 사랑하고 있다는 것도 사실인가요?」

「논리적으로 볼 때 그렇습니다. 하지만 모두가 이론을 기반으로 한 가설일 뿐이죠. 아니면 제 개인적인 확신이라고나 할까요. 이렇게 나가다간 단두대에서 자크의 목이 떨어져 나가는 걸 막지 못할 겁니다. 아……, 수표만 찾을 수 있다면! 그럼 그 뒤는 뒤두이 씨가 알아서 할 텐데 말입니다. 그렇지 않으면 모두 코웃음이 나 칠 겁니다」

「못 찾으면요?」

오르탕스는 걱정이 되어 물어보았다.

레닌은 아무 대답도 하지 않았다. 그는 손바닥을 비비며 방 안을 여기저기 서성거렸다. 모든 일이 잘 돌아가고 있다! 저절로 진행되는 일을 지켜보고만 있는 것도 재미있지 않은가?

「모리소 씨, 경찰청으로 가 볼까요? 청장님도 이제 도착하셨을 것 같은데요. 이제 여기까지 온 이상 끝까지 밀어붙여야죠. 뒤트레이 씨, 함께 가시겠소?」

「못 갈 것도 없죠」

뒤트레이가 거만하게 대답했다.

레닌이 문을 열자 복도가 매우 시끌벅적했다. 지배인이 손짓을 하며 헐레벌떡 뛰어왔다.

「뒤트레이 씨, 아직 여기 계십니까? 뒤트레이 씨 집에 불이 났어요! 지나가던 사람들이 알려 줬어요. 광장에서도 보였답니다」

순간 뒤트레이의 눈이 반짝였고 입가에는 엷은 미소가 스쳐 갔다. 한순간이었지만 레닌은 그의 표정을 놓치지 않았다.

「아! 나쁜 놈! 이제 서서히 본색이 드러나는군! 집에 불을 지른 사람은 바로 너야. 수표도 다 타고 있겠군!」

레닌은 뒤트레이의 앞을 가로막았다.

뒤트레이가 울부짖듯이 소리쳤다.

「저리 비켜요. 불이 났다고 하잖아요. 열쇠는 나만 갖고 있으니 아무도 들어갈 수 없다고요. 자, 어서요……, 비키라니까요, 젠장!」

레닌은 뒤트레이의 손에서 열쇠를 빼앗은 뒤 멱살을 잡았다.

「움직이지 마! 이제 게임은 끝났어! 아! 악랄한 놈……. 모리소 씨, 수사관들에게 명령을 내려 주십시오. 저자가 도망치지 못하도록 잘 감시하고 움직이면 총으로 머리통을 날려 버리라고요. 아시겠죠? 수사관님들만 믿겠습니다. 총으로 머리통을 날려 버리라고요」

레닌은 서둘러 계단을 올라갔다. 오르탕스와 주임 수사관도 그의 뒤를 따랐다.

수사관이 언짢은 표정으로 말했다.

「공작님! 집에 불을 지른 건 저자가 아닙니다. 저자는 계속 우리와 함께 있지 않았습니까?」

「젠장, 미리 불을 질러 놓고 내려간 거라고요」

「어떻게요? 어떻게 그럴 수 있죠?」

「제가 어떻게 알겠습니까? 하지만 아무 이유 없이 자기 집에 불을 지르는 사람은 없어요. 문제가 되고 있는 돈을 태우기 위해 불을 지른 겁니다」

계단에는 매캐한 연기가 가득 차 있었다. 위로 올라가자 시끄러운 소리가 들렸다. 호프 종업원들이 모여 문을 부수려는 듯했다.

「여기요. 여기 열쇠가 있소」

레닌이 열쇠로 문을 열었다.

문을 열자 집 안은 온통 시커먼 연기로 가득했다. 연기가 심한 걸로 보아 집 전체가 불에 탄 건 아닐까 하는 생각도 들었다. 하지만 레닌은 이미 불이 저절로 꺼졌다는 사실을 바로 알 수 있었다. 불이 옮겨 붙을 다른 물질은 없었던 모양이었다.

「모리소 수사관님, 아무도 들어오지 못하도록 해 주십시오, 아시겠죠? 조금만 방해해도 모든 게 엉망이 될 수 있습니다. 문을 닫고 빗장을 채우는 게 좋을 것 같네요」

그는 앞에 보이는 방으로 걸음을 옮겼다. 그곳에서부터 불이 시작된 게 분명했다. 가구와 벽, 천장은 시커멓게 그을리긴 했지만 불이 붙지는 않은 모양이었다. 창문 앞, 방 한가운데 불에 탄 종이가 보였다.

레닌이 이마를 치며 말했다.

「이런 바보같이! 정말 바보가 따로 없군」

수사관이 물었다.

「뭡니까?」

「저기 콘솔 위에 놓인 모자 상자요. 바로 저 안에 돈을 숨겨 두었던 겁니다. 좀 전에 우리가 수사를 하는 동안에도 돈은 그곳에 있었어요」

「그럴 리가……」

「맞습니다. 본래 손을 뻗치면 금방 닿을 만한 곳, 뻔히 눈앞에 있는 걸 놓치는 경우가 많지 않습니까? 6만 프랑이 저렇게 열린 상자 안에 있으리라고 누가 상상할 수 있겠습니까? 게다가 뒤트레이가 방 안에 들어와서 태연하게 모자를 벗어 상자에 넣어 두었으니 말이죠. 다른 곳은 다 뒤지고 저 상자만 보지 않다니…….
대단하군, 가스통 뒤트레이!」

수사관은 여전히 의아해하며 다시 한번 말했다.

「아니, 아녜요! 그건 불가능합니다. 우리가 그 사람과 계속 함께 있었잖아요. 그런데 어떻게 불을 지를 수 있단 말입니까?」

「위급한 상황에 대비해 미리 준비해 놓았던 거죠. 모자 상자……, 얇은 종이……, 수표……. 그리고 여기에 인화성 물질을 묻혀 놓은 걸지도 몰라요. 방에서 나가면서 성냥불을 붙여 던졌다든가, 아니면 무슨 약품을……. 아니면 다른 게 또 뭐가 있지……?」

「하지만 우리가 그자를 계속 보고 있지 않았습니까? 게다가 6만 프랑 때문에 살인을 저지른 자가 자기 손으로 그 돈을 불태워 버리다니요? 우리도 찾지 못할 만큼 안전한 장소에 돈을 숨겨 놓고서 왜 그런 행동을 했겠습니까?」

「겁에 질려 있었으니까요. 모리소 씨, 그자의 목숨이 걸린 문제라는 사실을 잊지 마십시오. 수표만 없으면 그자에게 불리한 증거는 사라지는 셈입니다. 그러니 단두대에 서는 것보단 태워버리는 게 낫다고 생각한 거죠. 그런 물건을 어떻게 그냥 놔둘 수 있겠습니까?」

모리소 수사관이 깜짝 놀라 물었다.

「뭐라고요? 수표가 없으면 증거가 없는 셈이라니……」

「그렇습니다」

「하지만 증인도 있고 다른 증거도 있다고 하지 않았습니까? 경찰청장님 앞에서 말하겠다고 했던 증거들은요?」

「지어낸 얘깁니다」

수사관은 어안이 벙벙한 표정으로 화를 내며 말했다.

「아무렇지도 않게 그런 일을 벌이다니……, 정말 대단한 분이시군요!」

「제가 그러지 않았다면 수사관님이 여기까지 오셨겠습니까?」

「아뇨……」

「그럼, 더 이상 뭘 바라시는 겁니까?」

레닌은 상체를 숙이고 남은 재를 휘저어 보았다. 하지만 돈이라고 볼 수 있는 흔적은 조금도 남아 있지 않았다.

레닌이 말했다.

「아무것도 없군. 정말 이상한걸! 불에 탔다고 해도 어떻게 이렇게 몽땅 없어질 수가 있지?」

그는 다시 일어서서 생각을 더듬어 보았다. 오르탕스는 레닌이 있는 힘을 다해 마지막 노력을 기울이고 있다는 사실을 알 수 있었다. 아직도 어둠에 휩싸인 사건을 해결하기 위해 마지막 싸움을 끝내고 나면 결국에는 승리의 길을 향한 지도가 완성될 것이 분명했다. 아니면 패배를 인정하든가……

그녀가 불안한 듯 조심스럽게 물었다.

「이제 다 끝난 거죠?」

「아니……, 아닙니다. 아직 다 끝난 게 아닙니다. 몇 분 전엔다 끝났다고 생각했지만 이제 조금씩 희망의 빛이 비추는 것 같습니다」

「오! 세상에, 정말 그렇게만 된다면……」

「너무 서두르지 맙시다. 어디까지나 시도일 뿐이니까……. 하지만 한번 해 볼 만한 시도가 될 겁니다. 분명 성공할 것 같은……」

레닌은 잠시 동안 입을 다물고 있었다. 잠시 후 그가 혀를 차며 껄껄 웃었다.

「정말 대단한 놈이야, 뒤트레이! 그런 식으로 돈을 태우다니……. 정말 대단한 상상력이군! 어쩜 그렇게 침착할 수가 있지! 아! 그런 식으로 사건을 복잡하게 만들다니! 천재가 따로 없군!」

레닌은 빗자루를 들고 와서 재를 옆방으로 쓸어 버렸다. 그러고는 타 버린 모자 상자와 크기와 모양이 비슷한 상자를 하나 찾아 가지고 와서 그 안에 얇은 종이를 뭉쳐 넣고 성냥불을 붙였다. 상자에서 불길이 솟아올랐다. 얇은 종이는 거의 다 타 버리고 상자도 반쯤 탔을 무렵 그는 불을 껐다. 그런 다음 조끼 안주머니에서 수표 다발을 꺼내더니 그중에 여섯 장을 빼내 끝만 남기고 태웠다. 그리고 남은 조각을 상자 속에 있던 시커먼 얇은 종이 사이사이에 섞어 넣었다.

「모리소 씨, 마지막으로 부탁 하나만 하겠습니다. 내려가서 뒤트레이 씨를 좀 데리고 와 주십시오. 그리고 그자에게 〈이제 네 정체가 드러났다. 불에 타지 않고 남은 수표를 찾았어. 자, 어서 올라가자〉라고 말씀하십시오」

모리소는 수사관의 재량을 넘어서는 일이라며 잠시 망설이다가 결국 레닌의 말에 따라 뒤트레이를 데리러 나갔다.

레닌은 오르탕스에게 다가갔다.

「이제 제 계획을 알겠습니까?」

「네, 하지만 좀 위험한 일이 될 것 같은데요. 뒤트레이가 덫에 걸려들 거라고 생각하세요?」

「그자가 얼마나 긴장하고 있느냐, 얼마나 기가 죽어 있느냐 하는 점이 관건일 겁니다. 이럴 땐 기습 공격을 퍼부어야 단번에 쓰러뜨릴 수 있습니다」

「그래도 뭔가 이상하다는 사실을 알아차리지 않겠어요? 가령 상자가 바뀌었다거나……」

「아! 물론 그럴 수도 있죠. 행운의 여신이 아직 그자를 완전히 떠난 게 아니라면 말입니다. 그자는 제가 생각했던 것보다 훨씬 더 약삭빠른 놈이에요. 이번엔 또 어떻게 빠져나갈지 모르죠. 하지만 불안해하고 있는 건 사실입니다. 피가 머리끝까지 솟아올라 부글거리고 있을걸요? 이제는 더 이상 빠져나가지 못할 겁니다. 무릎을 꿇게 될 거예요」

그들은 더 이상 아무 말도 나누지 않았다. 레닌은 담담하게 기다리고 있었으나 오르탕스는 몹시 긴장했다. 이들이 조금이라도 실수를 한다거나 행운의 여신이 다른 쪽을 선택한다면 무고한 한 남자의 인생이 파탄에 빠질 순간이었다. 더구나 열두 시간 후 자크 오브리외가 사형당할 생각을 하자 오르탕스는 불안감에 온몸을 떨었다. 하지만 한편으로는 레닌이 어떻게 사건을 해결할지 호기심이 생겼다.

〈레닌 공작은 어떻게 하려는 걸까? 그가 한번 해 볼 만하다는 시도는 어떻게 끝이 날까? 가스통 뒤트레이는 어떻게 저항할까?〉

초긴장 상태로 있다 보니 오르탕스에게는 1분 1초가 끝없이 길게 느껴졌다. 그러고 보면 인생 전체는 얼마나 긴 시간이며 그 가치는 얼마나 큰지, 오르탕스는 새삼 인간의 삶에 대해 생각하며 감탄했다.

사람들이 서둘러 계단을 올라오는 소리가 들렸다. 발소리가 점점 가까워졌다. 이제 6층에 도착한 모양이었다.

오르탕스는 레닌을 바라보았다. 그는 이미 일어나 있었다. 그리고 이미 모든 준비를 끝낸 사람처럼 엄숙한 표정으로 귀를 기울이고 있었다. 그러다가……, 레닌은 갑자기 문 쪽으로 달려가며 소리쳤다.

「자, 어서요……! 어서 끝냅시다!」

수사관과 종업원들이 들어왔다. 레닌은 수사관들 사이에 서 있는 뒤트레이의 팔을 잡고 끌어당겼다.

「아주 좋았어, 자네! 콘솔과 물병을 이용해 그런 놀라운 일을 벌이다니! 아주 걸작이었어! 실패한 것만 빼고는 말이야」

「뭐……요? 무슨 일……입니까?」

가스통 뒤트레이는 말을 더듬었다.

「세상에……. 그래, 말하지. 얇은 종이와 모자 상자는 절반밖에 타지 않았다네. 완전히 타고 재만 남은 수표도 있지만……, 아직 멀쩡한 수표도 남아 있거든. 상자 바닥을 보게. 알겠나? 그 돈을 보라고! 살인 사건의 증거……. 자네가 숨겨 놓은 상자에 들어 있던 수표 말일세. 요행히 타지 않고 남았다네. 자, 보라고……. 거기 수표 번호도 보일 걸세……. 알아보겠나? 아……, 이젠 자네가 졌어, 친구」

뒤트레이는 뻣뻣하게 굳어 있었다. 그의 눈동자가 흔들렸다. 그는 레닌이 말한 대로 모자 상자나 수표를 자세히 들여다볼 생각을 하지 못했다. 혹시 레닌에게서 빠져나갈 방법이 있을지 찾는다거나 수상한 점이 있는지 살펴볼 여유도 전혀 없었다. 뒤트레이는 울면서 의자 위로 쓰러지고 말았다.

레닌의 말대로 기습 공격은 성공했다. 뒤트레이는 자신의 계획이 실패했으며 적이 모든 사실을 알아차렸다고 생각한 순간 모든 것을 체념하고 말았다. 그는 자기 방어를 위한 최소한의 힘과 통찰력도 잃고 만 것이다.

레닌은 뒤트레이가 숨을 쉴 틈도 주지 않고 몰아붙였다.

「좋아! 이제 모두 자백하게! 자, 여기 펜이 있어. 오! 이젠 기력이 없는 모양이지? 어쨌든 마지막 순간에 자네가 부린 속임수는 정말 기가 막혔다네. 안 그런가? 괜히 돈을 갖고 있으려니 찜찜했겠지. 그래서 없애 버리려고 한 거고.

돈을 태우는 일은 무척 쉽다고 생각했을 거야. 자네는 창가에 둥근 물병을 가져다 놓고는 볼록 렌즈로 이용한 걸세. 태양열이 상자에 모이도록 한 뒤 불을 붙인 거야. 미리 불이 잘 붙도록 얇은 종이를 준비해 두었으니 어렵지 않았겠지? 그래서 10분 후에는 불길이 솟아올랐고…… . 대단한 발상이었어! 뉴턴의 사과처럼 우연히 떠오른 생각이었지, 안 그런가? 어느 날 물병을 가지고 창가에 있는데 우연히 천 조각이나 성냥에 불이 붙었던 거야. 그런데 오늘도 마침 해가 쨍쨍 내리쬐고 있었으니 그렇게 하면 되겠다고 생각한 거지. 그래서 물병을 창가에 가져다 둔 거였고…… . 어쨌든 대단해, 가스통 뒤트레이! 자, 여기 종이에 어서 쓰게. 〈기욤을 살해한 건 바로 나다〉라고 말이야! 어서 쓰라고, 제기랄!」

결국 뒤트레이는 자리에 앉아 진술서를 작성하기 시작했다. 레닌은 내려다보며 문장 내용에 하나하나 참견했다. 기진맥진한 뒤트레이는 결국 레닌의 말을 그대로 받아 적었다.

레닌이 말했다.

「주임 수사관님, 여기 범인의 진술서입니다. 이걸 뒤두이 청장님께 드리십시오」

레닌은 호프집 종업원들을 돌아보며 계속해서 말했다.

「그리고 여기 계신 여러분들께서는 증인이 되어 주십시오」

뒤트레이는 아직도 정신이 없는 듯 꼼짝도 않고 앉아 있었다. 레닌은 그를 잡아 흔들며 말했다.

「하! 이보게, 정신을 차려야지! 어찌된 일인지 잘 보라고. 바보같이 자백을 했으니 이제 그 대가를 치르게나」

다른 사람들도 레닌을 지켜보고 있었다.

레닌은 다시 말하기 시작했다.

「그래. 자넨 한낱 멍청이일 뿐이야. 자네가 불 지른 상자는 이미 재로 변한 뒤였어. 수표도 마찬가지였지. 이건 다른 상자라고. 그 수표는 내걸세. 자네가 미끼를 덥석 물도록 내 수표 여섯 장을 태웠다네. 자네는 불에 타고 남은 흔적만 슬쩍 보았지. 결국 자네는 아주 어리석게 행동했어. 증거가 다 사라진 뒤인데도, 마지막 순간에 내게 증거를 줬으니 말이야! 무슨 증거냐고? 자네가 직접 손으로 쓰지 않았나! 여러 증인들 앞에서 진술서를 쓰지 않았느냔 말일세! 나도 바라는 바이지만 자넨 교수형을 받아 마땅해. 잘 가게, 뒤트레이!」

밖으로 나와서 레닌 공작은 오르탕스 다니엘을 차에 태웠다. 그러고는 오브리외 부인에게 가서 지금까지 있었던 일을 대신 전해 달라고 부탁했다.

오르탕스가 물었다.

「당신은요?」

「전 할 일이 많습니다. 급한 약속도 있고……」

「어쩜……, 이런 기쁜 소식을 전하는 일은 더할 나위 없이 즐거운 일일 텐데요?」

「이젠 흥미를 잃었습니다. 즐거움은 항상 새로이 생기게 마련이죠. 새로운 싸움을 통해서요. 싸움이 끝난 후에는 흥미를 잃는 겁니다」

오르탕스는 레닌의 손을 잡고 잠시 동안 그대로 있었다. 마치 스포츠 경기를 하듯 게임에 빠져 들어 최선을 다하고 천재성을 발휘해 사건을 풀어 가는 이 희한한 남자에게 그녀는 경의를 표현하고 싶었다. 하지만 지금은 아무 말도 할 수 없었다. 이번 모험은 그녀의 머릿속을 온통 혼란스럽게 만들고 있었기 때문이다. 오르탕스는 감정이 북받쳐 목이 메고 눈에는 눈물이 그렁그렁 맺혔다.

레닌이 그녀에게 고개를 숙이며 말했다.

「고맙습니다. 저도 훌륭한 선물을 받은 기분입니다」

테레즈와 제르멘

　10월 2일 아침, 온화한 가을 아침이었다. 조금 전까지 에트르타 별장의 주위를 산책하던 사람들은 대부분 해변으로 내려가고 없었다. 절벽 위에서 바라보니 절벽과 수평선 위에 구름 사이로 보이는 바다는 마치 바위에 둘러싸여 잠자고 있는 산정 호수 같았다. 가볍게 불어오는 바람과 끝없이 펼쳐져 있는 연한 하늘빛은 바다에 특별한 매력을 더하고 있었다.

　오르탕스가 말했다.

　「너무 멋져요」

　잠시 후 그녀가 다시 말을 덧붙였다.

　「하지만 우린 경치를 구경하러 온 게 아니죠. 저 왼쪽에 날카롭게 서 있는 커다란 석조 건물이 정말로 아르센 뤼팽이 살고 있는 집인지 확인하러 온 것도 아니고요……」

　레닌이 말했다.

「그렇습니다. 궁금하실 테니 이제 이곳에 온 이유를 말씀드리겠습니다. 하지만 저도 아직은 아는 게 그리 많지 않습니다. 지난 이틀 동안 자세히 살펴보고 조사했지만 아무것도 밝혀 내지 못했거든요. 그러니 당신의 호기심을 부분적으로밖에 채워 드리지 못할 겁니다」

「말씀하세요」

「사건에 대한 설명 자체는 별로 오래 걸리지 않을 겁니다. 하지만 본론으로 들어가기 전에 몇 마디 덧붙이도록 하겠습니다. 전 여기저기서 친구들이 전해 주는 정보를 듣고 사건에 개입하는 경우가 많습니다. 그래서 어려운 일을 당한 사람이 있으면 도와주려고 애를 쓰고……, 그건 당신도 잘 알 겁니다. 하지만 정보의 대부분은 물론 쓸데없고 별 흥미롭지 않은 정보인 경우가 많아 대개 그냥 지나치기도 합니다. 그런데 지난 주, 파리에 있는 한 친구가 전화를 해서 흥미로운 이야기를 들려줬습니다. 같은 아파트에 사는 어떤 여자가 다른 남자와 통화하는 걸 우연히 들었는데, 그 내용이 무척 수상하더라는 겁니다. 남자는 파리 근교에 있는 어떤 호텔에 묵고 있다고 했는데 그 도시의 이름은 물론이고 남자와 여자의 이름도 너무 이상하더랍니다. 그 남녀는 스페인 어로 대화를 했는데 보통 자바 어(자바 섬의 언어로 한때 프랑스에서 은어로 유행한 적이 있음 — 옮긴이)라고 부르는 은어를 사용하는 것 같았대요. 또 음절을 많이 생략하는 바람에 알아듣기가 어려웠다더군요. 그래도 대충 중요한 내용은 알아들었다며 얘기해 줬습니다.

주요 내용은 크게 세 가지랍니다. 첫째는 두 남녀가 오누이 사이이며 이들이 다른 제3의 인물과 만날 약속을 했다는 겁니다. 그

제3의 인물이 남자인지 여자인지는 확실치 않지만 결혼한 사람이고, 어떤 대가를 치르더라도 배우자로부터 자유로워지고 싶어한다고 했습니다. 둘째는 약속 날짜가 10월 2일이며 자세한 내용은 신문 광고란을 통해 알린다고 했답니다. 셋째는 10월 2일 저녁에 이 제3의 인물이 누군가를 절벽으로 데리고 가서 제거할 거라고 했습니다. 자, 이게 제가 들은 정보입니다. 그동안 제가 얼마나 세심하게 조사를 하고 신문 광고란을 샅샅이 뒤졌는지는 말씀드리지 않겠습니다. 그런데 그저께 아침, 신문에서 이런 광고를 봤습니다.

〈10월 2일 정오. 투아 마틸드에서.〉

절벽에서 사람을 죽인다면 바다 근처에서 일을 벌일 게 분명합니다. 생소한 명칭이라서 잘은 모르겠지만 투아 마틸드란 곳이 에트르타 해변 끝의 저쪽 어디를 말하는 것 같습니다. 어쨌든 그자들의 계획을 사전에 차단하기 위해서 어제 도착하자마자 이리로 오자고 했던 겁니다」

오르탕스가 물었다.

「무슨 계획이오? 레닌 씨께서는 마치 범죄라도 일어날 것처럼 말씀하시는데, 어디까지나 당신의 추측일 뿐이잖아요」

「아닙니다. 이 일은 오빠 또는 동생이 제3의 인물과 결혼하는 문제 때문인 듯한데, 그 제3의 인물이 어떤 대가를 치르더라도 자신의 배우자로부터 자유로워지고 싶다는 얘기가 나온 걸로 보아 분명 범죄가 발생할 겁니다. 그러니 그 제3의 인물의 부인이나 남편이 10월 2일 저녁, 바로 오늘 저녁에 절벽 위에서 살해될 것이 분명하죠. 모두가 논리적인 추리이고 아무런 의심의 여지가 없습니다」

이들은 카지노 옆에 있는 테라스에 앉았다. 이들이 앉은 자리 앞에 해변으로 내려가는 층계가 있었는데 층계를 따라 내려가면 개인 소유의 방갈로 몇 채가 있었다. 방갈로 앞에는 남자 서너 명이 모여 앉아 브리지 게임을 했고 그 옆에 앉은 여자들은 뜨개질을 하며 수다를 떨었다. 물가에는 아이들 대여섯 명이 맨발로 뛰어놀았다. 그리고 좀더 먼 곳에 문이 굳게 닫힌 방갈로 한 채가 따로 떨어져 있었다.

오르탕스가 말했다.

「경치가 이렇게 아름다운데 제 마음은 무겁기만 하네요. 당신 말은 그저 추리일 뿐이라고 생각하면서도 끔찍한 생각을 떨쳐 버릴 수 없어서 그런가 봐요」

「끔찍하다……, 그래 맞아요. 아주 꼭 들어맞는 표현입니다. 그저께부터 저도 사람들의 얼굴을 하나하나 살펴보았는데……, 불행하게도 아무 단서도 발견할 수가 없었습니다」

「아무 단서도 발견하지 못했다니. 그럼 어떤 일이 일어나게 될까요?」

오르탕스는 거의 혼잣말을 하듯 덧붙였다.

「저 사람들 중 누군가가 위협을 받고 있다니……. 희생자는 이미 결정되었을 텐데……. 도대체 그게 누굴까? 저쪽에서 웃고 있는 금발의 여자일까? 저기서 담배를 피우고 있는 키 큰 남자일까? 살인을 꾸미고 있는 사람은 도대체 누굴까? 모두들 조용히 즐거운 시간을 보내고 있는데 그 위로 죽음의 그림자가 맴돌고 있다니……」

레닌이 말했다.

「좋습니다! 당신도 이제 모험 속에 깊숙이 빠진 것 같군요. 안 그렇습니까? 제가 말하지 않았습니까? 삶은 전부 모험이고……, 모험이 없으면 삶의 가치가 떨어지는 법이라고 말입니다. 당신도 앞으로 일어날 일의 냄새를 맡으면서 불안에 떨고 있지 않습니까? 비극적인 사건이 당신 주위를 맴돌고 있고, 당신은 수수께끼를 풀기 위해 머리끝에서 발끝까지 온 힘을 기울이고 있습니다. 자, 당신은 방금 나타난 저 부부를 날카로운 시선으로 살펴보고 있지 않습니까? 어떻게 알겠어요? 저 남자가 자기 아내를 죽이려고 계획을 꾸미고 있는지……, 아니면 저 여자가 남편을 없애 버리려고 하는지……」

「뎅브르발 부부 말이에요? 말도 안 돼요! 얼마나 사이가 좋은 부부라고요! 어제 호텔에서 뎅브르발 부인과 오랫동안 얘길 나눴어요. 당신도 봤잖아요」

「오! 나도 자크 뎅브르발 씨와 함께 골프를 쳤죠. 선수처럼 실력이 뛰어나더군요. 그리고 그의 두 딸과 함께 인형 놀이도 했습니다. 아주 귀여운 아이들이더군요」

뎅브르발 부부가 다가왔다. 오르탕스와 레닌은 이들과 몇 마디 대화를 나눴다. 뎅브르발 부인은 가정교사와 아이들을 오늘 아침에 먼저 파리로 돌려보냈다고 말했다. 남편인 자크 뎅브르발은 키가 크고 금발의 수염을 멋지게 기른 남자였는데 헐겁게 짜여진 플란넬 셔츠를 입고 있어 건장한 가슴 근육이 훤히 들여다보였다. 자크 뎅브르발은 날씨가 덥다며 투덜거렸다.

뎅브르발 부부는 잠시 대화를 나누다가 레닌과 오르탕스에게 인사를 건네고 해변을 향한 계단으로 걸어갔다.

「테레즈, 방 열쇠 갖고 있소?」

자크 뎅브르발이 갑자기 걸음을 멈추고 아내에게 물었다.

「네, 여기요. 신문 읽으실래요?」

테레즈 뎅브르발이 대답했다.

「그러지. 아니면 산책이나 나가든가……」

「지금보단 오후에 산책하는 게 좋지 않을까요? 오전엔 편지를 열 통이나 써야 하거든요」

「그럽시다. 오후에는 함께 절벽 위로 올라가 봅시다」

오르탕스와 레닌은 깜짝 놀라 서로를 바라보았다. 뎅브르발 씨가 아내에게 절벽으로 산책을 나가자고 한 건 단지 우연일까? 아니면 보기와는 달리 뎅브르발 부부 중 한 명이 레닌과 오르탕스가 그토록 찾고 있던 제3의 인물인 걸까?

오르탕스가 미소를 지으려고 애쓰며 중얼거렸다.

「심장 뛰는 소리가 다 들리는 것 같네요. 하지만 정말 그렇게 믿고 싶진 않아요. 뎅브르발 부인이 그랬는걸요. 〈남편과 전 한번도 말다툼을 해 본 적이 없어요〉라고 말이에요. 절대로 그럴 리가 없어요. 저 부부는 얼마나 사이가 좋다고요」

「잠시 후면 알게 될 겁니다. 과연 저 두 사람 중 하나가 투아 마틸드에서 그 남매를 만나게 되는지……」

뎅브르발 부인이 테라스 난간에 기대 서 있는 동안 자크 뎅브르발은 계단 아래로 내려갔다. 멀리서 보니 그녀의 몸매는 아주 날씬하고 유연했다. 하지만 턱 선이 너무 뾰족해서 날카로운 느낌도 들었다. 오르탕스는 테레즈 뎅브르발의 얼굴에서 미소가 사라지며 서글프고 고통스런 표정이 언뜻 스쳐 간 기분이 들었다.

「자크, 뭘 잃어버렸나요?」

테레즈가 난간에 기댄 채 윗몸을 숙이며 소리쳤다.

「응, 열쇠. 손에 들고 있었는데 떨어진 모양이오」

테레즈도 계단을 내려가 남편과 함께 열쇠를 찾기 시작했다. 잠시 후, 뎅브르발 부부는 오른쪽 비탈 아래로 내려갔다. 오르탕스와 레닌이 있는 곳에서는 부부의 모습이 보이지 않았다. 브리지 게임을 하고 있던 사람들이 다투는 소리에 묻혀 뎅브르발 부부의 목소리도 들리지 않았다.

잠시 후 뎅브르발 부부가 다시 모습을 드러냈다. 뎅브르발 부인은 천천히 계단을 올라가다가 멈춰 서서 바다를 바라보았다. 자크는 웃옷을 어깨에 걸친 뒤 외딴 곳에 있는 방갈로를 향해 걸음을 옮겼다. 걸어가는 그에게 브리지 게임을 하고 있던 남자들이 뭐라고 말을 걸었다. 하지만 자크는 아무 대답도 하지 않고 20미터 정도 떨어져 있는 외딴 방갈로로 들어가 문을 닫았다.

테레즈 뎅브르발은 테라스로 돌아왔다. 그리고 거의 10분 동안 아무 말 없이 의자에 앉아 있다가 다시 일어나 카지노 밖으로 나갔다. 오르탕스는 고개를 약간 숙이고 테레즈의 움직임을 눈으로 뒤쫓았다. 테레즈는 오빌 호텔의 별채에 있는 자신의 별장으로 들어갔다. 그리고 잠시 후 별채의 발코니에 모습을 드러냈다.

레닌이 말했다.

「11시군요. 이제 테레즈든 자크든, 아니면 카드 게임을 하고 있는 사람 중 한 명이든……, 아니면 그 누구든 간에 곧 약속 장소로 나가게 될 겁니다」

20분……, 25분이 흘렀다. 하지만 움직이는 사람은 아무도 없었다. 오르탕스가 불안한 표정으로 말했다.

「뎅브르발 부인이 약속 장소로 갔을 거예요. 아까부터 발코니에 있던 그녀의 모습이 보이지 않아요」

「뎅브르발 부인이 투아 마틸드에 갔다면 우리가 잡을 수 있을 겁니다」

레닌과 오르탕스는 자리에서 일어났다. 그때 카드 게임을 하던 사람들 사이에 다시 한번 말다툼이 생긴 모양인지 한 남자가 소리를 질렀다.

「어디 한번 뎅브르발 씨에게 물어봅시다」

다른 사람이 말했다.

「좋소. 그렇게 하지. 하지만 그 사람이 심판 역할을 봐 줄지 모르겠어. 좀 전에도 본체만체 그냥 지나가 버리지 않았소」

남자들은 일어나 뎅브르발의 이름을 부르며 외딴 방갈로로 갔다.

「뎅브르발 씨! 뎅브르발 씨!」

방갈로 앞에 도착하니 문이 닫혀 있었다. 방갈로 벽에는 창문도 없었다.

「잠을 자나 보네」

「깨웁시다」

누군가가 소리쳤다.

「뎅브르발 씨! 뎅브르발 씨!」

네 남자가 방갈로 앞에 서서 뎅브르발의 이름을 부르기 시작했다. 하지만 아무 대답이 없었다. 남자들은 이제 문을 두드리기 시작했다.

「뭐하오, 뎅브르발 씨! 자고 있는 거요?」

테라스에 앉아 이 광경을 지켜보고 있던 세르주 레닌이 갑자기 불안한 표정으로 자리를 박차고 일어섰다. 오르탕스는 그 모습을 보며 깜짝 놀랐다.

「너무 늦은 게 아니었으면 좋겠는데……」

레닌이 중얼거렸다.

오르탕스가 무슨 일이라도 생겼는지 물어보려고 하는데 레닌은 이미 계단을 내려가 방갈로를 향해 달려가고 있었다. 사람들은 여전히 방갈로 문을 흔들어 대며 뎅브르발을 불렀다.

레닌이 방갈로 앞에 도착했다.

「멈추세요! 문제는 차근차근 해결해야 합니다」

「문제라뇨?」

레닌은 방갈로 안쪽에 쳐 있는 블라인드를 조심스럽게 관찰하다가 윗부분에 블라인드 살 하나가 반쯤 부서져 있는 것을 발견했다. 그는 위로 껑충 뛰어올라 거의 지붕에 매달리다시피 해서 부러진 블라인드 살 사이로 방갈로 안을 들여다보았다.

사람들이 질문을 퍼부었다.

「무슨 일이오? 뭐가 보입니까?」

레닌은 고개를 돌려 네 남자에게 말했다.

「뎅브르발 씨가 대답할 수 없는 이유가 있어요. 사건이 발생했습니다」

「사건이라고요?」

「그렇습니다. 뎅브르발 씨가 부상을 당했어요……, 아니면 죽었거나……」

「뭐라고요?」

「좀 전에도 봤는데 무슨 소리요?」

남자들이 소리쳤다.

레닌은 칼을 꺼내 자물쇠에 집어넣고 이리저리 돌렸다. 문이 열리자 밖에 있던 사람들이 비명을 질러 댔다.

자크 뎅브르발은 방갈로 바닥에 엎드려 있었다. 한 손에는 신문을 쥐고 다른 한 손으로는 웃옷을 꽉 쥔 채였다. 그의 등에서 흐른 피가 옷을 새빨갛게 물들여 놓았다.

「범죄가 일어났다니……, 말도 안 돼. 아무도 이리로 들어가지 않았잖소. 우리가 보고 있었는데……. 우리 눈을 피해서 이 안으로 들어갔다는 건 말도 안 되는 소리요」

남자들이 레닌의 말에 이의를 제기했다.

뜨개질을 하며 수다를 떨던 여자들과 물가에서 놀고 있던 아이들을 비롯해 근처에 있던 사람들이 모두 몰려왔다. 레닌은 사람들이 방갈로 안으로 들어오지 못하도록 막았다. 다행히 몰려온 사람들 중에 의사가 한 명 있어서, 그 의사만 안으로 들어오게 했다. 하지만 의사는 뎅브르발을 치료할 수 없었다. 그저 뎅브르발이 이미 사망했다는 진단을 내리고 사인은 과다 출혈이라는 사실을 확인시켜 줄 뿐이었다.

곧 시장과 지방 경찰이 마을 사람들과 함께 도착했다. 경찰은 사람들에게 사건에 대해 몇 가지 질문을 한 다음 뎅브르발의 시신을 옮겼다.

사람들 몇 명이 테레즈 뎅브르발에게 남편의 사망 소식을 전하러 달려갔다. 뎅브르발 부인은 사람들이 부르는 소리에 다시 발코니에 모습을 나타냈다.

이해할 수 없는 사건이었다. 문 닫힌 방갈로 안에서 한 남자가 살해당했다. 그 주변에는 스무 명 이상의 사람들이 있었지만 범인을 본 사람은 아무도 없다. 피해자가 방갈로로 들어간 뒤에 방갈로로 가거나 방갈로에서 나온 사람은 아무도 없었다. 더구나 뎅브르발 씨의 양 어깨 사이를 찌르는 데 쓰였을 범행 도구도 발견되지 않았다. 이렇게 끔찍한 살인 사건만 아니었다면 마술 보듯 신기하게 생각할 일이었다.

사람들이 뎅브르발 부인에게 소식을 전하러 가는 모습을 보면서 오르탕스는 얼어붙은 듯 그 자리에 가만히 서 있었다. 온몸이 마비된 것 같았다. 레닌과 모험을 시작한 후 살인 사건에 대한 이야기를 듣기도 하고 끔찍한 시체를 보기도 했지만, 이번처럼 사건을 예견하고 범인을 찾기 위해 노력하다가 눈앞에서 죽음을 목격한 일은 처음이었다.

　오르탕스는 온몸이 덜덜 떨려 어금니를 꽉 물었다.

　「너무 끔찍해……, 불쌍하기도 하지! 아……, 레닌, 당신도 저 사람을 구하지 못했군요. 우리가 저 사람을 구할 수 있었다는 생각 때문에 더욱더 충격이 큰 것 같아요……. 우리가 구했어야 하는 건데……, 사건이 일어날 줄 알고 있었는데……」

　레닌은 그녀에게 각성제 병을 내밀며 냄새를 맡고 숨을 가다듬어 보라고 권유했다. 잠시 후 오르탕스가 침착해지자 레닌은 그녀의 표정을 살피며 조심스럽게 말했다.

　「그러니까 당신은 이 살인 사건과 우리가 저지하려고 했던 범행 사이에 무슨 관련이 있다고 생각하는 겁니까?」

　그녀가 깜짝 놀라 말했다.

　「물론이죠」

　「그러니까 그 계획에서 아내가 남편을 살해하려고 했던 건지, 남편이 아내를 살해하려고 했던 건지는 정확히 알 수 없지만 뎅브르발 씨가 죽었으니……, 이 사건은 당연히 뎅브르발 부인이 저지른 일이라고 생각하는 거죠?」

　「오! 아니, 그럴 리가 없어요! 우선 뎅브르발 부인은 계속 방에 있었어요. 그리고 저렇게 아름다운 분이 그런 일을 저질렀다고는 생각할 수가 없어요. 아니……, 아녜요. 뭔가 다른 게 있을 거예요. 분명……」

「다른 거라뇨?」

「모르겠어요. 그 남매의 통화 내용을 잘못 들은 걸지도 모르잖아요. 당신이 말했던 그 범행 계획과는 완전히 다르잖아요. 시간과 장소……, 모두 달라요」

「그러면 두 사건은 전혀 관련이 없다는 겁니까?」

「아! 정말 모르겠어요. 모든 게 너무나 이상해요!」

레닌이 농담하듯 말했다.

「오늘은 제자님께서 스승인 절 별로 탐탁하게 여기지 않는 모양이군요」

「그래서 레닌 씨의 결론은 뭔데요?」

「결론이라! 아주 간단한 일입니다. 당신도 극장에 앉아 영화를 보듯이 모든 과정을 다 지켜보지 않았습니까? 그런데 당신 눈앞에서 일어난 일을 아주 멀리 떨어진 동굴 속에서 일어난 일인 양 말하고 있군요」

오르탕스는 혼란스러웠다.

「무슨 말씀이세요? 뭐예요? 그러니까 당신은 이해했다는 거예요? 무슨 근거를 가지고 사건을 이해했다는 거죠?」

레닌은 시계를 쳐다보았다.

「저도 아직 다 이해한 건 아닙니다. 이 사건은 정말 갑작스럽게 일어난 일이니까요. 중요한 건 살인 동기를 파악하는 일입니다. 하지만 아직까진 살인 동기에 대한 단서가 전혀 없습니다. 어쨌든, 지금 벌써 정오가 되었으며 약속 시간에 누구도 투아 마틸드에 나가지 않았으니 남매는 이제 해변으로 내려올 게 확실합니다. 그들과 약속한 사람에게 무슨 일이 생겼는지 궁금할 테니까요. 그렇게 되면 우리는 미리 계획되었던 그 사건의 공범들이 누군지, 그리고 두 사건이 과연 어떤 관계가 있는지, 아니면 아무 관계도 없는지 알아낼 수 있을 겁니다」

그들은 오빌 호텔의 별채 앞으로 난 길을 따라 전망대로 올라갔다. 어부들이 캡스턴(닻 따위 무거운 물건을 들어 올리기 위한 장치 ─ 옮긴이)으로 닻을 감아 올리고 있었다. 별채 앞은 호기심에 몰려든 사람들로 인해 북적거렸다. 별채 입구에는 해안 경비대원 두 명이 서서 사람들의 출입을 통제했다.

시장이 사람들을 밀치고 방갈로 안으로 들어갔다. 시장은 우체국으로 가서 르아브르 검찰청에 전화를 걸고 돌아오는 길이었다. 검찰청에서는 오후에 검사와 예심판사를 보내기로 했다.

레닌이 말했다.

「경찰이 조사하는 데 두세 시간은 족히 걸릴 겁니다. 아주 까다로운 사건이니까요. 그동안 우리는 밥이나 먹고 오죠」

시간이 충분하다고 생각하기는 했지만 이들은 서둘렀다. 오르탕스는 무척 피곤했으나 좀더 자세히 알고 싶은 마음에 레닌에게 끊임없이 질문을 던졌다. 레닌은 오르탕스의 질문에 대충 얼버무리면서 식당 창문을 통해 보이는 전망대에 시선을 고정시켰다.

「그 사람들이 올까 봐 그렇게 보고 있는 거예요?」

오르탕스가 물었다.

「그렇습니다, 두 남매」

「그자들이 위험을 무릅쓰고 나타날까요?」

「저길 봐요! 그자들입니다!」

레닌은 서둘러 밖으로 나갔다.

큰길 입구에서 한 남자와 여자가 걸어오고 있었다. 낯선 곳을 방문한 사람들처럼 두리번거리는 몸짓을 보니 그들은 외지인임에 분명했다. 오빠로 보이는 남자는 작은 키에 몸집이 왜소했고 얼굴빛은 칙칙했다. 그의 머리에는 오토바이 헬멧에 눌린 듯한 자국이 나 있었다. 동생으로 보이는 여자도 역시 키가 작았다. 하지만 남자에 비해 매우 건강해 보였으며 커다란 망토를 걸치고 있었다. 나이가 좀 들어 보였지만 얇은 베일로 가린 여자의 얼굴은 꽤 아름다웠다.

이들은 사람들이 모여 웅성거리고 있는 곳으로 다가갔다. 이들의 걸음걸이는 불안에 떨고 망설이는 사람들처럼 왠지 어색했다.

여동생으로 보이는 여자가 한 선원에게 말을 걸었다. 선원이 내뱉은 첫마디에 여자는 비명을 지르더니 사람들 사이를 빠져나가려고 허둥지둥했다. 뎅브르발 씨가 살해당했다는 말을 들은 게 분명했다.

이번에는 그녀의 오빠로 보이는 남자가 주위 사람에게 무슨 일인지 물어보고 나서 두 팔을 치켜들며 출입을 통제하고 있던 해안 경비대원에게 소리쳤다.

「전 뎅브르발의 친구입니다! 자……, 여기 제 신분증이오, 프레데릭 아스탱이라고 합니다! 여긴 제 여동생 제르멘 아스탱이고 뎅브르발 부인과 가까운 사이입니다. 뎅브르발 부부가 우릴 기다리고 있었어요. 약속을 했거든요!」

경비대원은 이들을 별채 안으로 들여보냈다. 레닌과 오르탕스는 남매 뒤에 서 있다가 그들을 따라 안으로 들어갔다.

뎅브르발 가족은 별채 3층을 사용하고 있었다. 침실 네 개에 응접실이 하나 있는 넓은 공간이었다. 제르멘 아스탱은 시신이 안치된 방 안으로 달려 들어가더니 침대 옆에 무릎을 꿇고 주저

앉았다. 테레즈 뎅브르발은 응접실에서 사람들 틈에 끼여 흐느끼
고 있었다.

제르멘의 오빠 프레데릭 아스탱은 뎅브르발 부인에게 다가갔
다. 그는 부인 옆에 앉아 손을 꼭 잡고 떨리는 목소리로 말했다.

「가엾은 친구……, 가엾은 친구 같으니……」

레닌과 오르탕스는 한동안 두 남매의 행동을 유심히 살펴보았
다. 마침내 오르탕스가 속삭였다.

「저런 사람이 살인을 저지르다뇨? 말도 안 돼요!」

「하지만……, 서로 아는 사람들이 아닙니까? 프레데릭 아스탱
과 그의 여동생이 통화 중에 말한 제3의 인물과 잘 아는 사이였으
니까……. 그렇게 생각하면……」

오르탕스가 거듭 이의를 제기했다.

「말도 안 돼요!」

레닌은 뎅브르발 부인이 범인이라고 추측하고 있었지만 오르탕
스는 레닌의 말을 믿지 않으려고 했다. 그녀는 뎅브르발 부인을
위로하기 위해 프레데릭 아스탱이 자리를 뜨자마자 그녀에게 다
가가 말을 건넸다. 그리고 가엾은 뎅브르발 부인의 눈물을 보자
오르탕스는 더욱더 마음이 아팠다.

레닌은 프레데릭과 제르멘을 감시하는 데에만 정신을 쏟고 있
었다. 제르멘이 방으로 들어가자 그는 프레데릭에게 시선을 고정
시켰다. 프레데릭은 아무렇지도 않은 듯이 무심한 표정으로 집
안 여기저기를 훑어보고 있었다. 프레데릭은 응접실로 갔다가 침
실로 들어가기도 하고 구석구석을 돌아다니며 어느 하나 놓치지
않으려는 듯 자세히 둘러보았다. 그러다가 사람들 틈에 섞여 살
인 사건에 대해 묻기도 했다. 제르멘은 두 번씩이나 오빠에게 가

서 귓속말을 했다. 잠시 후 프레데릭은 다시 뎅브르발 부인의 옆에 앉아 정중하게 위로의 말을 건넸다. 그리고 현관 앞에서 여동생과 한동안 대화를 나눈 다음 자기 할 일을 다 마친 사람처럼 밖으로 나갔다. 그러기까지 3, 40분쯤 소요되었다.

그 순간 예심판사와 검사가 탄 자동차가 방갈로 앞에 도착했다. 레닌은 이들이 이렇게 빨리 올 줄 몰랐다는 듯 오르탕스에게 말했다.

「서둘러야 합니다. 무슨 일이 있어도 뎅브르발 부인 곁을 떠나지 마요」

예심판사는 해변에서 예비 심문을 할 모양이었다. 이번 사건의 증인들이나 유용한 정보를 알고 있는 사람들은 해변에 모이라고 외치는 소리가 들렸다. 예심판사는 심문을 끝낸 후 뎅브르발 부인을 만나러 올 모양이었다. 사람들은 모두 해변으로 모였다. 집안에는 해안 경비대원 두 명과 제르멘, 뎅브르발 부인, 오르탕스, 그리고 레닌만이 남았다.

제르멘은 망자 옆으로 가 다시 한번 무릎을 꿇고 앉았다. 그러고는 상체를 숙이고 머리를 양손에 파묻은 채 오랫동안 기도를 했다. 잠시 후 제르멘이 일어서더니 계단 쪽으로 나 있는 문을 열고 밖으로 나가려고 했다. 레닌이 다가와 그녀를 막아서며 말했다.

「드릴 말씀이 있습니다, 부인」

제르멘은 깜짝 놀란 것 같았다.

「말씀하세요. 어디 들어 보죠」

「여기서는 안 됩니다」

「그럼 어디서요?」

「옆방, 응접실에서요」

「안 돼요」

제르멘은 날카롭게 소리를 질렀다.

「왜죠? 부인께서는 뎅브르발 부인과 친구라고 하시더니 어째서 손 한번 잡지 않는 겁니까?」

레닌은 제르멘에게 대답할 시간도 주지 않고 옆방으로 밀어 넣었다. 그리고 문을 닫았다. 뎅브르발 부인은 제르멘이 응접실로 들어온 모습을 보자 밖으로 나가려 했다. 레닌은 두 여자를 붙잡아 앉힌 후 말했다.

「이러지들 마시고 제 말씀 좀 들어 보세요. 뎅브르발 부인, 아스탱 부인 때문에 나가실 필요 없습니다. 제가 이제부터 아주 중요한 얘길 할 겁니다. 지금은 이렇게 낭비할 시간이 없어요」

두 여자는 증오심에 가득 찬 눈으로 서로를 바라보았다. 둘 사이에는 감출 수 없는 갈등과 분노가 느껴졌다. 지금까지 이들이 친구 사이이며 공범일지도 모른다고 생각했기 때문에, 오르탕스는 이런 모습을 보며 충격을 받았다. 그리고 이제 사건이 새로운 국면으로 접어들었음을 느꼈다.

테레즈 뎅브르발이 자리에서 일어났다. 오르탕스는 테레즈에게 다가가 그녀를 다시 자리에 앉혔다. 레닌은 방 한가운데에 서서 단호한 어조로 말했다.

「저는 우연히 이 사건에 대해 알게 되었습니다. 제 생각에 아마 두 분은 모두 제 도움을 필요로 하실 겁니다……. 두 분 모두 뎅브르발 씨의 죽음에 대해 각자 책임이 있기 때문에, 지금 마음속 깊이 자신의 잘못을 뉘우치고 있을 테니까요. 하지만 지금은 서로에 대한 증오 때문에 이 사건을 잘 해결할 수 없을 겁니다. 그래서 제가 여러분 사이에 끼어들어 중재하고 여러분이 처한 어려움에서 벗어나게끔 돕겠습니다. 하지만 아직 여러분께 들어야 할 말이 더 있으니 두 분 모두 솔직하게 대답해 주셔야 합니다. 앞으로 30분 후면 예심판사가 이리로 올 테니까요. 그전에 두 분은 합의를 봐야 합니다」

두 여자는 모두 소스라치게 놀라며 아무 말도 하지 못하고 있었다.

레닌이 명령조로 말했다.

「잘 들으세요. 합의를 봐야 합니다. 원하든 원치 않든 합의를 봐야 합니다. 이건 여러분만 개입된 문제가 아닙니다. 뎅브르발 부인, 부인께는 두 딸이 있습니다. 제가 어쩌다가 이 사건에 끼어들었지만, 저는 부인의 아이들을 보호해야겠다는 생각에 그냥 지나칠 수가 없었습니다. 부인께서 예심판사를 만났을 때 만약 행동이나 말에서 작은 실수라도 하신다면 부인의 아이들에게는 더 큰 불행이 닥칠 겁니다. 그런 일이 일어나서야 되겠습니까?」

레닌이 아이들 문제를 언급하자 뎅브르발 부인은 주저앉아 흐느껴 울기 시작했다. 제르멘 아스탱은 그저 어깨를 으쓱하더니 문을 향해 걸어가려 했다. 레닌이 다시 제르멘을 가로막으며 물었다.

「어디 가십니까?」

「예심판사가 모이라고 했잖아요」

「아닙니다」

「증인들은 모두 모이라고 했잖아요」

「당신은 사건 현장에 없었잖습니까? 당신은 무슨 일이 일어났는지 아무것도 모릅니다. 아무도 사건의 진상을 모르고 있습니다」

「난 누가 살인을 저질렀는지 알아요」

102

「그럴 리가 없습니다」

「테레즈 뎅브르발이에요」

제르멘은 무척 화가 난 듯 테레즈에게 비난을 퍼부었다.

테레즈는 울음을 멈추고 일어나 제르멘에게 달려들었다.

「더러운 년! 꺼져! 어서 꺼지라고! 아! 더러운 년 같으니!」

오르탕스가 테레즈를 진정시키려고 했지만 레닌이 낮은 소리로 말했다.

「그냥 두십시오. 제가 바라던 바이니……, 서로 실컷 싸우게 그냥 놔두십시오」

모욕을 당한 제르멘은 농담을 던지듯 낄낄거리며 말했다.

「더럽다고? 왜? 네가 살인범이라는 사실을 말해서?」

「전부! 전부 다! 넌 정말 더러운 년이야! 잘 들어, 제르멘, 이 더러운 년아!」

테레즈 뎅브르발은 계속해서 욕을 퍼부었다. 소리를 내지르며 분노를 내뿜다 보니 테레즈는 점점 마음이 진정되어 갔다. 결국 소리 지를 힘조차 남지 않은 테레즈는 조용히 입을 다물었다. 그러자 이번에는 제르멘 아스탱이 공격을 시작했다. 제르멘은 주먹을 치켜들며 얼굴을 있는 대로 찡그렸다. 그 모습을 보니 20년은 더 늙어 보였다.

「너! 네가 감히 날 모욕해! 너! 너! 살인까지 저지르고 말이야! 네가 죽인 남편이 시체가 되어 저 방에 누워 있는데 머리를 꼿꼿이 들고 다니다니 말이야! 아! 우리 둘 중에 누가 더 더러운 년인지 말해 볼까? 그건 바로 너야, 테레즈! 넌 네 남편을 죽였어! 네 남편을 죽였다고!」

제르멘 아스탱은 매우 흥분해서 끔찍한 욕을 퍼부어 댔다. 삿

대질하는 그녀의 손톱이 테레즈의 얼굴에까지 닿을 것 같았다. 제르멘은 공격을 멈추지 않았다.

「네가 살인을 저질렀다는 사실을 자백하지 않을 셈이야? 자백하지 않을 거냐고! 그럼 내가 말해 주지. 단도는 네 가방 안에 있어. 오빠가 너하고 얘기할 때 네 가방 안에 손을 넣어 봤지! 그랬더니 오빠 손에 피가 묻었어. 테레즈, 네 남편의 피가 분명해. 물론 이곳에 오자마자 증거를 발견하지는 못했지만 어쨌든 난 처음부터 다 알고 있었어. 난 곧바로 진실을 알아차렸다고. 선원이 저 아래서 〈뎅브르발 씨요? 살해당했는걸요〉라고 말했을 때 이미 모든 진실을 알아차렸어. 〈그년이야, 테레즈. 테레즈 그년이 죽인 거야〉라고 말이지」

테레즈는 아무 대꾸도 하지 않았다. 그녀는 저항할 힘조차 없는 것 같았다. 오르탕스는 테레즈가 이미 자포자기해 버렸다는 사실을 눈치 채고는 걱정스럽게 바라보았다. 테레즈의 모습은 말이 아니었다. 볼은 쑥 들어갔고 얼굴에는 절망의 그늘이 가득했다. 오르탕스는 측은한 생각에 변명을 해 보라는 듯 부추겼다.

「제발, 설명을 좀 해 보세요. 사건이 일어나는 동안 부인께서는 여기 발코니에 계셨잖아요. 그런데 단도는……, 왜 갖고 계신 거예요? 설명 좀……」

제르멘 아스탱이 비웃음 섞인 목소리로 말했다.

「설명이라고요? 그걸 설명할 수 있을 거라고 생각해요? 살인 사건에서 겉으로 드러난 사실이 뭐든 그게 뭐가 중요해요? 사람들이 뭘 보았고, 보지 않았느니 하는 것들은 전혀 중요하지 않다고요! 중요한 건 증거예요. 단도가 저기, 저 가방 속에 있다고요. 테레즈, 그래 바로 너야! 너라고! 네가 죽였어! 결국 네가 자크를 죽였다고! 내가 항상 오빠한테 얘기했지. 〈테레즈가 그일 죽일 거야!〉라고 말이야. 하지만 프레데릭은 널 두둔하려고 했어. 프레데릭은 항상 너한테 약하게 군단 말이야. 하지만 속으로는 오빠도 이미 짐작하고 있었을 거야. 자, 봐! 결국 이렇게 끔찍한 일이 벌어졌잖아! 단도로 등을 찌르다니……. 비겁한 년! 비겁한 년! 내가 입을 다물고 있을 것 같아? 난 가만 있지 않을 거야……. 프레데릭도 마찬가지지! 우리가 결정적인 증거를 찾았으니 있는 힘을 다해서 네가 처벌을 받도록 만들겠어. 이제 끝이야, 테레즈. 넌 끝났어. 이제 더 이상 빠져나갈 방법이 없다고. 네가 들고 있는 가방 안에 단도가 들어 있으니 말이야. 이제 판사가 들어오면 네 가방 안을 뒤질 거야. 그럼 네 남편의 피가 묻은 칼이 나오겠지. 지갑도 들어 있을걸. 전부 다 찾게 될 거라고……」

제르멘은 분노가 끓어오르는지 더 이상 말을 잇지 못했다. 그녀는 여전히 주먹을 치켜든 채 턱을 바르르 떨고 있었다.

레닌은 조심스럽게 뎅브르발 부인의 가방을 잡아당겼다. 하지만 뎅브르발 부인은 가방을 꼭 움켜쥔 채 놓지 않았다.

레닌이 말했다.

「제게 보여 주세요. 제르멘의 말이 옳아요. 예심판사가 곧 올 거고, 단도와 지갑을 발견하면 부인을 즉시 체포할 겁니다. 그러면 안 되지 않습니까? 일단 제게 보여 주십시오」

테레즈는 레닌의 부드러운 목소리를 들으며 가방을 움켜쥔 손에서 힘을 뺐다. 레닌은 가방을 받아 열고 흑단 손잡이가 달린 단도와 회색 가죽 지갑을 꺼냈다. 그리고 두 물건을 자신의 외투 안 주머니에 넣었다.

제르멘 아스탱이 놀란 눈으로 쳐다보았다.

「당신, 미쳤군요! 무슨 권리로⋯⋯!」

「아무렇게나 굴러다니도록 내버려둘 물건이 아니니까요. 제가 입만 다물면 되죠. 예심판사가 제 주머니까지 뒤지는 일은 없을 테니까요」

「하지만 내가 말할 거예요. 경찰한테 얘기할 거라고요」

제르멘이 화를 내며 소리쳤다.

레닌이 웃으며 말했다.

「아뇨! 아니죠! 당신은 아무 말도 하지 않을 겁니다! 경찰은 이 물건들과 아무 상관이 없으니까요. 이건 당신들 두 사람 사이에서 해결해야 할 문제입니다. 개인적인 문제에 경찰을 개입시키다니요!」

제르멘 아스탱은 화가 나서 숨이 넘어갈 지경이었다.

「당신은 무슨 자격으로 그런 말을 하는 거죠? 당신은 도대체 누구예요? 테레즈의 친구인가요?」

「부인께서 테레즈 뎅브르발 부인을 공격하는 한은 그렇죠」

「내가 저 여잘 공격한 건, 저 여자가 살인자이기 때문이에요. 당신도 부인할 수 없을 거예요. 저 여자가 자기 남편을 죽였다고요」

레닌이 침착하게 말했다.

「그걸 부인하려는 게 아닙니다. 그 점에 대해서는 저도 동의합니다. 자크 뎅브르발은 자기 아내에게 살해되었죠. 하지만 다시 한번 말하지만 경찰이 반드시 이 사건의 진실을 알아야 할 필요는 없습니다」

「내가 경찰에 알리겠어요. 맹세하죠. 저 여자는 벌을 받아야 해요⋯⋯. 남편을 죽였으니까!」

레닌은 제르멘에게 다가가 어깨를 잡으며 말했다.

「좀 전에 제게 무슨 자격으로 그런 말을 하느냐고 물으셨죠? 그럼 부인은요?」

「난 자크 뎅브르발의 친구입니다」

「그냥 친구일 뿐인가요?」

제르멘은 약간 당황하는 듯하더니 곧 진정하고 다시 대답했다.

「우린 친구였어요. 그러니까 복수를 하려는 거죠」

「친구라면 침묵을 지키십시오. 뎅브르발이 그랬던 것처럼……」

「그는 자기가 아내 손에 죽을 줄은 몰랐다고요」

「당신은 잘못 알고 있습니다. 그는 죽기 전에 얼마든지 아내를 신고할 수 있었어요. 신고할 시간은 충분했단 말입니다. 하지만 그는 아무 말도 하지 않았습니다」

「그게 무슨 말이죠? 그가 왜요?」

「아이들 때문입니다」

제르멘 아스탱은 복수심과 원망으로 가득 차 경계심을 풀지 않았다. 그러나 자신도 모르게 조금씩 레닌에게 설득당하고 있었다. 문 닫힌 작은 방에는 두 여자가 뿜어내는 증오가 가득 차 있었다. 하지만 레닌은 그녀들이 가졌던 증오심조차 모두 장악하고 말았다. 제르멘은 절망의 구렁텅이에 빠졌던 테레즈 뎅브르발이 갑자기 나타난 저 남자로부터 위안을 얻고 있다는 사실을 느낄 수 있었다.

「고맙습니다, 선생님. 사건을 정확하게 알고 계시니 제가 자수하지 못한 이유도 다 아이들 때문이었다는 걸 아시겠군요. 그것만 아니라면……. 아, 이제 너무 지긋지긋해요」

테레즈는 고개를 똑바로 들고 안심한 듯이 말했다. 그녀는 이제 자백을 하든 신세 한탄을 하든 무슨 말이라도 털어놓아야겠다고 생각하고 있었다. 반대로, 테레즈를 살인범이라고 비난하며 욕하던 제르멘은 불안한 표정으로 머뭇거리며 말을 꺼내지 못했다. 레닌이 몇 마디 끼어들었을 뿐인데 사건은 이제 다른 양상으로 변화하고 있었다.

레닌이 부드럽게 말했다.

「이제 설명할 수 있으시겠죠? 또 그래야 할 때가 된 것 같고요」

「네……, 그래요. 저도 그렇게 생각해요. 이제 저 여자의 말에 대답할 때가 된 것 같네요. 진실을 밝혀야죠」

테레즈는 소파에 기대 다시 한번 서럽게 울었다. 괴로운 기억의 그림자 때문인지 그녀의 얼굴은 더욱 나이 들어 보였다. 테레즈는 작은 목소리로 천천히 진실을 털어놓았다.

「제르멘이 자크의 정부가 된 건 4년 전이었어요. 그 때문에 받은 고통을 생각하면……, 정말 끔찍한 기억이죠. 그 사실을 제게 털어놓은 건 제르멘이었어요……, 뻔뻔스럽게도 말이죠. 제르멘은 자크를 사랑하는 마음 이상으로 저를 미워했어요. 매일매일 전 마음에 상처를 입었죠. 두 사람이 만나기로 약속이라도 하면 제르멘은 항상 전화로 알려 줬어요. 제가 고통스러워하다가 자살이라도 하길 바란 거죠. 저도 그런 생각을 안 한 건 아니에요. 하지만 아이들을 생각하면 그럴 수가 없었죠. 제르멘은 남편에게 이혼하라고 강요했어요. 자크는 점점 마음이 약해졌죠. 저 여자의 오빠는 저 여자보다 훨씬 더 교활하고 위험한 사람이에요. 그래서 남편은 저 두 남매한테 조종당했지요. 자크는 용기가 없어서 절 떠날 생각도 못했지만, 어쨌든 제가 남편 인생에 방해가 되긴 했죠. 남편은 절 미워하기 시작했어요. 세상에, 얼마나 고통스러웠던지……」

제르멘 아스탱이 소리쳤다.

「그럼 남편을 자유롭게 해 줬어야지! 남편이 이혼을 원한다고 죽이는 부인은 없어」

테레즈가 고개를 저으며 대답했다.

「그 사람이 이혼을 요구해서 죽인 건 아니에요. 남편이 정말 이혼을 원했다면 절 떠났겠죠. 그럼 제가 뭘 어떻게 했겠어요? 하지만 제르멘, 넌 계획을 바꿨어. 넌 이혼만으로는 만족하지 못했던 거야. 다른 걸 요구하기 시작했지. 너와 네 오빠가 중요하게 생각했던 것 말이야. 남편도 결국 너희들 계획에 동의했지……, 비굴하게……. 하지만 그도 어쩔 수 없었을 거야」

제르멘이 말을 더듬었다.

「무슨 말을 하는 거야……, 다른 거라니?」

「내가 죽는 것」

「거짓말이야!」

제르멘 아스탱이 소리쳤다.

테레즈는 목소리를 높이지 않았다. 그녀에게 더 이상 증오나 분노의 기색은 보이지 않았다.

「내가 죽는 것 말이야! 제르멘, 네가 남편에게 보낸 편지들을 읽었어. 최근에 왔던 편지 여섯 통……. 자크가 바보같이 지갑에 넣어 놓고 잊어버린 것 같더군. 물론 직접적으로 끔찍한 말을 써 놓은 건 아니었지만, 난 글을 읽으며 네 뜻을 충분히 파악할 수가 있었어. 난 그 편지를 읽으며 얼마나 두려움에 떨었는지 몰라. 그리고 더 큰 충격은……, 자크도 그 일에 동의했다는 거야! 난……, 단 한번도 자크를 해칠 생각을 한 적이 없어. 제르멘, 나 같은 여자는 그렇게 고의로 살인을 저지르지 않아. 내가 이성을 잃었다면……, 결국 그건 모두 네 책임이야」

테레즈는 레닌을 바라보았다. 마치 자신이 이런 사실을 모두 털어놓아도 위험한 건 아닌지, 모든 진실을 밝혀도 괜찮은지 물어보는 것 같았다.

레닌은 테레즈를 안심시켰다.

「걱정하지 마세요. 제가 책임질 테니까요」

테레즈는 손을 이마에 댔다. 다시 끔찍한 장면이 떠올라 괴로운 모양이었다. 제르멘 아스탱은 팔짱을 낀 채 꼼짝도 하지 않고 눈동자를 굴리며 서 있었다. 오르탕스 다니엘은 불안한 표정으로 테레즈의 자백을 기다리고 있었다. 이제 곧 수수께끼 같은 사건의 진상이 전부 밝혀질 때가 되었다.

「그건 전부 네 책임이야, 제르멘. 난 남편 지갑을 다시 서랍 속에 넣어 두었어. 그리고 오늘 아침까지도 남편한테 아무런 내색을 하지 않았지. 내가 그 사실을 알고 있다고 말하고 싶지도 않았으니까. 너무 끔찍한 일이었지! 난 서둘러야 했어. 편지에서는 네가 오늘 몰래 도착할 거라고 했으니까. 처음엔 기차를 타고 도망갈까도 생각했어. 가방에 단도를 넣은 건 나 자신을 지키기 위한 것이었지. 하지만 자크와 함께 해변으로 내려갔을 때 난 이미 체념했어. 그래, 죽음을 받아들이기로 마음먹었지. 〈죽으면 이 악몽도 끝나겠지〉하고 생각했으니까! 하지만 아이들을 위해서, 내가 죽더라도 사고사로 처리되고 그래서 남편도 처벌받지 않길 바랐어. 너도 내가 사고로 죽은 것처럼 보이기 바랐으니까 절벽 위에서 나와 산책할 계획을 꾸민 거고……. 절벽에서 떨어져 죽으면 정말 사고처럼 보일 테니까 말이야. 널 만나러 투아 마틸드에 가기 전에 남편은 나와 헤어져 방갈로로 갔어. 그런데 그리로 가는 길에 테라스에서 방갈로 열쇠를 떨어뜨린 거야. 나도 함께 열쇠를 찾기 시작했지. 그런데 거기서……. 이건 다 네 책임이야……, 그래, 제르멘, 너 때문이라고! 열쇠를 찾는 동안 자크가 모르는 사이에 그이 지갑이 떨어진 거야. 사진 한 장이 보이더군. 올해 아이들과 함께 찍은 우리의 가족 사진이었어. 난 사진을 주웠지. 그런데……, 내가 뭘 봤는지 네가 더 잘 알겠지, 제르멘! 내 얼굴 대신 네 얼굴이 붙어 있었어. 네가 내 사진을 오려내고 네 사진을 끼워 넣은 거였어, 제르멘! 바로 네 얼굴이었다고! 한 팔로 큰 아이를 감싸 안고 무릎에는 작은아이를 앉힌……, 바로 너였다고! 제르멘, 남편의 여자……, 너였다고! 아이들의 엄마가 될 여자……. 이제 아이들을 돌보게 될 여자……. 너……, 바로 너였다고! 그래서 난 이성을 잃고 말았어. 단도를 빼 들었지. 그러고는 몸을 숙이고 있는 자크에게……, 자크의 등을 내려친 거야……」

그녀의 고백에는 한 치의 거짓도 없었다. 오르탕스와 레닌은 그녀의 말을 들으며 마음이 아팠다. 이보다 더 가슴 아프고 비극적인 일은 없을 것 같았다.

테레즈는 힘이 빠져 다시 의자에 주저앉았다. 하지만 알아듣기 힘든 소리로 계속해서 말했다. 레닌은 테레즈에게 몸을 숙이고 나서야 간신히 그녀의 목소리를 알아들을 수 있었다.

「전 사람들이 곧 우리 주위를 둘러싸고 비명을 지르고……, 그러다가 체포될 거라고 생각했어요. 하지만 아무 일도 일어나지 않았죠. 무슨 일이 일어났는지, 어떻게 된 일인지 아무도 보지 못했으니까요. 게다가 자크는 쓰러지지 않고 나와 동시에 일어났어요. 쓰러지지 않았어요! 내가 단도로 찔렀는데도 쓰러지지 않고 다시 일어났다고요! 전 테라스로 다시 올라왔어요. 남편을 보니까 어깨에 옷을 걸치고 있더군요. 상처를 숨기려고 그런 것 같았어요. 그러더니 비틀거리면서 걸어가더군요. 저만 겨우 알아볼 수 있을 정도로 약간씩 비틀거렸어요. 그는 카드 게임을 하고 있던 사람들이 말을 걸어도 대답 없이 방갈로로 들어가더군요. 잠시 후 전 방 안으로 들어갔어요. 그냥 내가 나쁜 꿈을 꾸고 있다고 생각했지요. 자크는 죽지 않았을 거고……. 아니면 약간 부상을 당했을 거라 생각했죠. 그이가 다시 나올 거라고 생각했어요. 그렇게 확신하고 있었죠. 자크에게 도움이 필요할 거라 생각했으면 바로 달려갔을 거예요. 하지만……, 정말 몰랐어요. 정말 몰랐어요. 제 예감이 틀린 거죠. 끔찍한 악몽을 꾼 뒤에 전혀 기억하지 못하는 것처럼 마음이 아주 편했으니까요. 정말 전 전혀 몰랐어요. 그때까지는요……」

테레즈는 잠시 말을 멈추고 서럽게 울기 시작했다.

레닌이 말했다.

「사람들이 알려 주기 전까진요?」

테레즈는 더듬거리며 말했다.

「네……, 제가 무슨 일을 저지른 건지 그제야 알았어요. 저는 제가 미쳤다는 생각이 들었어요. 그래서 〈내가 죽였어요! 단도도 찾을 필요 없어요. 여기 있어요. 내가 바로 범인이에요〉라고 소리치고 싶었지요. 그런데 그때 가엾은 자크의 시신이 보였어요. 사람들이 방갈로에 있던 자크를 집 안으로 옮기고 있었죠. 그런데 그의 얼굴은 아주 편안해 보였어요. 부드러운 표정으로……. 남편의 시신을 보면서 전 깨달았어요. 남편이 그래야 했던 것처럼, 저도 해야 할 일이 있다는 걸 알았죠. 남편은 아이들의 장래

112

를 위해서 침묵한 거예요. 그러니 저도 침묵해야 했어요. 결국 남편이 희생되긴 했지만 우린 둘 다 죄인이고, 그러니 살아남은 사람은 아이들에게 이 불행한 사건의 여파가 미치지 않도록 노력해야 했던 거죠. 자크는 죽어 가면서도 그런 생각을 했던 게 분명해요. 그는 아이들을 위해서 용감하게 침묵하고 죽어 갔던 거예요. 그렇게 함으로써……, 자기 죗값을 치른 거죠. 남편은 날 비난하지 않았어요. 그리고 침묵하라고 명령했던 거죠. 나 스스로를 지키라고……. 모든 사람들에게……, 특히 제르멘에게요」

그녀는 마지막 말을 내뱉으며 더욱더 강한 어조로 말했다. 무의식적으로 살인을 저지른 뒤 그 충격에서 헤어나지 못하고 있던 테레즈는 이제 자신과 아이들을 방어하기 위해 기력을 회복한 것 같았다. 그녀는 증오심 때문에 남편을 죽음으로 몰고 자신을 살인자로 만든 여자에게 대항해 싸울 준비를 마치고는 주먹을 불끈 쥐었다.

제르멘 아스탱은 조금도 주저하지 않았다. 그녀는 테레즈가 자세한 내용을 고백하는 동안 얼굴 표정 하나 바꾸지 않고 아무 말 없이 듣기만 했다. 양심의 가책도 느끼지 못하는 모양이었다. 테레즈의 말이 끝날 무렵, 제르멘의 얇은 입술에 가벼운 미소가 스쳤다. 자신의 의도대로 사건이 풀려 간다고 생각하는 듯했다. 이제 제르멘은 노리던 먹이를 손안에 쥔 것과 다름없었다. 제르멘은 천천히 일어나 거울 앞에 서서 화장을 고치고 모자도 바로 썼다. 그러고는 문 쪽으로 걸어갔다.

테레즈가 다급하게 물었다.

「어딜 가는 거지?」

「내가 가고 싶은 곳으로」

「예심판사를 만나려고?」

「그럴지도 모르지」

「가면 안 돼」

「그래? 그럼 여기서 예심판사가 오기를 기다릴까?」

「예심판사에게 다 말하려고……?」

「젠장, 그게 아니라면 왜 내가 그를 만나겠어! 지금 네가 한 말 모두, 순진하게 나한테 털어놓은 말을 모두 전할 거야. 판사가 내 말을 믿지 않고 배겨? 이미 네가 사건 경위에 대해 자세하게 다 설명했잖아」

테레즈가 제르멘의 어깨를 잡았다.

「좋아. 하지만 제르멘, 그럼 나도 너에 대해서 다 얘기할 거야. 내가 잡혀가면 너도 끝장나는 거라고」

「넌 날 해칠 수 없어」

「네 편지를 보여 주며 네 계획을 폭로할 거야」

「무슨 편지?」

「날 죽이라고 사주한 편지 말이야」

「거짓말 마! 테레즈, 네가 상상으로 만들어 낸 그런 음모를 판사가 믿을 것 같아? 자크도 나도 널 죽이려고 한 적은 없어!」

「네가 보낸 편지에 그렇게 씌어 있는데도 시치미를 떼? 편지를 공개하면 너도 무사하지 않을 거야」

「웃기지 마! 그건 친구 사이에 주고받은 편지라고」

「정부와 살인을 계획한 편지지」

「증거를 대 봐」

「자크의 지갑 안에 있어」

「과연 그럴까?」

114

「지금……, 무슨 말을 하는 거야?」

「그 편지들은 내가 갖고 있어. 자크한테서 돌려받았다고! 정확히 말하면……, 오빠가 돌려받았다고 해야겠지」

「훔쳐 갔군! 이런 더러운 년! 얼른 내놔!」

테레즈가 제르멘의 어깨를 흔들며 소리쳤다.

「나한테 없어. 오빠가 가져갔거든. 이미 가지고 떠났을걸」

「돌려줘」

「오빠 이미 떠났어」

「경찰이 네 오빠와 편지를 찾아낼 거야」

「그렇겠지. 하지만 찾게 되더라도 그 편지는 아닐걸. 이미 찢어 버리고 없을 테니 말이야」

테레즈가 비틀거리며 절망적인 표정으로 레닌을 바라보았다.

「저 여자 말이 맞습니다. 제가 지켜보고 있었는데 저 여자 오빠가 부인의 가방을 뒤지더군요. 남편 분 지갑을 꺼내 자기 동생과 함께 살펴보고는 다시 가방 안에 넣어 둔 겁니다. 그자가 편지를 가지고 떠난 것 같습니다」

레닌은 잠시 말을 멈췄다가 다시 별로 중요하지 않은 말인 양 덧붙였다.

「아마……, 다섯 통쯤 되는 것 같던데요」

이 말에 두 여자는 놀라며 레닌 곁으로 다가왔다. 그가 지금 무슨 소릴 하고 있는 걸까? 프레데릭 아스탱이 편지를 다섯 통만 가져갔다면 나머지 편지 한 통은 과연 어디로 사라졌단 말인가?

레닌이 이 여자들의 궁금증을 해결해 주겠다는 듯이 웃으며 말했다.

「뎅브르발 씨가 열쇠를 주우려고 몸을 굽힐 때 지갑을 떨어뜨렸다고 했죠? 그때 여섯 번째 편지도 함께 떨어진 겁니다. 부인이 사진을 보는 사이에 자크 뎅브르발 씨가 그 편지를 집은 거죠」

「그걸 어떻게 알죠? 어떻게 알아요?」

제르멘이 당황해서 물었다.

「여섯 번째 편지는 뎅브르발 씨가 입고 있던 셔츠의 주머니에서 발견되었습니다. 옷은 침대 옆에 걸려 있더군요. 자, 여기요. 제르멘 아스탱이란 서명이 있으니, 당신이 뎅브르발 씨에게 살인 계획을 알려 주고 살인을 사주한 증거는 충분합니다. 부인같이 용의주도한 사람이 이렇게 경솔한 행동을 하다니 정말 의아한 일이군요」

제르멘의 얼굴에는 당황한 기색이 역력했다.

레닌이 말했다.

「제가 보기에 당신이야말로 이 사건에 모든 책임이 있는 것 같군요. 아마 당신은 파산했거나 파산 지경에 이른 상태겠죠. 그래서 뎅브르발 씨를 이용하기로 한 겁니다. 어떤 어려움이 있어도 뎅브르발 씨와 결혼해서 재산을 차지하고 싶었겠죠? 돈에 눈이 멀어 그런 끔찍한 일을 저지를 생각을 하다니…….

증거는 충분합니다. 당신이 계속 이렇게 나온다면 제가 먼저 경찰에 증거를 넘기겠습니다. 자크의 시신을 안치한 방에서 당신이 자크의 옷을 뒤지는 걸 봤죠. 하지만 그땐 제가 이미 여섯 번째 편지를 빼낸 뒤였습니다. 하지만 전 편지 대신 다른 종이를 넣어 두었죠. 당신 오빠 앞으로 발행된 10만 프랑짜리 수표! 물론 뎅브르발 씨의 서명이 된 수표죠. 결혼 선물이라고 해 둡시다. 당신 오빠는 당신이 시킨 대로 르아브르에 있는 은행으로 달려갔을 테죠. 네시면 은행이 문을 닫기 때문에 서둘러 달려갔을 겁니다.

하지만 그 수표를 현금으로 바꿀 수는 없을 겁니다. 제가 은행 지점장에게 전화해서 뎅브르발 씨는 살해당했으니 그의 모든 은행 거래를 중지시키라고 말했으니까요. 그러니 당신이 계속 이런 식으로 나오면 저도 경찰에 모든 증거를 넘겨 버리겠다는 말입니다. 한 가지만 더 말하죠. 지난 주에 당신과 당신 오빠가 은어를 사용해서 통화한 내용도 알고 있습니다. 그것도 경찰한테 자세히 말하겠습니다. 어쨌든 당신도 제가 이런 방법을 쓰길 바라진 않을 거라고 생각합니다. 그럼 합의가 된 거라 믿겠습니다」

레닌은 담담하게 이야기하는 듯하면서도 상대가 더 이상 저항하지 못하도록 만들었다. 누구도 그의 말을 의심할 수가 없었다. 그는 순전히 논리적으로 사건을 설명하고 결론을 이끌어냈다. 그러니 이제 그의 말을 따를 수밖에 없었다. 제르멘 아스탱도 곧 이런 사실을 깨달았다. 그녀는 본래 싸워 볼 만한 희망이 보이면 끝까지 달려들지만 실패가 예상되면 쉽게 고개를 숙이는 여자였다. 제르멘은 이런 사람 앞에서는 저항하려고 해 봤자 아무 소용이 없다는 사실을 잘 알고 있었다. 그녀는 이미 그의 손바닥 안에 있는 것이나 다름없었다.

제르멘은 더 이상 협박하지도 않고 분노를 표출하지도 않았으며 신경질도 부리지 않았다. 그저 조용히 고개를 떨구며 말했다.

「좋아요. 이제 어떻게 하면 되는 거죠?」

「여길 떠나시오」

「누가 사건에 대해서 저한테 질문하면 어떻게 하죠?」

「그런 일은 없을 거요」

「하지만……」

「만약 그런 일이 있으면 아무것도 모른다고 대답하시오」

제르멘은 조용히 방을 나가려다가 문 앞에서 잠시 멈췄다. 그리고 망설이다가 물었다.

「수표는……요?」

레닌은 뎅브르발 부인을 쳐다보았다.

「가져가. 난 돈 따윈 필요 없어」

레닌은 테레즈에게 경찰이 묻는 말에 어떻게 대답해야 하고 어떻게 행동해야 할지 자세히 일러주었다. 그런 다음 오르탕스 다니엘과 함께 그 집을 떠났다.

해변에서는 예심판사와 검사가 계속 사건을 조사 중이었다. 이들은 목격자들을 심문했는데도 별 소득이 없어 골치 아파하는 것 같았다.

오르탕스가 말했다.

「생각해 보니까……, 뎅브르발 씨의 지갑하고 단도를 당신이 갖고 있잖아요」

레닌이 웃었다.

「그래서 위험할 것 같습니까? 정말로 재밌는 생각이네요」

「두렵지 않아요?」

「뭐가 말입니까?」

「사람들이 의심할 텐데요?」

「세상에! 아무도 의심하지 않을 겁니다! 설령 그렇다 하더라도 본 대로 얘기해 주면 될 것 아닙니까? 괜히 증언을 한답시고 떠들어 대면 혼란만 가중될 뿐이죠. 우린 아무것도 못 본 겁니다. 그래도 혹시 모르니 하루나 이틀 더 머물면서 사건이 어떻게 해결되는지 지켜봅시다. 어쨌든 오늘 일은 좋게 끝맺은 것 같군요. 아무도 눈치 채지 못했으니 말입니다」

118

「하지만 당신은 처음부터 진상을 뚫어 본 거잖아요? 대체 어떻게 안 거죠?」

「여기저기를 훑어보면서 어디서 사건이 발생할까 찾는 대신 의심이 가는 곳을 집중적으로 살펴보는 겁니다. 그럼 해답은 자연스럽게 나오게 되어 있죠. 한 남자가 방에 들어가 문을 잠갔고 30분 후에 시체로 발견되었어요. 아무도 방 안에 들어가지 않았는데 말입니다. 도대체 무슨 일이 일어난 걸까요? 답은 바로 나올 수밖에 없습니다. 더 이상 생각할 것도 없는 거죠. 살인은 방 안에서 일어난 게 아니니까요. 사실은 그전에……, 남자가 방으로 들어가기 전에 이미 상처를 입은 겁니다. 그리고 방에 들어가서 죽은 거죠. 그 순간 머릿속에 한 가지 생각이 떠올랐습니다. 오늘 저녁에 죽기로 되어 있던 뎅브르발 부인이 선수를 친 거죠. 남편이 허리를 굽히고 열쇠를 찾는 사이에 남편을 죽였다……, 그 뒤엔 살인 동기만 찾으면 되었습니다. 사실 처음 그 부부를 만났을 때부터 눈치를 채고 있었어요. 자, 여기까지입니다」

날이 저물기 시작했다. 파란 하늘은 점점 어두워졌다. 바다는 여전히 평온한 모습이었다.

「무슨 생각을 하고 있죠?」

잠시 후, 레닌이 물었다.

「만약에 제가 어떤 사건의 희생자가 된다면, 어떤 일이 일어나든 당신만 믿고 있을 거예요. 어떤 어려움이 있더라도 당신은 꼭 저를 구하러 올 테니까요. 당신은 바라는 일은 뭐든지 이루고 마는 사람이잖아요」

그가 속삭이듯이 낮은 목소리로 말했다.

「당신을 즐겁게 해 드리고 싶은 제 바람도 끝이 없습니다」

사건의 예고편

「호텔 지배인 역할을 맡고 있는 배우를 한번 보세요」
세르주 레닌이 말했다.
「뭐 특별한 거라도 있나요?」
오르탕스가 물었다.
레닌과 오르탕스는 시내 극장에서 영화를 보는 중이었다. 오르탕스는 영화의 주인공이 자기와 가까운 사이라며 레닌을 끌고 극장에 왔다. 영화에서 주인공을 맡은 배우 로즈앙드레는 오르탕스의 이복동생이었다. 하지만 이들은 몇 년 전부터 사이가 나빠져 최근에는 서로 연락을 끊은 채 지내고 있었다.
로즈앙드레는 자연스러운 연기와 환한 미소로 관객을 사로잡았다. 그녀는 본래 연극 배우였으나 무대에서 활동할 때는 크게 주목받지 못했다. 그러나 영화 쪽으로 무대를 옮긴 뒤 촉망받는 스타가 되었다. 오늘 저녁 그녀는 영화 속에서 자신의 연기에 대한 열정과 미모를 마음껏 뽐내고 있었다. 그래서 「행복한 공주」라는 영화가 로즈앙드레의 빛에 가려 초라하게 보일 정도였다.

　레닌은 오르탕스의 질문에 바로 대답하지 않고 휴식 시간에 다시 말을 꺼냈다.

　「전 영화가 맘에 안 들 땐 조연 배우들을 눈여겨본답니다. 가엾게도 저들이 나오는 장면은 얼마 되지도 않지만 저들은 항상 열 번, 스무 번씩 똑같은 대사를 반복해야 하죠. 그러다 보면 저들이 실제로 촬영에 들어갔을 때는 자신이 맡은 역할 외에 딴 곳에 신경 쓸 여유가 생깁니다. 그래서 저들을 주의 깊게 살펴보면 그 사람이 무슨 생각을 하고 있는지, 본능적으로 어떤 성향을 가지고 있는지 알아챌 때가 있죠. 전 그런 데서 재미를 찾습니다. 이 영화에서도 마찬가지고요. 자, 저 호텔 지배인을 한번 보세요」

　화면에는 화려하게 장식된 식탁이 나왔다. 식탁 한가운데에는 〈행복한 공주〉가 앉아 있고 그 주위를 그녀에게 눈먼 남자들이 빙 둘러싸고 있었다. 그리고 덩치 큰 호텔 지배인의 지시에 따라 하인 대여섯 명이 분주하게 음식을 나르고 있었다. 호텔 지배인의 생김새는 무식해 보일 정도로 투박했으며 가운데가 맞붙어 있는 일자 눈썹 때문에 더욱더 상스러운 느낌이 들었다.

　오르탕스가 말했다.

　「난폭하게 생겼네요. 근데 저 사람한테 뭐 특별한 점이라도 있다는 거예요?」

　「당신 여동생을 바라보는 눈을 좀 봐요. 필요 이상으로 자주 쳐다보는 것 같지 않습니까?」

　「그런 것 같기도 하고……. 지금까진 잘 모르겠어요」

　오르탕스는 동의할 수 없다는 듯한 표정이었다.

레닌의 목소리는 확신에 차 있었다.

「잘 봐요! 저 사람은 실제로 로즈앙드레에게 특별한 감정을 갖고 있는 게 분명합니다. 〈행복한 공주〉와 지배인의 관계와 아무 상관도 없는 감정이란 말이에요. 실제로는 어떨지 모르겠지만 저 사람은 영화에서 자기가 클로즈업되는 장면이 아니거나 다른 연기자들이 보지 않을 때 자기 감정을 드러내고 있는 겁니다. 자, 봐요……!」

영화 속 인물들은 식사를 거의 끝낸 상황이었고 지배인 역을 맡은 배우는 구석에서 눈에 띄지 않게 가만히 서 있었다. 그런데 〈행복한 공주〉가 샴페인을 마시는 장면에서 공주의 모습을 바라보는 지배인의 눈이 반짝거렸다. 두툼한 눈꺼풀에 가려져 눈동자는 잘 보이지 않았지만 눈빛만은 강렬했다.

오르탕스와 레닌은 지배인의 눈빛을 보고 놀라 동시에 서로를 바라보았다. 오르탕스는 아직 레닌의 말을 전부 믿지는 않았지만 배우의 표정이 범상치 않다는 데에는 동의했다.

「원래 눈빛이 저럴지도 모르잖아요」

오르탕스가 말했다.

한 일화가 끝났다. 두 번째 일화가 시작되면서 자막이 흘렀다.

〈1년 후, 노르망디. '행복한 공주'는 덩굴이 얽혀 있는 아담한 오두막에서 가난한 음악가와 결혼해 행복하게 살고 있었다.〉

공주는 행복해 보였고 여전히 매력적인 모습이었다. 수많은 남자들이 그녀에게 구혼을 하러 몰려들었다. 부르주아나 귀족, 재산가나 농부 등 계층을 가릴 것 없이 모두들 그녀에게 푹 빠져 들었다. 그중에서도 고독한 시골 청년 같으면서도 야수처럼 생긴 털보 나무꾼은 특히 유별났다. 공주는 어디로 산책을 나가든 항상 그 나무꾼과 마주쳤다. 도끼를 든 나무꾼은 음흉하고 사나운 표정으로 오두막 앞을 어슬렁거렸다. 그 모습이 〈행복한 공주〉에게 닥칠 위험을 예고하는 것 같아 오르탕스는 불안해졌다.

「자, 봐요. 저 나무꾼이 누군지 알겠습니까?」

레닌이 속삭였다.

「아뇨」

「좀 전의 그 호텔 지배인입니다. 일인이역을 하는 거죠」

그리고 보니 두 인물은 차림새는 전혀 달랐지만 걸음걸이나 도끼를 둘러멘 딱 벌어진 어깨, 몸짓이나 태도는 똑같았다. 나무꾼의 더부룩한 수염과 길고 짙은 머리카락 사이로 깔끔하게 면도한 호텔 지배인 역이었을 때 흔적이 언뜻 보였다. 그리고 야수 같은 무식한 얼굴, 숯 검댕이 같은 눈썹도 여전히 알아볼 수 있었다.

멀리 오두막에서 나오는 공주가 보였다. 나무꾼은 덤불 속에 숨어 있었다. 카메라는 그의 날카로운 눈과 커다란 엄지손가락을 순간순간 클로즈업하며 앞으로 끔찍한 일이 벌어질 거란 사실을 암시하고 있었다.

「어머, 무서워요. 저 사람 정말로 무섭게 생겼네요」

오르탕스가 말했다.

「연기를 아주 잘하는 것 같군요. 영화 앞부분과 뒷부분은 3, 4개월 정도의 간격을 두고 제작한 게 분명합니다. 저 배우의 연기력이 그 사이에 저렇게 발전한 건 바로 사랑 때문이었을 겁니다. 영화 속의 〈행복한 공주〉에 대한 사랑이 아니라 실제 로즈앙드레에 대한 사랑 말입니다」

나무꾼은 여전히 덤불 속에 몸을 숨기고 있었다. 공주는 불길한 징조를 알아채지 못하고 천천히 나무꾼 쪽으로 다가왔다. 그

때 무슨 소리가 들렸다. 그녀는 걸음을 멈추고 주위를 살펴보았다. 처음에는 미소를 띠고 있었지만 점차 그녀의 얼굴에도 불안감이 드리워졌다. 드디어 나무꾼이 덤불을 헤치며 걸어 나왔다.

공주와 나무꾼은 서로 마주보게 되었다. 나무꾼은 공주를 잡으려는 듯이 양팔을 벌리고 다가왔다. 공주는 소리를 지르며 도움을 청하려고 했지만 숨이 막혀 아무 말도 할 수 없었다. 그리고 곧 그의 팔에 붙들려 조금도 저항할 수 없게 되었다. 나무꾼은 그녀를 어깨에 들쳐 메고는 빠른 걸음으로 달아났다.

레닌이 작은 목소리로 물었다.

「이제 동의합니까? 만약 로즈앙드레가 아니고 다른 배우가 주인공을 맡았다면 저렇게 강한 열정과 정력을 분출하며 연기할 수 있었을 거라 생각합니까?」

나무꾼은 넓은 강가에 도착했다. 강가에는 좌초된 낡은 배 한 척이 있었다. 그는 꼼짝도 하지 않고 있는 로즈앙드레를 배 안에 눕혔다. 그러고는 닻줄을 풀고 배를 몰아 강을 거슬러 올라갔다.

잠시 후, 이들이 탄 배가 멈추고 나무꾼은 공주를 어깨에 멘 채 커다란 나무가 우거진 숲 속으로 깊숙이 들어갔다. 바위가 쌓여 있는 동굴 입구가 나타났다. 나무꾼은 공주를 바닥에 내려놓고 입구에 쌓여 있는 바위를 치웠다. 그가 다시 공주를 어깨에 메고 동굴로 데려가 바위로 입구를 막자 바위틈으로 햇빛이 스며들었다.

다음 장면에서는 공주의 남편이 실의에 가득 찬 얼굴로 공주를 찾아 헤매는 모습이 나왔다. 그리고 남편이 자기를 찾으러 올 수 있도록 공주가 일부러 부러뜨려 놓은 나뭇가지가 연속해서 화면에 나타났다.

드디어 마지막 장면이었다. 공주는 나무꾼에게 저항하다가 그만 바닥에 쓰러지고 말았다. 그 순간 갑자기 나타난 공주의 남편이 나무꾼에게 총을 쏘고 나무꾼이 쓰러지는 것으로 영화는 끝났다…….

극장에서 나오니 오후 4시였다. 레닌은 차에서 기다리고 있던 운전사에게 따라오라고 손짓했다. 두 사람이 큰 길을 지나 〈평화의 길〉을 걷고 있을 때, 한동안 아무 말도 없던 레닌이 입을 열었다. 오르탕스는 자기도 모르게 걱정스러운 표정을 짓고 있었다.

「동생을 좋아합니까?」

「그럼요. 아주 좋아하죠」

「하지만 사이가 틀어졌다면서요?」

「남편 때문에 정신없을 때였거든요. 로즈는 주변에 남자가 참 많았어요. 애교도 많은 애였거든요. 돌이켜 보면 제가 별 이유 없이 샘을 낸 거였어요. 그런데 왜 그런 질문을 하죠?」

「글쎄요, 영화를 보다가 갑자기 좀 불길한 생각이 들었습니다. 아까 그 남자 배우의 눈빛이 너무 이상하기도 했고……」

오르탕스가 레닌의 팔을 잡으며 물었다.

「그래서 뭐요? 어서 말해 봐요! 무슨 추리를 하고 있는 거죠?」

「추리라……, 아무래도 당신 동생이 무슨 위험에 처할 것만 같은데요」

「아주 간단한 추리로군요」

「그래요. 하지만 이건 실제로 어떤 장면을 보고 거기에서 받은 인상을 바탕으로 한 추리지요. 제 생각에……, 영화에 나온 납치 장면은 단순히 나무꾼이 〈행복한 공주〉를 공격하는 게 아니었습니다. 이건 여주인공을 탐하는 한 배우의 잔인한 공격이었어요. 물론 사람들은 영화 속에서 배우가 연기를 하고 있는 거라고 생각하기 때문에 그 위험을 감지하지 못하겠죠. 로즈앙드레를 빼고는 아무도 모르는 겁니다. 하지만 전 정말 그 배우의 갈망하는 눈빛과 살인 의지, 불안하게 떨리는 손을 보며 깜짝 놀랐습니다. 그는 여자의 목을 비틀고 조를 모든 준비가 되어 있는 사람 같았어요. 그는 자기가 차지할 수 없는 로즈앙드레를 죽이려고 들 게 분명합니다. 전 본능적으로 느낄 수 있어요. 증거는 이 밖에도 수십 개는 더 댈 수 있습니다」

「그래요. 영화를 찍을 당시에는 그랬다 쳐요. 하지만 그 후로 벌써 몇 달이 흘렀는데요. 아직까지 아무 일도 없잖아요?」

「그렇긴 하지만……, 하지만……, 어쨌든 제가 한번 알아봐야겠군요」

「누구한테 뭘 알아보려고요?」

「그 영화의 제작사부터 알아봐야겠습니다. 마침 제작사 사무실이 이 근처에 있어요. 차에서 좀 기다리시겠습니까?」

레닌은 운전사인 클레망을 불러 오르탕스를 차에 태우고는 혼자 제작사를 향해 걸어갔다.

오르탕스는 아직도 레닌의 주장에 반신반의했다. 물론 그녀도 나무꾼의 거칠고 격정적인 눈빛에서 로즈에 대한 사랑을 느낄 수 있었지만, 그건 다만 훌륭한 연기일 뿐이라고 생각했다. 레닌이 아무리 끔찍한 사건이 일어날 거라 말해도 그녀는 그런 징조를 전혀 느낄 수 없었다. 그녀는 레닌의 상상력이 너무 지나친 게 아닌가 하고 자문했다.

레닌이 돌아오자 오르탕스는 심각한 투로 물었다.

「그래, 어떻게 됐죠? 수상한 거라도 있나요? 갑자기 무슨 일이라도 생긴 거예요?」

「그렇습니다」

레닌이 불안한 표정으로 대답했다.

이에 오르탕스도 불안해하며 물었다.

「무슨 말이에요?」

레닌이 조사 내용을 이야기하기 시작했다.

「그 배우의 이름은 달브레크라고 합니다. 그런데 정말 이상한 사람 같아요. 항상 동료들과 떨어져서 혼자 말없이 지냈답니다. 사람들은 그자가 당신 동생에게 특별한 감정을 갖고 있다는 느낌은 받지 못했다고 합니다. 하지만 그 사람이 영화 뒷부분에서 보여 준 연기가 몹시 인상적이어서 새 영화에 출연하라는 제의를 했다는군요. 그래서 최근에 그 영화를 촬영했다고 합니다. 아마 파리 근교에서 촬영을 했다죠. 그런데 갑자기 그자가 이상한 일을 벌인 겁니다. 9월 18일 금요일 아침에 제작사 차고를 뜯고 들어가 고급 리무진 한 대와 2만 5000프랑을 훔쳐서 순식간에 달아나 버린 겁니다. 도난 사실은 이미 경찰에 신고했고, 리무진은 일요일에 드뢰 근교에서 발견되었다고 합니다」

오르탕스는 레닌의 말을 들으며 얼굴빛이 창백해졌다.

「지금까진……, 동생과 아무 관련이 없는 거죠?」

「아니, 있습니다. 안 그래도 로즈앙드레는 어떻게 지내고 있는지 알아봤습니다. 당신 동생은 올 여름에 휴가를 보내고 나서 외르 강변에 있는 자기 소유의 별장에서 2주간 머물렀다고 하더군요. 별장이란, 정확히 말하자면「행복한 공주」를 촬영한 바로 그 오두막입니다. 그런데 미국 제작사로부터 출연 제의를 받아 곧바로 파리로 돌아왔죠. 생라자르 역에서 짐을 부치고 9월 18일 금요일에 떠났답니다. 르아브르에서 하룻밤 자고 토요일엔 배를 탈 예정이었죠」

오르탕스가 더듬거리며 말했다.

「18일 금요일……? 그 남자가……, 자동차를 훔친 날이잖아요」

「우리가 알아봅시다. 클레망, 대서양 해운 회사로 가 보세」

이번에는 오르탕스도 사무실까지 동행해서 직접 질문을 던졌다. 조사하는 데 시간은 그리 오래 걸리지 않았다.

로즈앙드레는 라 프로방스 여객선을 직접 예약했다. 하지만 배가 출발할 때까지 그녀는 나타나지 않았다. 대신 그 다음날 르아브르로 로즈앙드레의 서명이 적힌 전보가 도착했다. 제때에 승선할 수 없을 것 같으니 짐을 보관해 달라는 내용이었고 발신지는 드뢰였다.

오르탕스는 비틀거리며 밖으로 나왔다. 이런 우연의 일치를 도저히 설명할 길이 없을 것 같았다. 사고가 난 게 분명했다. 사건은 레닌이 예상했던 대로 흘러가고 있었다.

차에 타자 레닌은 클레망에게 경찰청 주소를 알려 주며 그리로 가자고 했다. 이들은 파리 중심부를 지나 잠시 후 경찰청 앞에 도착했다. 레닌이 경찰청에 들어간 사이에 오르탕스는 혼자 강변을 거닐었다.

「갑시다」

레닌이 돌아와 차 문을 열며 말했다.

오르탕스가 걱정스럽게 물었다.

「새로운 소식이라도 있나요? 누굴 만났는데요?」

「아무도 만나지 못했습니다. 전에 뒤트레이 사건 때 만났던 모리소 수사관을 만나 보려고 했는데……. 경찰청에서도 그 사건을 알고 있다면 그 친구를 통해서 정보를 전해 들을 수 있을 테니까요」

「그래서 어떻게 하실 거죠?」

「모리소 수사관이 지금 카페에 있다고 하니까 그리로 가 봅시다」

카페로 들어서자 한쪽 구석에서 신문을 읽고 있는 모리소 주임 수사관이 보였다. 모리소도 곧 두 사람을 알아보았다. 레닌은 주임 수사관과 악수를 나눈 뒤 곧바로 말을 꺼냈다.

「흥미로운 사건을 하나 알려 드리려고요. 수사관님도 관심 있어하실 것 같습니다만……. 아, 이미 알고 계실지도 모르겠네요」

「무슨 사건이죠?」

「달브레크 사건입니다」

모리소 수사관은 놀라는 것 같았다. 모리소 수사관은 잠시 망설이다가 신중하게 대답했다.

「그렇습니다, 이미 알고 있습니다. 이미 신문에도 났지요. 자동차 도난 사건……, 2만 5000프랑 강탈 사건을 저지른 자죠. 그리고 이건 내일 보도가 나갈 텐데……, 달브레크는 작년에 세상을 떠들썩하게 했던 부르게 보석상 살인 사건의 주범인 것 같습니다」

「그런데……, 제가 말하려는 건 다른 사건입니다」

레닌이 단호하게 말했다.

「무슨 사건을 말씀하시는 거죠?」

「9월 19일 토요일, 달브레크가 저지른 납치 사건입니다」

「아! 레닌 씨도……, 알고 계셨습니까?」

「그렇습니다」

모리소 수사관이 결심한 듯 말을 시작했다.

「그렇다면 말씀드리죠. 9월 19일 토요일, 길 한복판에서 그것도 대낮에 쇼핑 중이던 부인 한 명이 강도 세 명에게 납치당했습니다. 이들은 곧 차를 타고 달아났죠. 이 사건에 대한 보도가 나가기는 했지만 피해자와 범인의 신분은 밝혀지지 않았습니다. 그도 그럴 것이 아직 알아낸 게 없었으니까요. 그런데 어제 르아브르에서 수사를 진행한 결과 범인 한 사람의 신원을 알아냈습니다. 영화 제작사에서 자동차와 2만 5000프랑을 훔친 사건과 지난 토요일의 납치 사건이 모두 한 사람의 소행인 것 같습니다. 바로 달브레크죠. 하지만 피해자에 대한 정보는 전혀 없었습니다. 수사를 해 봤지만 모두 헛수고였죠」

오르탕스는 수사관이 하는 말을 자르지 않고 가만히 듣고만 있었다. 그녀는 무척 놀란 것 같았다. 모리소의 말이 끝나자 그녀는 한숨을 내쉬었다.

「정말 끔찍해요. 불쌍한 그 애는 죽게 될 거예요. 이젠 희망이 없어요」

레닌이 모리소에게 설명했다.

「피해자는 오르탕스 부인의 여동생입니다. 좀더 정확히 말하자면 이복동생이죠. 바로 유명한 영화 배우 로즈앙드레입니다」

레닌은 「행복한 공주」를 보면서 가졌던 의구심과 그동안 자신이 개인적으로 조사한 결과에 대해 간단히 설명했다.

이들이 앉아 있는 작은 탁자 위에 긴 침묵이 흘렀다. 주임 수사관은 이번에도 레닌의 재치 있는 추리에 입이 떡 벌어져 아무런 대꾸도 하지 못하고 있었다. 오르탕스는 레닌이 금방이라도 사건의 진상을 파헤칠 수 있다고 생각하는지 간절한 표정으로 레닌을 바라보았다.

레닌이 모리소에게 물었다.

「차를 타고 달아난 사람들은 분명히 세 명이었습니까?」

「네」

「드뢰 사건 때도 세 명이었습니까?」

「아뇨. 드뢰 사건 때는 두 명이었던 것으로 추정됩니다」

「그중에 달브레크가 있었나요?」

「모르겠습니다. 아직은 그 사람이 범인이라고 할 만한 증거가 없어서요」

레닌은 잠시 생각에 잠겨 있다가 탁자 위에 커다란 지도를 펼쳐 놓았다.

다시 침묵이 흘렀다. 잠시 후 레닌이 수사관에게 물었다.

「르아브르에 수사관들이 배치되어 있나요?」

「네, 두 명을 보냈습니다」

「오늘 저녁에 호출할 수 있습니까?」

「네」

「경찰청에서 두 명 더 지원받을 수도 있습니까?」

「그럼요」

「그럼, 내일 정오에 뵙겠습니다」

「어디서요?」

「여기서요」

레닌은 손가락으로 지도 위의 한 지점을 가리켰다. 외르 지방에 있는 브로톤 숲 한가운데 〈떡갈나무 술통〉이라고 적힌 지점이었다.

「여깁니다. 여자를 납치한 날 저녁에 달브레크는 이곳에 은신처를 마련했을 겁니다. 모리소 씨, 내일 정확히 그 시간에 뵙죠. 사실, 그런 건장한 놈을 잡으려면 다섯 명으로는 어림도 없을 겁니다」

수사관은 레닌의 말에 겁을 먹었는지 우두커니 앉아 있었다. 잠시 후 모리소는 음료수 값을 치른 뒤 자리에서 일어나며 군대식으로 인사를 했다. 그리고 밖으로 나가면서 조용히 말했다.

「그럼 내일 뵙죠」

다음날 아침 8시, 오르탕스와 레닌은 클레망이 운전하는 커다란 리무진을 타고 파리를 떠났다. 거리는 한산했다. 오르탕스는 레닌이 이번에도 훌륭하게 사건을 해결하리라 믿었지만 그래도 동생 걱정에 지난밤 제대로 잠을 이룰 수가 없었다.

오르탕스는 레닌에게 가까이 다가갔다.

「그자가 동생을 그 숲으로 데려갔다는 증거라도 있어요?」

레닌은 지도를 무릎 위에 펼쳐 놓은 채 오르탕스를 바라보며 설명했다. 그는 우선 르아브르, 정확히 말하면 키유뵈프에서부터 센 강을 지나 자동차가 발견된 드뢰까지 선을 그었다. 그 선은 브로통 숲의 서쪽 기슭으로 이어지고 있었다.

「그러니까 여기가 바로 브로통 숲입니다. 제작사에서 「행복한 공주」의 촬영지라고 말한 곳이죠. 그러니 로즈앙드레를 납치한 달브레크가 토요일, 숲 근처를 지나다가 자기 먹이를 그곳에 숨겨야겠다는 생각을 하지 않았겠습니까? 그 사이에 두 공범자는 드뢰로 갔다가 파리로 돌아왔겠죠. 동굴도 바로 그 근처에 있습니다. 그러니 당연히 그곳으로 가지 않았겠습니까? 몇 달 전에 사랑하는 여인을 자기 품에 안고 달려가 입술을 훔치려 했던, 그 동굴로 가고 싶었겠죠. 그는 운명이라 믿고 극중 상황을 재현하려 했을 겁니다. 하지만 이번에는 실제 상황이었죠. 로즈앙드레는 그곳에 붙잡혀 있을 겁니다. 숲은 매우 넓고 인적도 드문 곳이니 도움을 청할 수도 없었을 겁니다. 그녀는 납치된 당일, 아니면 길어 봐야 며칠 버티지 못하고 구조되기를 체념했을 겁니다」

오르탕스는 몸을 부들부들 떨며 말했다.

「아니면……, 벌써 죽었을 테고요. 아! 레닌, 우리가 너무 늦은 것 같아요」

「왜요?」

「생각해 보세요! 석 주나 지났다고요. 그자가 그렇게 오랫동안 동생을 동굴에 가둬 두었을 거라 생각해요?」

「물론 아닙니다. 그곳은 교차로 부근이라 은신처로는 적합하다고 할 수 없죠. 하지만 그곳에서 무슨 단서라도 발견할 수는 있을 겁니다」

그들은 가는 길에 점심 식사를 했다. 정오가 조금 안 된 시각이었다. 그러고 나서 커다란 나무가 우거진 브로톤 숲으로 들어갔다. 오래된 숲은 매우 넓었으며 로마 시대와 중세의 흔적이 많이 남아 있었다. 레닌은 이곳에 자주 와 본 모양인지 길을 잘 알고 있었다. 자동차는 저 멀리 유명한 떡갈나무가 있는 곳으로 방향을 틀었다. 가까이 가 보니 떡갈나무가 마치 하나의 거대한 술통처럼 보였다. 오르탕스와 레닌은 모퉁이에서 내려 나무가 있는 곳까지 걸어갔다. 모리소는 건장한 수사관 네 명을 데리고 이들을 기다리고 있었다.

레닌이 말했다.

「이리로 오십시오. 이 근처 덤불 사이 어딘가에 동굴이 하나 있을 겁니다」

이들은 쉽게 동굴을 찾을 수 있었다. 거대한 바위가 지붕처럼 앞쪽으로 길게 나와 있고 그 아래로 동굴 입구가 보였다. 덤불이 우거진 작은 오솔길을 따라가자 동굴로 들어갈 수 있었다.

레닌은 손전등으로 동굴 안을 이리저리 살폈다. 동굴 벽은 그림과 글씨로 어지럽혀져 있었다.

레닌이 오르탕스와 모리소에게 말했다.

「안에는 아무것도 없습니다. 하지만 제가 찾던 증거를 발견했습니다. 영화에서 달브레크가 〈행복한 공주〉를 동굴로 데려오는 장면을 생각해 봅시다. 우리도 잠시 로즈앙드레와 같은 입장이 되어 보는 겁니다. 영화에서 〈행복한 공주〉는 나뭇가지를 꺾어 자신이 지나간 길을 표시해 놓거든요. 여기 입구 오른쪽을 보세요. 이 나뭇가지들은 최근에 꺾인 겁니다」

오르탕스가 말했다.

「그렇다고 쳐요. 저도 그가 동생을 데려간 곳에 대한 자취가 남아 있을 거란 생각은 들어요. 하지만 벌써 석 주가 지난걸요. 그러니까 이미 그 후에……」

「그 이후에는 더 고립된 장소에 가뒀을 겁니다」

「아니면 죽어서 나뭇더미 아래 묻혀 있을지도 모르죠」

레닌이 오르탕스에게 한걸음 다가서며 말했다.

「아니, 아닙니다. 그자도 쉽게 살인을 저지를 만큼 어리석진 않을 겁니다. 좀더 기다릴 테죠. 그저 희생자가 두려움과 배고픔에 지쳐서 결국 자기가 바라는 대로……」

「그래서요?」

「찾아봅시다」

「어떻게요?」

「이 문제의 해답을 찾기 위해서는「행복한 공주」의 사건 전개를 따라가 볼 필요가 있습니다. 우선 처음으로 거슬러 올라가 봅시다. 영화에서 나무꾼은 공주를 배에 태워 강을 거슬러 올라온 다음, 숲을 가로질러 이곳까지 왔습니다. 센 강은 이곳에서 1킬로미터 정도 떨어져 있지요. 우선 그리로 내려가 봅시다」

레닌이 앞장서서 걷기 시작했다. 그는 냄새를 맡은 사냥개처럼 한 곳을 응시하며 아무런 망설임 없이 걸음을 옮겨 강가에 있는 집 앞에 다다랐다.

레닌이 초인종을 누르자 집주인이 나왔다. 레닌은 바로 질문을 던졌다. 석 주 전 월요일 아침, 그 남자는 자기 보트 한 척이 없어진 사실을 알아차렸다고 했다. 그리고 나중에 2킬로미터 정도 떨어진 장소에서 보트를 다시 찾았다고 했다.

레닌이 물었다.

「올 여름에 영화를 촬영한 오두막에서 가까운 곳이었습니까?」

「네」

「납치된 주인공이 배에서 내린 곳, 맞습니까?」

「네. 그 오두막은 〈행복한 공주〉……, 그러니까 실제로 로즈앙드레의 소유입니다. 사람들은 〈클로졸리〉라고 부르죠」

「그 집은 개방돼 있습니까?」

「아뇨. 주인이 한 달 전에 떠나면서 문을 잠가 놨습니다」

「관리인은 없습니까?」

「없어요」

레닌이 오르탕스에게 돌아서며 말했다.

「분명합니다. 달브레크는 그곳에 당신 동생을 가뒀을 거예요」

이들은 다시 길을 나섰다. 이번에는 센 강가의 예선(曳船)도를 따라 내려갔다. 이들은 소리를 내지 않기 위해 길 가장자리에 있는 잔디 위로 걸었다. 길을 따라가니 잡목이 늘어선 큰길이 나타났다. 잡목 사이를 헤치고 나가자 언덕 위에 울타리로 둘러싸인 클로졸리의 모습이 보였다. 오르탕스와 레닌은 그것이 「행복한 공주」에 나왔던 오두막이란 사실을 곧 알아차렸다. 오두막의 덧창은 모두 닫혀 있었고 그리로 통하는 오솔길에는 잡초가 무성하게 자라 있었다.

이들은 잡목 속에 몸을 숨기고 한 시간가량 움직이지 않고 기다렸다. 하지만 아무런 일도 일어나지 않았다. 수사관은 참지 못해 짜증을 냈다. 오르탕스도 점점 더 불안해져 클로졸리가 동생이 갇혀 있는 장소가 아닐지도 모른다는 생각까지 하게 되었다. 하지만 레닌은 고집을 부렸다.

「그녀는 저곳에 있습니다. 그럴 수밖에 없어요. 달브레크가 그녀를 가두기 위해 다른 장소를 택했을 리가 없습니다. 그녀가 잘 아는 장소를 택해서 편안하게 만들어 주려고 했을 겁니다」

그때 클로졸리 맞은편에서 느릿느릿 힘없이 걷는 발자국 소리가 들리더니, 마침내 길가에 사람의 형체가 나타났다. 거리가 너무 멀어 얼굴은 뚜렷하게 알아볼 수 없었다. 하지만 그 무거운 발걸음은 분명 레닌과 오르탕스가 영화에서 보았던 남자의 걸음걸이가 분명했다.

영화에 등장한 배우의 태도를 보며 발견한 희미한 단서 하나를 발판으로 단순히 범인의 심리를 추론하는 방법을 통해, 레닌은 단 하루 만에 납치된 여인이 감금되어 있는 장소를 찾아냈다. 달브레크는 영화 속 상황을 실제로 행동에 옮겨 자신이 마치 영화를 찍는 것처럼 행동했다. 레닌이 영화 속 행적을 거슬러 올라가 볼 필요가 있다고 주장한 대로 달브레크는 나무꾼이 〈행복한 공주〉를 납치했던 바로 그 장소에 여자를 가둬 놓았다.

달브레크는 영화 속 나무꾼의 모습처럼 여기저기 기운 허름한 옷을 입고 있었다. 그가 짊어진 배낭 위로는 병의 목과 바게트 빵의 끝 부분이 보였다. 한쪽 어깨에는 도끼도 메고 있었다.

그는 울타리 자물쇠가 열려 있는 것을 발견하고 뭔가를 확인하려는 듯 클로졸리 뒤편에 있는 과수원으로 들어갔다. 그의 모습은 곧 나무들 사이로 사라졌다.

모리소가 일어섰다. 레닌은 클로졸리로 달려가려는 모리소의 팔을 붙잡았다.

오르탕스가 물었다.

「왜 그래요? 저자를 가만두면 안 되잖아요. 그렇지 않으면……」

「공범이라도 있으면 어떻게 합니까? 저쪽에서 먼저 눈치를 채면 어쩌려고요?」

「할 수 없죠. 무엇보다 먼저……, 동생을 구해야 해요」

「하지만 달려가는 도중에 저들이 먼저 손을 써 버리면요? 화가 나서 도끼로 동생을 죽이려고 하면요?」

레닌의 말에 수사관들은 다시 자리에 앉았다. 다시 한 시간이 흘렀다. 가만히 기다리고만 있으니 점점 화가 치밀었다. 오르탕스는 가끔씩 훌쩍거렸다. 하지만 레닌은 동요하지 않았다. 아무도 레닌의 말을 거스를 수 없었다.

날이 저물기 시작했다. 이미 사과나무 위로 황혼이 깔리기 시작했다. 그런데 그 순간, 갑자기 클로졸리의 문이 열리더니 시끄러운 소리가 들렸다. 끔찍한 비명을 지르는 것 같기도 했고 승리의 함성을 지르는 것 같기도 했다. 그리고 두 남녀의 모습이 보였다. 남자는 팔로 여자의 몸을 감싸안고 있었다. 레닌 일행의 눈에는 남자에게 안긴 여자의 뒷모습과 그녀를 안고 서 있는 남자의 팔다리밖에 보이지 않았다.

오르탕스는 당황해서 더듬거리며 말했다.

「그자예요! 그자와 로즈라고요! 아……, 레닌, 동생을 구해 줘요」

달브레크는 여자를 안은 채 미친 사람처럼 웃고 소리 지르면서 나무 사이를 뛰어다녔다. 그는 여자의 무게를 느끼지 못하는 사람처럼 한 팔로 여자를 안고 아주 가볍게 뛰어다녔다. 마치 학살을 저지르며 기쁨에 취해 있는 야수 같기도 했다. 여자를 잡지 않은 손에는 도끼가 들려 있었다. 그가 도끼를 휘두르자 퍼렇게 선 날이 번쩍거렸다. 로즈는 공포에 질린 듯한 비명을 내지르고 있었다. 달브레크는 그녀의 비명에도 아랑곳하지 않고 과수원을 사방으로 가로지르며 울타리 위를 넘어다녔다. 그러다가 갑자기 우물 앞에 멈춰 서더니 여자를 든 팔을 내뻗고 허리를 굽혔다. 여자를 우물 안에 빠트리려는 모양이었다. 끔찍한 순간이었다. 정말 피비린내 나는 일이 벌어지게 될까?

다행히 그런 일은 일어나지 않았다. 달브레크는 갑자기 방향을 틀더니 문을 향해 달려갔다. 자기 말을 순순히 따르도록 만들기 위해 여자에게 위협만 가하는 모양이었다. 그는 다시 여자를 한쪽 어깨에 떠메고 현관 안으로 들어갔다. 곧 빗장을 거는 소리가 들렸다. 이제 문은 다시 닫혔다.

도무지 이해할 수 없는 장면이었다. 레닌은 전혀 움직이지 않았다. 그는 수사관들이 앞으로 나가려고 하자 두 팔을 벌려 그들을 막았다.

레닌의 옷을 붙잡고 매달리며 오르탕스가 애원했다.

「동생을 구해 주세요. 저놈은 미쳤어요……, 동생을 죽일 거예요. 제발……」

하지만 그 순간, 달브레크가 다시 여자에게 공격을 시작했다. 어느새 2층으로 올라갔는지 그는 오두막 지붕 가운데 나 있는 채광창 사이에 로즈앙드레의 몸을 걸쳐 놓은 채 다시 위협하고 있었다. 달브레크는 로즈를 공중에 흔들어 댔다. 그러다가 그녀를 집어던질 것 같았다.

〈죽일 작정으로 저러는 건 아니겠지? 정말로 협박일 뿐일까? 저렇게 하면 로즈가 순순히 말을 들을 거라고 생각하는 걸까?〉

달브레크는 다시 집 안으로 들어갔다.

이번에는 오르탕스도 가만히 있을 수가 없었다. 오르탕스는 얼음장처럼 차가운 손으로 레닌의 손을 꼭 잡았다. 레닌은 그녀가 절망에 빠져 떨고 있음을 느낄 수 있었다.

「오! 제발……제발……. 뭘 기다리고 있는 거예요?」

오르탕스가 말했다.

이번에는 레닌이 양보했다.

「그래요. 가 봅시다. 하지만 너무 서두르진 마요. 생각을 해야 해요」

「생각이라뇨? 그럼 로즈는……. 그자가 로즈를 죽일 거예요! 당신도 도끼를 봤잖아요? 그자는 미쳤어요. 동생을 죽일 거라고요」

「아직 시간은 있어요. 제가 다 책임질 테니 걱정 마요」

오르탕스는 다리에 힘이 없어 레닌을 붙잡고 간신히 언덕을 내려왔다. 레닌은 우거진 나무 사이에 몸을 숨기고 오르탕스가 울타리를 넘도록 도왔다. 날이 저물기 시작한 터라 이들 모습은 쉽게 눈에 띄지 않았다.

레닌은 아무 말 없이 과수원이 있는 집 뒤쪽으로 걸어갔다. 그곳에는 달브레크가 처음 집 안으로 들어갈 때 이용했던 작은 부엌문이 있었다.

「때가 되면 어깨로 문을 밀치고 한번에 들어가야 합니다」

레닌이 수사관들에게 말했다.

모리소 수사관이 투덜거리며 말했다.

「이제야 들어가는군요」

「아직은 아닙니다. 제가 먼저 저 안에서 무슨 일이 일어나고 있는지 알아보겠습니다. 그런 뒤 제가 신호를 하면 이 널빤지들을 낮게 힘껏 던지세요. 그리고 달브레크가 눈치를 채고 도망가려 하면 총을 쏘세요. 하지만 절대로 미리 행동을 개시하면 안 됩니다. 안 그러면 큰 위험에 처하게 됩니다」

「저자가 먼저 덤비면요? 저놈은 난폭한 놈입니다」

「다리에 총을 쏘세요. 꼭 생포해야 합니다. 여러분은 다섯이니까 문제없을 겁니다!」

레닌은 오르탕스에게 용기를 주었다.

「아직은 행동할 때가 아닙니다. 저만 믿으세요」

오르탕스는 한숨을 쉬었다.

「이해가 안 돼요……, 정말 이해가 안 돼요」

「저도 그렇습니다. 혼란스러운 일이 몇 가지 있어서……. 하지만 어느 정도는 짐작이 가기 때문에……, 혹시 일을 돌이킬 수 없게 만들까 봐 걱정이 좀 됩니다」

「돌이킬 수 없다니, 동생이 이미 살해당했다는 말인가요?」

「아닙니다. 법적인 처리에 관한 문제입니다. 그래서 제가 먼저 들어가려고 하는 겁니다」

수사관들이 집을 에워싸면서 바스락거리는 소리를 냈다. 레닌은 창문 앞에서 걸음을 멈췄다.

「잘 들어요. 여기가 바로 저들이 있는 방 창문입니다」

창 밖으로 이야기 소리가 새어 나왔지만 어두워서 안을 제대로 들여다볼 수 없었다. 덧창을 조금만 열면 얘기하는 사람의 얼굴을 볼 수 있을 것 같았다. 레닌은 주위를 살펴본 뒤 덧창을 덮고 있는 나뭇가지를 살며시 걸어 보았다. 덧창이 완전히 닫히지 않았는지 그 틈새로 빛이 새어 나왔다. 레닌은 칼끝을 안으로 집어 넣고 안쪽에서 채운 걸쇠를 살짝 들어 올렸다. 덧창이 열렸다. 그러나 안쪽에 또 두꺼운 커튼을 쳐 놓아 창을 가리고 있었다. 다행히 위쪽에 작은 틈새가 보였다.

오르탕스가 물었다.

「창틀 위로 올라갈 거예요?」

「네. 유리를 조금 잘라 내야 해요. 위급한 일이 생기면 권총을 쏴야 할지도 모르니까요. 당신은 수사관들이 공격을 시작할 수 있도록 호루라기를 불어요. 자, 여기」

레닌은 조심스럽게 창틀로 올라가 커튼이 벌어져 있는 작은 틈에 눈을 댔다. 그는 한 손에는 권총을 잡고 다른 손에는 다이아몬드 칼을 들고 있었다.

오르탕스가 떨리는 목소리로 물었다.

「동생이 보여요?」

레닌은 여전히 창문에서 눈을 떼지 못하고 말했다.

「아니……, 이럴 수가!」

오르탕스가 말했다.

「쏴요! 얼른 쏴요!」

「안 됩니다」

「그럼, 호루라기를 불까요?」

「아니……, 아닙니다. 그게 아니라……」

오르탕스는 온몸이 떨려 와 무릎을 벽에 대고 서 있어야 했다. 레닌은 오르탕스가 방 안을 들여다볼 수 있게 그녀를 창틀 위로 끌어올렸다.

「자, 보세요」

오르탕스도 유리창에 이마를 대고 안을 들여다보았다.

「아!」

그녀 역시 깜짝 놀란 목소리로 말했다.

「어떻게 생각하세요? 아까부터 약간 미심쩍기는 했지만……, 이런 일이 있으리라곤 상상도 못했습니다!」

갓 없는 전등불 두 개와 촛불 스무 개로 환하게 밝혀 놓은 방 안에는 매우 따뜻한 빛이 흐르고 있었다. 바닥에는 페르시아 카펫도 깔려 있었다. 로즈앙드레는 반짝이는 옷감으로 만든 드레스를 입고 어깨를 다 드러낸 채 소파에 비스듬하게 누워 있었다. 그녀가「행복한 공주」에서 입었던 드레스였다. 그녀의 머리에는 각종 보석과 진주 장식이 달려 있었다.

달브레크는 사냥용 반바지에 셔츠를 차려입고 방석 위에 무릎을 꿇고 앉아 있었다. 로즈앙드레는 넋을 잃고 자신을 바라보는 달브레크의 머리를 어루만졌다. 그녀는 그의 이마에 살짝 키스한 뒤 입술에 길게 키스를 했다. 달브레크의 눈동자는 격정적인 쾌감 때문에 초점을 잃고 흔들렸다.

정열적인 장면이었다. 마주보는 눈길……, 맞닿은 입술……, 꼭 쥐고 있는 떨리는 손……, 젊음의 욕망……. 두 사람은 누구보다도 강렬하게 서로를 원하고 있는 게 분명했다. 이 고요하고 평화로운 오두막에서 이들의 입맞춤과 애무보다 더 중요한 것은 없었다.

오르탕스는 예상치 못한 광경에서 눈을 뗄 수가 없었다.

〈정말 저 남자가 조금 전에 여자를 위협했던 남자가 맞는 걸까? 저 여자가 좀 전에 공포로 가득 찬 비명을 질러 대던 여자가 맞긴 한 걸까? 저 여자가 정말 내 동생 로즈일까?〉

오르탕스는 도무지 이해할 수 없었다. 자신이 다른 사람을 보고 있는 거라고 생각했다. 로즈앙드레는 완전히 다른 사람이 되어 있었다. 사랑과 열정으로 다시 태어난 그녀에게서는 여태까지와는 또 다른 아름다움이 느껴졌다.

오르탕스는 기가 막혔다.

「세상에……, 저렇게 사랑하다니! 어쩌면……, 저런 사람을 사랑할 수가……」

레닌이 입을 열었다.

「동생에게 그가 위험한 사람이라는 사실을 알려야 해요. 그리고 함께 의논해 봅시다」

「그래요, 무슨 일이 있어도 동생이 스캔들에 휘말리게 해선 안 돼요. 어서 이곳에서 데리고 나가야 할 텐데……. 이 사실이 알려지면 안 돼요!」

오르탕스는 너무 흥분한 나머지 조급하게 행동하고 말았다. 그녀는 조심스럽게 유리를 두드리려고 주먹을 쥐었다. 그런데 너무 힘을 줘서 두드린 나머지 유리창뿐 아니라 뒤에 있던 나무에까지

부딪히며 쾅쾅 소리를 내고 말았다. 집 안에 있던 두 사람은 겁을 먹고 일어섰다. 그리고 창가 쪽을 바라보며 귀를 기울였다. 레닌이 자초지종을 설명하기 위해 유리창을 자르려고 했지만 때는 이미 늦었다. 로즈앙드레는 수사관들이 찾아와 자기 애인에게 위험이 닥쳤다는 사실을 눈치 챈 모양이었다. 그녀는 필사적으로 달브레크를 도망시키려 했다.

달브레크는 그녀가 시키는 대로 움직였다. 로즈앙드레는 부엌 문으로 달브레크를 내보내고 자기도 따라나섰다. 레닌의 시야에서 두 사람의 모습이 사라졌다.

레닌에게는 앞으로 일어날 일이 불 보듯 뻔했다. 도망간 달브레크는 레닌이 준비해 놓은 덫에 빠질 것이 분명했다. 기다리고 있던 수사관들과 싸움이 일어날 것이고……, 이제 그는 죽을지도 모른다.

레닌은 창틀에서 뛰어내려 급히 집 뒤쪽으로 달려갔다. 하지만 주변이 어둡고 장애물도 많아 생각보다 시간이 걸렸다. 게다가 사건은 그의 예상보다 훨씬 더 빠르게 진행되고 있었다. 레닌이 집 뒤편에 도착했을 때는 이미 총성이 들린 후였다. 곧이어 고통스러워하는 남자의 신음소리가 들려왔다.

레닌이 손전등을 비추자 달브레크가 부엌 문지방 위에 쓰러져 있는 모습이 보였다. 그는 수사관 세 명에게 둘러싸여 있었다. 달브레크의 다리에서는 피가 흘렀다.

로즈앙드레는 다시 집 안으로 들어가 어찌할 바를 모르고 있었다. 그녀는 사색이 된 얼굴로 두 손을 내민 채 알아들을 수 없는 말을 중얼거렸다.

오르탕스가 로즈를 안으며 말했다.

144

「나야……, 언니야……. 널 구해 주러 왔어. 내 말 들리니?」

로즈는 무슨 말인지 이해하지 못하는 것 같았다. 로즈는 얼빠진 표정으로 비틀거리며 밖으로 나가 수사관들에게 말했다.

「오, 이런……. 그 사람은 아무 잘못도……」

그때 레닌이 다가가 로즈를 환자 다루듯 조심스럽게 부축해 집 안으로 데려갔다. 오르탕스가 따라 들어오자 레닌은 문을 닫고 두 여자를 거실로 데려갔다.

로즈앙드레가 불같이 화를 내며 레닌의 손을 뿌리쳤다. 그러고는 숨을 가쁘게 몰아쉬며 소리쳤다.

「이건 범죄라고요! 도대체 무슨 권리로……, 어째서 그를 잡아가는 거죠? 그렇군요! 저도 읽었어요. 부르게 보석상 살인 사건 때문이죠? 오늘 아침에서야 봤는데……. 하지만 그건 다 거짓말이에요. 증명할 수도 있다고요」

레닌은 그녀를 기다란 소파에 눕히고 단호하게 말했다.

「제발 진정하세요. 이러면 당신만 손해예요. 그런 말을 해 봤자 당신들이 더욱 위험해질 뿐입니다. 도대체 어쩌려고 그러시는 겁니까? 어쨌든 그 남자는 도둑질을 했어요. 자동차와……, 이만 오천 프랑을 훔쳤단 말입니다」

「내가 미국에 간다는 말을 듣고 거의 제정신이 아닌 상태에서 저지른 일이에요. 하지만 자동차는 다시 찾았잖아요. 돈도 돌려줄 거예요. 돈에는 손도 대지 않았다고요. 안 돼요, 안 돼요. 당신들은 이럴 권리가 없어요. 난 내가 원해서 이곳에 왔어요. 그 사람을 사랑해요. 세상 그 무엇보다도 사랑하고 있다고요. 이런 사랑은 내 평생 다시 오지 않을 거예요. 그를 사랑해요. 그를 사랑한다고요」

불쌍한 로즈는 더 이상 말할 힘도 없어 보였다. 그녀는 마치 꿈을 꾸듯 중얼거리며 사랑한다는 말을 하고 있었다. 그러나 그 목소리는 점점 작아졌다. 결국 그녀는 울다 지쳐 기절하고 말았다.

한 시간이 흘렀다. 손목이 묶인 채 침대에 누워 있는 달브레크는 매서운 눈으로 천장을 바라보고 있었다. 그 사이에 레닌의 운전사 클레망이 의사를 데리고 왔다. 의사는 달브레크의 다리에 붕대를 감아 준 뒤 내일까지는 절대로 안정을 취해야 한다고 말하고 돌아갔다.

모리소 주임 수사관과 부하들은 여전히 달브레크를 경계하고 있었다.

레닌은 뒷짐을 지고 방 안을 서성거렸다. 그는 무척 즐거운 표정이었다. 무슨 좋은 일이라도 있는 사람처럼 오르탕스와 로즈에게 미소를 지어 보이기까지 했다. 오르탕스는 이 상황에서 엉뚱하게 웃고 있는 레닌을 보며 물었다.

「무슨 일이라도 있어요?」

「재미있어서요」

그가 양손바닥을 마주 비비며 대답했다.

「뭐가 그렇게 재밌어요?」

오르탕스가 질책하듯 물었다.

「그냥 이 상황이 재미있잖아요. 완전한 사랑을 좇아 일상에서 도망친 자유로운 로즈앙드레, 그리고 그의 왕자님! 〈행복한 공주〉가 깔끔하게 차려입고 머리엔 포마드 기름을 바른 나무꾼에게 하는 입맞춤……. 우리가 그녀를 찾아 동굴 속을 헤매는 동안에도……. 아! 납치당한 그녀가 동굴에 갇혀 괴로워하다가 죽어 가고 있을 거라 믿었던 그날 밤, 그녀는 멀쩡하게 살아 있었던 겁니다! 그녀는 달브레크에게 빠져 어떤 매력적인 왕자님보다도 그에게 매력을 느끼게 된 거죠. 그렇게 되기까지는 하룻밤이면 충분했던 겁니다. 단 하룻밤! 그동안 이들은 서로에게 확신을 갖게 되었고 절대로 헤어지지 않겠다고 약속했습니다. 이들은 세상과 고립된 이들만의 은신처를 찾았어요. 어디냐고요? 바로 이곳, 클로졸리! 누가 로즈앙드레를 클로졸리까지 오게 만들었겠습니까? 사랑하는 연인이기에 가능했던 겁니다. 3주간의 밀월 여행……, 이들은 서로의 인생을 상대에게 기꺼이 희생하기로 했습니다. 어떻게냐고요? 이들은 그림같이 아름다운 이곳에서 새로운 약속을 했던 겁니다. 달브레크도 「행복한 공주」로 유명해졌으니 배우로서 성공한 셈입니다. 그런데 자신의 미래를 던져 버린 거죠. 로스앤젤레스! 미국으로! 이들은 부와 자유의 땅으로 탈출하고 싶었던 겁니다. 더 이상 지체할 필요도 없었죠. 이제 곧 행동에 들어가려 했을 겁니다. 하지만 우린 그들의 모습을 보며 광기에 찬 남자가 살인을 저지를 거라는 생각에 소스라치게 놀랐죠. 이제야 말하지만……, 사실 전 아까 그들의 모습을 보면서 약간 의구심이 생겼습니다. 그 모습은 이미 영화에서 나왔던 장면이었죠. 하지만 전 영화와 달리, 이번에는 사랑에 빠진 클로졸리의 연인들이 뛰어노는 장면이란 걸 알 수 있었어요. 이런 상황에서 당신은 어떻게 하길 바라십니까? 영화에선 〈행복한 공주〉가 반항하거나 자살이라도 하려고 했겠죠? 하지만 이렇게 사랑하는 연인들이 어떻게 죽음까지 갈 거란 생각을 할 수 있겠습니까?」

레닌은 이 사건이 즐겁기라도 한 모양이었다. 그는 말을 계속했다.

「아니, 아닙니다, 말도 안 돼요. 실제로는 영화와 다르게 사건이 전개되었던 겁니다. 그래서 저도 방향을 잘못 짚었고! 처음부터 「행복한 공주」의 줄거리만 따라갔으니 헛다리 짚은 거죠. 〈행복한 공주〉는 이렇게 행동을 했고 나무꾼은 이런 식으로 행동을 했으니……, 하면서 말입니다. 그러니 이제 처음부터 다시 시작해 봅시다. 예상과 달리 희생자였던 로즈앙드레는 몇 시간 만에 사랑에 빠진 공주가 되었어요! 아! 달브레크, 자넨 정말 우릴 보기 좋게 속였군그래. 우린 영화 속에서 자네를 야만인이나 고릴라처럼 생겼다고 생각했으니……. 우리가 그런 상상을 한 것도 무리는 아니지. 그런데 당신 같은 자가 돈 후안처럼 여자를 사로잡는 매력을 가지고 있었다니……, 정말 놀랍군그래!」

레닌은 다시 양쪽 손바닥을 마주대고 비비면서 즐겁다는 듯이 말했다. 하지만 오르탕스가 자신의 말에 귀를 기울이지 않고 있다는 사실을 깨닫고는 그만 입을 다물었다.

드디어 로즈앙드레가 깨어났다. 오르탕스는 그녀를 팔로 감싸며 달랬다.

「로즈……, 로즈……, 나야! 겁내지 마」

오르탕스는 낮은 목소리로 사랑을 담아 말했다. 로즈는 언니의 목소리를 들으며 다시 고통스러운 표정을 지었다. 그러고는 입을 다문 채 굳은 표정으로 앉아 있었다.

레닌은 그녀가 더 이상 고통을 받게 해서는 안 되겠다고 생각했다. 누가 뭐라 해도 로즈앙드레의 결심은 결코 변하지 않을 것 같았다.

레닌이 로즈에게 다가갔다.

「저도 당신과 같은 생각입니다. 어떤 일이 있어도 사랑하는 사

148

람을 보호하고 결백을 증명해 보이고 싶으시겠죠. 하지만 그렇다고 너무 조급하게 행동해서는 안 됩니다. 몇 시간만 참으세요. 그 동안은 부인께서 피해자인 척하는 게 좋습니다. 그렇게 하셔야 합니다. 만약 내일 아침에도 마음이 바뀌지 않으시면, 그땐 제가 부인의 뜻대로 이루어지도록 도와드리겠습니다. 우선은 언니와 함께 방으로 들어가 짐을 챙기세요. 이 사건이 외부에 알려져서 좋을 게 없습니다. 반드시 저를 믿으셔야 합니다. 자신감을 가지세요」

로즈앙드레를 설득하는 데에는 꽤 오랜 시간이 걸렸다.

그날 밤은 모두 클로졸리에 머물렀다. 식량은 충분했다. 모리소 수사관이 부하들을 시켜 저녁을 준비했다.

오르탕스는 로즈앙드레와 같은 방을 쓰기로 했다. 레닌과 모리소, 수사관 두 명은 거실에 있는 소파에서 잤다. 나머지 두 명은 부상당한 달브레크의 방에서 보초를 섰다.

밤에는 아무 일도 일어나지 않았다.

아침이 되자 클레망이 불러온 근위병들이 도착했다. 달브레크는 지방 유치장에 있는 의무실로 이송될 예정이었다. 레닌은 클레망에게 집 앞에 차를 대라고 지시했다.

근위병들의 발소리가 들리자 오르탕스와 로즈앙드레가 아래층으로 내려왔다. 로즈앙드레는 못마땅하다는 표정이었다. 오르탕스는 걱정스러운 눈으로 동생을 바라보았다. 그러나 레닌은 평상시와 다름없는 표정이었다.

모든 준비가 끝났다. 이제 달브레크와 보초를 서고 있던 수사관들을 깨우는 일만 남았다. 모리소 주임 수사관은 이들을 깨우러 직접 달브레크의 방으로 올라갔다. 그러나 부하들은 깊은 잠

에 빠져 있었고 침대는 텅 비어 있었다. 달브레크는 이미 도망친
뒤였다.

달브레크가 사라졌다는 사실에도 수사관들과 근위병들은 크게
당황하지 않았다. 달브레크는 다리를 다쳤기 때문에 멀리 도망가
지 못했을 거라 자신했기 때문이다. 달브레크는 아마 과수원 즈
음에 숨어 있는 게 분명했다. 하지만 이상한 점은 달브레크를 지
키고 있던 수사관들이 부상을 당한 달브레크가 방을 빠져나가는
데도 아무런 기척을 느끼지 못했다는 사실이었다.
　곧 수색이 시작되었다. 로즈앙드레는 당황해서 모리소 수사관
에게 다가갔다. 그녀를 지켜보던 레닌이 속삭였다.
　「조용히하세요」
　로즈앙드레가 중얼거렸다.
　「그 사람을 찾으면……, 총으로 쏠 거예요」
　「찾지 못할 겁니다」
　「어떻게 알죠?」
　「제가 운전사에게 부탁해 그를 빼돌렸으니까요. 커피에 수면제
를 타서 보초를 서던 수사관들이 잠든 사이에 그가 도망갈 수 있
게 했습니다」
　로즈앙드레는 깜짝 놀란 눈으로 레닌을 바라봤다.
　「하지만……, 그 사람은 부상을 당했잖아요? 지금 어디선가 죽
어 가고 있을지도 몰라요」
　「아닙니다」
　오르탕스는 레닌이 무슨 말을 하는지 이해할 수 없었지만 그래
도 레닌을 믿고 안심하기로 했다.

레닌이 다시 낮은 소리로 말했다.

「그가 상처를 치료하고 범죄에 대한 혐의도 벗으면, 두 달 안에 이곳을 떠나 미국으로 가세요. 저와 약속하실 수 있겠습니까?」

「그럴게요」

「결혼도 하시고요」

「그럼요」

「그러면 이쪽으로 오세요. 그렇게 놀란 표정도 짓지 말고. 그냥 담담한 척하세요. 잘못하면 모든 일이 수포로 돌아갈 테니까요」

레닌은 난감해하고 있는 모리소 수사관을 불렀다.

「수사관님, 우리는 로즈 양을 데리고 파리로 가겠습니다. 그녀는 이번 사건으로 큰 충격을 받았으니 안정시켜야겠어요. 어쨌든 좋은 결과가 나올 것이라 믿고 이만 출발하겠습니다. 그리고 저는 오늘 밤에 잠시 경찰청에 들르겠습니다」

레닌은 로즈앙드레를 부축해서 차로 데려갔다. 그녀는 비틀거리면서도 레닌의 팔을 꼭 붙잡고 있었다.

「아! 세상에, 그는 무사해……. 그가 보여요」

로즈앙드레가 중얼거렸다.

운전석에는 클레망의 옷을 입은 달브레크가 앉아 있었다. 그는 커다란 선글라스를 끼고 모자를 푹 눌러써서 눈과 얼굴을 가리고 있었다.

이들이 탄 차가 출발했다. 하지만 2킬로미터쯤 달려가다 숲 한가운데에 잠시 차를 세워야 했다. 애써 다리의 통증을 참고 있던 달브레크가 결국 쓰러지고 말았기 때문이다. 레닌은 그를 뒷좌석으로 옮기고 대신 운전대를 잡았다. 오르탕스는 레닌의 옆 좌석으로 자리를 옮겼다. 그들은 루비에르에 도착하기 전에 또 한 번

차를 세워야 했다. 달브레크의 옷을 입고 천천히 걸어가고 있던 운전사 클레망의 모습이 보였기 때문이다. 레닌은 클레망을 태우기 위해 잠시 차를 세웠다.

차는 긴 침묵 속에서 전속력으로 달렸다. 오르탕스는 지난밤에 일어났던 사건에 대해 질문할 생각도 못하고 잠자코 있었다. 지금은 달브레크를 빼돌리기 위해 사용한 방법 따위는 중요한 게 아니었다. 그녀는 동생을 생각했다. 오르탕스는 로즈앙드레가 보여 준 열정적인 사랑에 감동해서 아무 말도 할 수가 없었다.

차가 파리 시내로 접어들 무렵 레닌이 간단하게 설명했다.

「어젯밤 달브레크와 대화를 나눠 봤습니다. 그가 보석상의 살인범이 아니라는 확신이 들더군요. 그는 생김새와 달리 용감하고 솔직한 사람이었어요. 부드럽고 헌신적이며 로즈앙드레를 위해 모든 것을 할 준비가 되어 있는……」

레닌이 잠시 말을 끊었다가 다시 입을 열었다.

「달브레크의 말대로……, 사랑하는 사람을 위해서라면 무슨 일이든 할 수 있어야 하죠. 사랑하는 이를 위해서는, 자신을 희생하고 이 세상에서 가장 아름다운 것만 주며 기쁨과 행복을 선사하려고 해야 합니다. 사랑하는 여자가 지루해할 땐 즐겁게 해 줄 수 있는 모험거리를 만들어 웃을 수 있게 해 줘야 합니다. 때론 감동시켜 울리기도 하고……」

오르탕스의 눈이 촉촉하게 젖어 들었다. 이렇게 감동적인 모험은 처음이었다. 이번 모험은 레닌과 오르탕스를 하나로 이어 주는 끈과 같았다. 지금까지 이들의 관계가 헐거운 끈으로 이어져 있었다면 이번 사건을 계기로 이들은 함께 걱정하고 괴로워하며 서로에게 힘과 용기를 주면서 단단하게 엮이게 된 것 같았다. 자신의 뜻대로 사건을 풀어 나가고 자신이 싸우거나 보호해야 할 사람의 운명을 마음대로 조종하는 이 희한한 남자 앞에서, 오르탕스는 자신이 한없이 약한 여자가 되어 있음을 느꼈다. 오르탕스의 마음에 불안감이 밀려들었다. 레닌에게서는 위압감과 매력이 동시에 느껴졌다. 때로는 그녀 위에 군림하는 주인처럼 느껴지고 때로는 경계해야 할 적처럼 다가오는 남자……, 하지만 지금은 가슴이 설레도록 매력적인 모습으로 자신의 곁에 앉아 있는 남자…….

장루이 사건

이번 사건은 정말 순식간에 벌어졌다.

오르탕스와 레닌이 센 강의 다리 위를 걷고 있을 때 갑자기 한 여자가 난간 위로 올라가더니 바로 몸을 던졌다. 오르탕스는 깜짝 놀라서 멍하니 서 있었다. 여기저기서 비명소리가 터져 나오더니 주변은 아수라장이 되었다.

오르탕스가 정신을 차리고 레닌의 팔을 잡았다.

「지금……, 뭐 하는 거예요? 뛰어내리려고요? 아……안 돼요」

하지만 레닌은 그녀에게 코트를 맡기고 곧 다리 아래로 뛰어내렸다. 그리고 물속으로 사라졌다. 그로부터 약 3분 뒤 오르탕스는 인파에 떠밀려 강가로 내려와 있었다. 잠시 후 레닌이 물에 빠진 여자를 업고 계단 위로 올라왔다. 여자의 새까만 머리는 물에 젖어서 창백한 얼굴에 착 달라붙어 있었다.

레닌이 가쁘게 숨을 몰아쉬며 말했다.

「아직 죽지 않았어요……. 어서 의사를……. 인공호흡을 하면……, 목숨은 건질 수 있을 겁니다」

레닌은 물에 빠진 여자를 수사관들에게 부탁했다. 그러고는 이름을 물어보는 기자들을 피해 사람들 틈을 빠져나와 택시를 잡았다. 오르탕스는 화가 난 모양이었다. 잠시 후, 그녀의 마음을 눈치 챈 듯 조용히 앉아 있던 레닌이 너스레를 떨었다.

「세상에! 또 수영을 했군! 저도 어쩔 수가 없었어요. 물에 뛰어드는 사람만 보면 저도 같이 뛰어들게 됩니다. 아마도 제 조상 중에 인명 구조견이 있었던 모양이에요」

레닌이 집으로 들어가 옷을 갈아입는 동안 오르탕스는 차에서 기다렸다.

레닌이 돌아와서 운전사에게 말했다.

「틸시가로 가세」

「어디로 가는 거예요?」

「그 여자에 대해서 알아보려고요」

「주소를 알아요?」

「네. 팔찌에 이름과 주소가 씌어 있더군요. 〈준비에브 에이마르〉란 이름이었습니다. 우선 그녀의 집으로 가 봅시다. 오! 그렇다고 목숨을 구해 준 대가를 받으려는 건 절대 아닙니다. 아니고 말고요! 어디까지나 단순한 호기심 때문이죠. 말도 안 되는 호기심. 어쨌든 전 물에 빠진 사람을 열댓 명이나 구한 적이 있습니다. 사람들이 강물로 뛰어드는 이유는 모두 한 가지입니다. 사랑의 슬픔! 매번 그놈의 통속적인 사랑이 문제죠. 당신도 곧 알게 될 겁니다」

틸시가에 있는 준비에브의 집 앞에 도착했다. 마침 그 집에서 의사가 나오고 있었다. 하녀는 준비에브가 이제 기운을 차렸으며 방금 전에 잠들었다고 말했다. 레닌은 그녀의 아버지에게 명함을 건네며 자신이 준비에브 에이마르를 구한 사람이라고 소개했다. 그녀의 아버지는 눈물을 글썽이며 레닌의 손을 꼭 잡았다.

에이마르 씨는 나이가 들어 쇠약해 보였다. 레닌이 질문을 던지기도 전에 그가 먼저 괴로운 듯 말을 꺼냈다.

「벌써 두 번째라오! 불쌍한 것……. 지난 주에는 음독 자살까지 기도했지 뭡니까. 제가 얼마나 아끼는 딸인데…….〈살기 싫어요! 더 이상 살고 싶지 않아요!〉라고만 하고……. 다시 또 자살을 기도할까 봐 겁이 납니다. 어떻게 이런 일이……, 자살을 하려고 하다니……. 불쌍한 준비에브! 어째서……」

레닌이 물었다.

「그래, 왜 그런 거죠? 파혼이라도 당했나요?」

「파혼! 그렇습니다. 저 아이가 너무 민감하다 보니 그 충격을 견디지 못하고……」

레닌이 그의 말을 가로막았다. 이미 사태를 파악했으니 쓸데없는 이야기로 시간을 낭비할 필요가 없었던 것이다. 레닌은 단호하게 말했다.

「좀 차근차근 말씀해 보십시오. 준비에브 양이 약혼을 했나요?」

에이마르 씨는 망설임 없이 대답했다.

「그렇습니다」

「그게 언제였죠?」

「지난봄이었죠. 우린 니스에서 부활절 휴가를 보내다가 〈장루이 도르미발〉이란 청년을 알게 되었죠. 그는 시골에서 자기 엄마와 이모와 함께 살고 있었습니다. 우리가 휴가를 마치고 파리로

156

돌아올 때 그 청년도 따라왔죠. 그 청년은 우리 동네에서 방을 구해 살면서 제 딸과 매일 함께 지냈어요. 전……, 솔직히 말하자면 〈장루이 보부아〉란 청년이 별로 맘에 들지 않았습니다」

「잠깐만요. 좀 전에는 〈장루이 도르미발〉이라고 하지 않으셨습니까?」

「그것도 그 사람 이름입니다」

「그럼 성이 두 개란 말인가요?」

「잘 모르겠어요. 저도 그게 수수께끼죠」

「처음엔 뭐라고 소개하던가요?」

「〈장루이 도르미발〉이라고 했습니다」

「그럼 〈장루이 보부아〉는요?」

「그자를 잘 아는 사람이 제 딸에게 〈장루이 보부아〉라고 일러 줬습니다. 보부아면 어떻고 도르미발이면 어떻습니까? 어쨌든 준비에브는 그 사람을 아주 좋아했고 그 사람도 제 딸을 끔찍이 사랑하는 것 같았습니다. 이번 여름에도 두 사람은 바닷가에 가서 함께 휴가를 보냈지요. 그런데 지난달 장루이가 자기 어머니와 이모에게 가서 결혼 문제를 상의하고 오겠다고 하고 떠났습니다. 그러곤 이런 편지만 한 통 보내왔더군요.

준비에브, 우리의 행복 앞에는 장애물이 너무 많소.
난 절망에 빠져 미쳐 버릴 지경이었소. 이제는 포기하려 하오. 난 그 어느 때보다도 당신을 사랑하고 있소. 그럼 잘 있어요! 날 용서하시오.

그 후 며칠 뒤에 제 딸이 처음으로 자살을 기도했어요」

「어째서 파혼을 했죠? 다른 여자가 있었나요? 무슨 정략결혼이라도 해야 했던 건가요?」

「아니, 그런 건 아닌 모양입니다. 준비에브는 장루이의 개인적인 문제 같다고 하더군요. 무슨 알 수 없는 문제가 있어 그를 구속하고 계속 괴롭히는 거라고요. 제가 보기에도 그에게서는 언제나 슬픔과 고통이 느껴졌어요. 그토록 사랑하던 제 딸을 포기할 때도 무척 괴로워한다는 걸 알 수 있었습니다」

「그 사람을 보면서 어떤 인상을 받았는지 자세히 말씀해 주시겠어요? 뭐 비정상적인 면이 있었다거나……, 성이 두 개인 것 말고……. 참, 그 이유에 대해서는 물어보셨습니까?」

「네, 두 번이나 물어봤어요. 처음엔 이모의 성이 보부아이고 어머니의 성이 도르미발이라고 하더군요」

「두 번째는요?」

「반대로 말했어요. 어머니가 보부아고, 이모가 도르미발이라고 했어요. 제가 그 사실을 지적하니까 얼굴을 붉히더군요. 그래서 더 이상 캐묻진 않았습니다」

「그가 사는 곳은 파리에서 멉니까?」

「브르타뉴 끝 쪽……. 카르에에서 8킬로미터 정도 떨어진 곳에 있는 엘스방 저택입니다」

레닌은 몇 분 동안 생각에 잠겨 있다가 다시 입을 열었다.

「준비에브 양을 괴롭힐 생각은 없습니다만, 따님에게 이렇게 전해 주십시오. 〈준비에브, 널 구해 준 아저씨가 사흘 안에 네 약혼자를 데려오겠다고 약속했단다. 그가 장루이에게 전해 줄 테니 편지를 한 장 써 달라고 하더구나〉라고 말입니다」

노인은 깜짝 놀란 표정이었다. 그래서 더듬거리며 물었다.

「정말……, 그렇게 하실 수 있습니까? 그러면 제 딸이 이제 자살을 시도하지 않게 되겠죠? 딸아이가……, 다시 행복해질 수 있겠죠?」

그러고는 부끄럽다는 듯 작은 목소리로 덧붙였다.

「오! 선생님, 서둘러 주세요. 제 딸아이는 이미 모든 걸 체념한 것 같아요. 이러다가 안 좋은 소문이나 나고……, 사람들에게 다 알려지면 어떡합니까?」

「진정하십시오. 그런 말씀은 하시는 게 아닙니다」

그날 저녁 레닌은 오르탕스와 함께 브르타뉴 행 기차에 올랐다.

아침 10시쯤 카르에에 도착한 이들은 12시 반에 점심 식사를 하고 차를 빌려 엘스방 저택으로 향했다.

엘스방 저택의 정원 앞에 이르렀을 때 레닌이 웃으며 말했다.

「당신 얼굴이 창백하군요」

「그래요. 이 사건은 좀 충격적이네요. 젊은 여자가 두 번이나 자살을 기도하다니. 웬만한 결심 갖고는 그렇게 못할 텐데……. 그래서 더 두려워요」

「뭐가 두렵단 말입니까?」

「당신이 성공하지 못하면 어쩌나 하고요. 당신은 걱정되지 않아요?」

「걱정이라고요? 오르탕스, 저는 오히려 즐겁다고 말하면……, 당신이 더욱 놀라겠죠?」

「어째서 즐거운데요?」

「저도 잘 모르겠습니다. 당신이 충격적이라고 말한 이번 사건에는 어딘지 희극적인 면이 있는 것 같습니다. 도르미발……, 보부아……, 뭔가 진부하고 퀴퀴한 냄새가 난단 말입니다. 제 말을 믿으세요, 그리고 침착한 태도를 잃지 마요. 알겠습니까?」

이들은 울타리 가운데로 다가갔다. 울타리 중심에서 양쪽으로 쪽문이 하나씩 있었다. 쪽문 한 쪽에는 〈도르미발 부인〉이라는 문패가 걸려 있고 다른 쪽에는 〈보부아 부인〉이라는 문패가 걸려 있었다. 쪽문 안쪽에는 식나무와 회양목이 늘어선 오솔길이 나 있었다.

길을 따라가자 오래된 저택이 나타났다. 좌우로 길쭉하고 낮은 엘스방 저택은 한 폭의 그림처럼 아름다웠다. 하지만 중앙에 있는 건물을 중심으로 좌우 양방향으로 증축한 두 건물은 서로 너무나 달라서 어색한 느낌마저 들었다. 여기서부터는 오솔길도 양쪽으로 갈라지고 있었다. 왼쪽에는 도르미발 부인이, 오른쪽에는 보부아 부인이 살고 있는 모양이었다.

갑자기 시끄러운 소리가 들려 레닌과 오르탕스는 걸음을 멈추고 조용히 귀를 기울였다. 누군가가 다투고 있는지 날카롭고 신경질적인 목소리가 오가고 있었다. 포도나무와 백장미가 자라고 있는 앞뜰 쪽으로 난 창문에서 흘러나오는 소리였다.

「더 가까이 가서는 안 돼요. 신중하지 못한 행동이라고요」

오르탕스가 말했다.

「맞습니다. 하지만 신중하지 못한 행동이라도 우리가 해야 할 일입니다. 우린 무슨 일인지 알아보러 온 거니까요. 이쪽으로 걸어가면 안에서 싸우는 사람들 눈에는 띄지 않을 겁니다」

다투는 소리는 계속 들렸다. 현관 옆에 있는 창문 앞에 이르자 식나무와 장미나무 사이로 나이든 여자 두 명이 목이 터져라 소리를 지르면서 주먹을 휘둘러 대는 모습이 보였다.

160

　언뜻 보니 이들이 있는 곳은 부엌인 듯했다. 식탁 위에는 아직
식기와 음식이 남아 있었고 담배를 피우며 신문을 읽고 있는 남
자가 보였다. 그가 바로 〈장루이〉임이 분명했다. 그는 두 여자의
싸움에 전혀 개의치 않는 것 같았다.

　마르고 키 큰 여자는 자두빛 실크 드레스를 입고 있었다. 그녀
는 생기 없는 얼굴과는 어울리지도 않게 샛노란 금빛 가발을 썼다.
가발은 헝클어져 있어 더욱 정신없는 인상을 풍겼다. 다른 한 여
자도 빼빼 말랐으나 키는 아주 작았다. 이 여자는 면 잠옷 차림이
었는데 얼굴은 화가 치밀어 시뻘겋게 달아올라 있었다.

　「고약한 년! 못된 년 같으니라고! 이 도둑 년아!」

　한 여자가 소리쳤다.

　「내가 도둑이라니?」

다른 여자가 울부짖으며 말했다.

「오리를 10프랑씩 쳐서 팔아먹었으니 도둑 년이 아니고 뭐야!」

「입 닥쳐, 불한당 같은 년! 내 화장대 위에 있던 50프랑은 누가 훔쳐 갔는데? 아! 세상에! 저런 더러운 년과 같이 살고 있다니……」

그 말을 들은 여자는 가만히 앉아서 신문을 보던 남자에게 화를 냈다.

「장! 내가 저 고약한 도르미발에게 모욕당하는 걸 지켜보고만 있을 테냐?」

키 큰 여자도 화가 나서 말했다.

「고약한 년! 루이, 너도 들었지? 저게 바로 천박한 보부아의 모습이라고! 저년 입 좀 다물게 만들어라!」

갑자기 장루이가 주먹으로 식탁을 내리쳤다. 그 바람에 접시가 바닥으로 튀었다.

「두 분 다 조용히 좀 하세요. 미친 노인네들 같으니……」

두 여자는 남자를 향해 욕설을 퍼부어 댔다.

「바보 같은 놈……, 위선자……, 거짓말쟁이……, 나쁜 놈 같으니라고……. 망할 자식……!」

두 여자는 계속해서 욕설을 퍼부었다. 그는 식탁 앞에서 귀를 틀어막고 있었다. 그는 끝까지 참으면서 두 여자에게 폭력을 가하지 않으려고 애쓰는 것 같았다.

레닌이 작은 소리로 말했다.

「제가 뭐라고 했습니까? 희극적인 데가 있을 거라고 하지 않았습니까? 이제 안으로 들어가 봅시다」

「저 미친 사람들이 있는 곳으로 들어가자고요?」

「그렇습니다」

「하지만……」

「오르탕스, 우린 염탐을 하러 이곳에 온 게 아닙니다. 행동으로 옮겨야죠. 가식 없는 사람들이니 오히려 쉽게 이야기를 털어놓을 겁니다」

레닌은 결심한 듯 문을 열고 들어갔다. 오르탕스도 그의 뒤를 따랐다.

갑자기 레닌과 오르탕스가 집 안으로 들어가자 안에 있던 사람들은 깜짝 놀란 표정이었다. 두 여자는 말다툼을 그쳤지만 아직 분이 가시지 않아 얼굴은 여전히 벌겋게 달아올라 있었다. 장루이는 어안이 벙벙한 얼굴로 자리에서 일어섰다.

이 혼란을 틈타 레닌이 먼저 입을 열었다.

「먼저 제 소개를 드리죠. 저는 레닌 공작이라고 합니다. 이쪽은 오르탕스 다니엘……. 저희는 준비에브 에이마르의 친구들로, 그녀 때문에 여기까지 찾아왔습니다. 여기, 그녀가 쓴 편지입니다」

이들의 갑작스런 출현에 놀랐던 장루이는 준비에브의 이름을 듣고 다시 한번 당황하는 눈치였다. 그는 레닌이 어떤 사람인지는 알 수 없었지만 그의 정중한 태도에 안심이 되었는지 여자들을 소개했다.

「이쪽은 제 어머니인 도르미발 부인……, 저쪽은 제 어머니인 보부아 부인……」

정말 이상한 소개였다.

잠시 침묵이 흐른 뒤 레닌이 먼저 인사를 했다. 오르탕스는 도르미발 부인과 보부아 부인, 두 사람 중 누구에게 먼저 손을 내

밀어야 할지 난감했다. 레닌이 장루이에게 편지를 건네자 도르미
발과 보부아가 편지를 낚아채려고 일어서며 동시에 말했다.

「에이마르……! 정말 뻔뻔하군……. 대담하기 짝이 없어!」

장루이는 이성을 잃지 않고 먼저 도르미발 엄마를 왼쪽 문으로
데리고 나간 다음, 다시 보부아 엄마를 오른쪽 문으로 데리고 나
갔다. 그러고는 돌아와 레닌이 건넨 편지를 펼쳐 보았다.

장루이, 이 편지를 가져간 사람과 얘기를 나눠 보세요. 그분을
믿어요. 사랑해요. 준비에브.

준비에브의 아버지가 말한 대로 장루이의 표정은 매우 우울했
다. 그는 덩치가 큰 편이었지만 얼굴은 새까맣고 수척해 보였다.
그동안 얼마나 많은 고통을 받았는지 알 것 같았다. 그의 눈빛은
온통 고통과 불안으로 가득 차 있는 것 같았다.

장루이는 초점 잃은 시선으로 허공을 바라보며 준비에브의 이
름을 여러 번 불렀다. 어떻게 해야 할지 고민하는 모양이었다. 그
는 뭔가를 설명하고 싶어하는 것 같았지만 뭐라고 말을 꺼내야
할지 몰라 당혹스러운 표정이었다. 그는 방어 태세도 갖추지 않
은 상태에서 불의의 공격을 당한 사람처럼 어찌할 바를 모르고
있었다.

레닌은 그가 이제 모든 사실을 털어놓을 거라고 생각했다. 장
루이도 지난 몇 달 동안 말을 하진 않았지만 몹시 괴로워하고 있
었다. 그는 파혼한 이유를 제대로 변명하지 못한 채 혼자 괴로워
하고 있었던 것이다. 하지만 이제 자신의 끔찍한 비밀을 들켜 버
렸으니 말을 꺼내려 하지 않을까?

레닌이 갑자기 입을 열었다.

「준비에브 에이마르는 당신이 결별을 선언한 이후, 벌써 두 번이나 자살을 기도했습니다. 정말 그녀가 자살하도록 내버려 둘 생각입니까? 당신들의 사랑은 이렇게 끝날 수밖에 없는 겁니까?」

장루이가 털썩 주저앉으며 두 손으로 얼굴을 감싸 쥐었다.

「오! 자살이라니……. 오! 말도 안 돼……!」

레닌은 잠시 그를 내버려 두었다가 잠시 후 그의 어깨를 두드리며 말했다.

「저희를 믿으세요. 저희는 준비에브 에이마르의 친구들입니다. 저희가 돕겠다고 약속했어요. 그러니 망설이지 말고 말씀해 보세요」

장루이가 고개를 들며 말했다.

「모든 것이 드러난 상황에서 어떻게 망설일 수 있겠습니까? 좀 전에 이곳에서 다 들으셨는데 뭘 더 감추겠습니까? 이게 저의 참모습입니다. 다 말씀드리죠. 그리고 제 비밀을 하나도 빠짐없이 준비에브에게 전해 주십시오. 정말 우스우면서도 끔찍한 비밀을 말입니다. 제 말을 들어 보시면 제가 왜 그녀 곁으로 다시 돌아가지 않았는지, 왜 돌아갈 수 없었는지 이해하실 수 있을 겁니다」

레닌은 오르탕스를 쳐다보았다. 준비에브의 아버지를 만난 지 하루 만에 장루이의 고백을 듣게 되었다. 이제 사건의 전모가 드러날 순간이었다.

장루이는 오르탕스에게 소파에 앉도록 권한 다음, 레닌과 함께 자리에 앉았다. 더 이상 이 젊은이를 설득할 필요는 없었다. 그는 안심한 듯 모든 사실을 털어놓기 시작했다.

「너무 놀라지 마십시오. 제 얘기가 말도 안 된다고 생각하실지 모르겠습니다. 사실 희극에나 나올 만한 얘기죠. 이 얘기를 듣고 웃으실지도 모릅니다. 하지만 제 운명이 그런 걸 어떡하겠습니까? 미친 사람이나 술 취한 사람들이 떠드는 얘기라고 생각하실지도 모릅니다. 어쨌든 그건 얘기를 모두 듣고 판단하세요.

27년 전, 엘스방 저택은 본채 건물 하나로 이루어져 있었습니다. 나이 많은 의사가 살던 집이었죠. 그는 여름이 되면 부수입을 얻으려고 가끔씩 병원 고객에게 이 저택을 빌려 주었답니다. 한 해는 도르미발 부인에게, 다음 해는 보부아 부인에게 빌려 주는 식이었죠. 그때만 해도 두 분은 서로 모르는 사이였습니다. 한 사람은 브르타뉴 지방에서 원양 어선을 모는 선장의 부인이었고 다른 사람은 방데 출신인 장사꾼의 부인이었죠. 그런데 우연하게도 두 여자는 동시에 임신한 상태에서 남편을 잃었습니다. 두 사람은 의사도 없는 외딴 시골 마을에 살고 있었기 때문에 의사의 저택에서 아이를 분만하고 싶다고 편지를 보냈어요.

의사는 이들의 제안을 받아들여서 도르미발 부인과 보부아 부인은 가을에 이 저택으로 왔습니다. 거의 같은 날에 도착했어요. 이 방 뒤에 작은 방 두 개가 있는데, 각자 그 방을 쓰게 되었죠. 의사는 간호사를 한 명 고용해 이 집에서 지내게 했습니다. 모든 일은 순조로웠죠. 두 여자는 출산 준비를 끝내고 서로 잘 지내고 있었습니다. 이들은 자기들이 둘 다 아들을 낳을 거라고 믿고 있었기 때문에 아이 이름도 미리 지어 놓았습니다. 각각 〈장〉과 〈루이〉란 이름이었죠.

그런데 어느 날 저녁, 의사는 하인과 함께 마차를 타고 왕진을 하러 길을 떠났습니다. 간호원에게는 이튿날까지 돌아오지 못한다고 일러두었죠. 그런데 공교롭게도 의사가 집을 비운 날, 일을

166

돕던 아이도 남자 친구를 만난다며 외출을 했어요. 그런 우연들이 이처럼 끔찍한 일을 만들어 낸 거죠. 자정이 되자, 도르미발부인이 진통을 느끼기 시작했습니다. 이 집에는 임부 두 명과 부시뇰이란 간호사 한 명만 남아 있었죠. 부시뇰은 조산부 역할을해 본 경험이 있어서 크게 당황하진 않았습니다. 그런데 한 시간뒤에 보부아 부인도 진통을 시작한 거예요. 비극이 시작되는 순간이었죠. 정확히 말하자면 희극 같은 비극이라고나 할까요? 두임부의 비명과 신음에, 부시뇰은 번갈아들며 이 방 저 방으로 정신없이 뛰어다녀야 했습니다. 힘에 부친 그녀는 창문을 열고 소리쳐 의사를 불러 보기도 하고 무릎 꿇고 하느님께 애원하기도했습니다.

그러다가 보부아 부인이 먼저 아들을 낳았어요. 부시뇰은 아이를 이 방으로 데려와서 목욕을 시킨 다음 미리 준비해 두었던 침대 안쪽에 눕혔습니다. 그런데 도르미발 부인이 계속 진통을 하고 있었기 때문에 부시뇰은 갓 태어난 아이를 돌볼 수가 없었습니다. 아기가 계속 울어 대자 침대에 누워 있던 산모는 아기가 걱정되어 안절부절못하다가 기절하고 말았죠. 그런 와중에 또 다른불행이 닥쳐왔죠. 램프 기름이 떨어지고 촛불도 꺼져서 세상은온통 암흑 속으로 빠져 들었습니다. 휘몰아치는 바람 소리, 부엉이의 울음소리……, 부시뇰은 공포에 휩싸여 제정신이 아니었죠.

그러다가 새벽 5시쯤에 도르미발 부인도 아이를 낳았습니다. 이번에도 아들이었어요. 부시뇰은 아기를 목욕시키고 침대에 눕힌 다음 다시 보부아 부인을 돌보러 갔어요. 보부아 부인이 이제정신이 들어서 소리를 지르고 있었거든요. 그 대신 이번에는 도르미발 부인이 정신을 잃고 말았지요.

부시뇰은 피곤해서 머리가 돌 것 같았습니다. 하지만 아기들을 살펴보러 이 방으로 와 보았어요. 그런데 아이의 기저귀와 양말이 모두 똑같은 모양이었습니다. 그녀는 두 아이를 한 침대에 눕혀 놓는 바람에 누가 루이 도르미발이고, 누가 장 보부아인지 구별할 수 없었습니다. 그래서 덜컥 겁이 났지요. 게다가 한 아이를 안았는데, 그 아이의 체온은 이미 차갑게 식은 뒤였습니다. 죽은 거였죠. 죽은 아이가 누구의 아이인지, 살아남은 아이는 누구의 아이인지 그녀는 도무지 분간할 수가 없었습니다.

세 시간 후에 의사가 돌아왔을 땐 두 여자 모두 이미 제정신이 아니었어요. 부시뇰은 침대 앞에 엎드려 눈물을 흘리며 빌고 있었죠. 제가 바로 그때 살아난 아이입니다. 두 산모는 저를 차례로 어루만졌어요. 하지만 제가 도르미발 부인의 아들인지, 보부아 부인의 아들인지 밝힐 수 있는 증거는 하나도 없었죠.

의사는 한쪽이 법적인 권리를 포기하고 루이 도르미발이나 장 보부아란 이름으로 호적에 올리자고 제안했지만 저분들은 단호히 거절했습니다.

〈도르미발 가문의 아이에게 장 보부아란 이름을 붙이다뇨?〉하고 한 명이 말하면, 〈장 보부아를 루이 도르미발이라고 부르다니 말도 안 됩니다〉하고 다른 사람이 반박을 한 겁니다.

그래서 결국 저는 어머니, 아버지가 누군지도 모른 채 〈장루이〉란 이름을 갖게 되었던 겁니다」

레닌은 그의 말을 들으며 아무 대꾸도 하지 않았다. 하지만 오르탕스는 참지 못하고 웃음을 터뜨렸다.

오르탕스는 심하게 웃은 나머지 눈물을 글썽이며 말했다.

168

「죄송해요. 정말 죄송해요. 이러면 안 되는데……」

「괜찮습니다」

장루이는 화내지 않고 부드럽게 말했다.

「희극 같은 비극이라고 제가 말씀드렸잖습니까? 얼마나 바보 같고 말도 안 되는 이야기인지 저도 잘 알고 있습니다. 그래요, 정말 말도 안 되는 일이죠. 하지만 직접 당해야 하는 저로서는 전혀 우스운 일이 아닙니다. 겉으로는 우스워 보여도 정말 끔찍한 상황이라고요. 좀 전에 똑똑히 보셨잖습니까? 두 명의 어머니가 있는데 누가 진짜 어머니인지 알 수도 없고, 두 분 모두 자기가 진짜 엄마라는 주장만 되풀이하고 있다고요. 두 분 모두 장루이를 포기하지 못하고 계시지요. 정말 이상한 상황이지만, 두 분 중 한 명은 분명 저와 피와 살을 섞은 어머니일 테니까요. 두 분은 절 지나치게 사랑했어요. 그 때문에 많이 싸우셨죠. 그러면서 서로에 대한 증오심이 커진 거예요. 또 둘 다 각자 자란 환경도 너무 다르고 성격도 판이하게 다른 것도 문제였죠. 하지만 두 사람 모두 친권을 포기할 수 없었기 때문에 서로 으르렁거리면서도 함께 살 수밖에 없었던 겁니다.

이런 분위기에서 자라다 보니 제 마음속에도 증오심만 가득 차게 되었습니다. 제가 어린 마음에 정이 그리워서 한 사람에게 매달리면 다른 사람은 멸시와 저주를 퍼부어 댔어요. 의사가 죽고 나자 두 사람은 이 저택을 사들여 건물을 양쪽으로 증축했지요. 전 어쩔 수 없이 그들 사이에 갇힌 꼴이 되었습니다. 매일매일 그들의 희생양이 되었죠. 고통스럽던 어린 시절……, 끔찍했던 청소년 시절……, 저보다 더 고통스럽게 살아온 사람은 없을 겁니다」

오르탕스가 웃음을 멈추고 말했다.

「이곳을 떠나지 그러셨어요!」

「어머니를 버리는 자식은 없습니다. 분명히 두 분 중 한 분은 제 친어머닐 테니 떠날 수 없었죠. 그리고 자식을 버리는 어머니도 없습니다. 두 분 모두 제가 그분들의 친자식이라고 믿게 만드셨어요. 저희 세 사람은 서로 떼려 해도 뗄 수 없는 관계입니다. 고통과 슬픔 속에서 서로를 의심하면서도 언젠가는 진실이 밝혀질 거라고 희망을 가지고 살고 있는 거죠. 그러면서 서로 욕하고 탓하고…… 정말 지옥 같았어요! 하지만 이곳을 빠져나갈 방법은 없었습니다. 시도해 본 적도 많아요. 하지만 모두 수포로 돌아갔죠. 끊어질 듯 끊어질 듯하면서도 끊어지지 않는 게 저희 세 사람의 관계였어요. 이번 여름엔 사랑하는 준비에브를 만나 이곳을 벗어나려고 했죠. 전 〈어머니〉라고 부르는 두 분을 설득하기 위해 노력했어요. 그런데……, 두 분의 반대에 부딪힌 겁니다. 저분들은 제가 말을 꺼내자마자 제 약혼녀에 대해 증오심을 표현하시더군요. 이 집에 낯선 사람을 들이고 싶지 않으신 거예요. 결국 제가 포기하고 말았습니다. 준비에브가 이 집에서 도르미발 부인과 보부아 부인, 두 어머니와 함께 살면 어떻게 되겠어요? 제가 그녀를 고통 속으로 밀어 넣을 자격이 어디 있습니까?」

장루이의 목소리는 조금씩 커졌다. 그는 특히 마지막 구절을 힘주어 말했다. 마치 자기는 준비에브를 위해 양심상 그런 결정을 내린 것이며, 그렇게 하는 게 옳았다고 합리화하는 것 같았다. 그는 언뜻 보기에도 유약한 성격의 남자였다. 레닌과 오르탕스는 그가 수십 년 전부터 당해 온 고통과 이해할 수 없는 상황에 맞서 싸울 만한 인물이 아니라는 사실을 눈치 챘다. 그는 이런 상황을 부끄럽게 여기면서도 어찌할 수 없는 십자가의 형벌이라도 받는 듯이 고통을 참아 내고 있었다. 장루이는 이런 사실을 밝혀 준비에브에게 조롱당하는 것보다 차라리 다시 이 감옥 같은 집으로 돌아와 무기력하게 사는 편을 택했다.

장루이는 책상에 앞에 앉아 서둘러 편지를 쓰더니 레닌에게 건넸다.

「준비에브에게 전해 주세요. 정말 미안하다는 말도 전해 주시고요」

레닌은 편지를 받지 않았다. 하지만 장루이가 편지를 레닌의 손에 쥐어 주었다. 레닌은 편지를 받아 그 자리에서 찢어 버리고 말았다.

장루이가 물었다.

「왜 그러시는 거죠……?」

「그렇게는 못하겠습니다」

「왜죠?」

「당신은 우리와 함께 가야 하니까요」

「저와 함께 가자고요?」

「같이 가서 내일 준비에브에게 청혼하세요」

장루이는 의아하다는 표정으로 레닌을 쳐다보았다. 지금까지 자기가 설명한 내용을 레닌이 이해하지 못한다고 생각하는 모양이었다.

오르탕스가 레닌에게 다가갔다.

「저 사람한테 준비에브가 또 자살을 기도할 거라고 말해요」

「필요없습니다. 모두 제 계획대로 진행될 테니까요. 우린 한두 시간 내로 이곳을 떠나게 될 겁니다. 내일이면 장루이는 준비에브에게 청혼도 할 수 있을 겁니다」

장루이가 어깨를 들썩이더니 웃으며 말했다.

「아주 자신 있게 말씀하시는군요」

「그럴 이유가 있습니다」

「무슨 이유죠?」

「딱 한 가지 이유만 말씀드리죠. 제 조사를 도와주시면 그 한 가지 이유만으로도 충분할 겁니다」

「조사라고요? 무슨 목적으로 조사를 하신다는 겁니까?」

「당신이 한 이야기가 전혀 사실이 아니란 걸 밝히기 위한 조사 말입니다」

장루이가 불쾌한 표정을 지으며 말했다.

「제 말은 모두 사실입니다. 전 있었던 일을 그대로 말했을 뿐이에요」

레닌이 말투를 부드럽게 바꿨다.

「제가 표현을 잘못했나 보군요. 그러니까 제 말뜻은 당신이 사실이라고 믿고 있는 일이 잘못되었을 수도 있다고 말씀드리는 겁니다」

장루이가 팔짱을 낀 채 말했다.

「적어도 전 당신보단 그 사실에 대해 훨씬 더 잘 알고 있어요」

「어째서죠? 그날 밤에 있었던 일은 당신도 누군가에게 전해 들은 이야기가 아닙니까? 그런 일이 있었다는 증거도 없습니다. 도르미발 부인과 보부아 부인도 제대로 모르는 건 마찬가지입니다」

장루이가 참지 못하고 소리쳤다.

「증거가 없다니, 그게 무슨 말입니까?」

「부시놀이 두 아이를 혼동했다는 증거 말입니다」

「뭐라고요? 그건 부인할 수 없는 명백한 사실입니다. 아기 두

172

명을 한 침대 안에 눕혀 놓았고, 두 아이를 분간할 만한 표시 따
윈 아무것도 없었다고요. 그래서 간호사가 알 수 없었던 거고……」

레닌이 그의 말을 막았다.

「그건 어디까지나 간호사가 한 말이죠」

「뭐라고요? 그럼 간호사가 그 얘길 지어냈단 말입니까? 지금
그녀를 의심하는 겁니까?」

「아닙니다」

「그럼 무슨 뜻입니까? 간호사가 거짓말을 했다는 뜻 아닙니까?
그녀가 뭣 하러 거짓말을 했겠어요? 그렇게 해서 이득이 될 것도
없는데 말입니다. 눈물을 펑펑 쏟으며 빌었다는 얘기만 봐도 거
짓말이 아니란 걸 알 수 있잖아요. 게다가 두 어머니가 그 자리에
있었는데……, 그 여자가 우는 것도 직접 보았고……, 자세히 추
궁했다고도 했어요. 만약 거짓말을 했다면 그럴 이유가 뭐였겠습
니까?」

장루이는 흥분하고 있었다. 어느새 도르미발 부인과 보부아 부
인도 방 안에 들어와 이들의 얘기를 듣고 있었다. 그녀들도 매우
놀란 표정으로 말했다.

「아니에요……, 그건 말도 안 돼요. 저희가 얼마나 여러 번 물
어봤는데요. 간호사가 거짓말을 할 이유가 없잖아요?」

장루이가 말했다.

「말해 보세요. 이유를 말씀해 보시라니까요. 이렇게 분명한 사
실을 의심하는 이유가 뭐죠?」

「도저히 믿을 수 없는 이야기이기 때문입니다」

레닌의 목소리가 커졌다. 레닌은 흥분해서 식탁을 내리치며 말
했다.

「세상에 여러 사건이 어쩌면 그렇게 우연히 맞아떨어질 수가 있습니까? 그렇게 잔인한 운명이란 없습니다. 우연이라는 게 그렇게 한꺼번에 겹칠 수는 없다고요. 의사도 하인도 하녀도 나가고 없는 날 밤에 임부 두 명이 같은 시각에 진통을 시작해 같은 시각에 사내아이를 낳는다는 우연이 어떻게 있을 수 있겠습니까? 더군다나 램프도 꺼지고 촛불도 꺼졌다는 상황은 더욱 납득이 안 됩니다. 간호사가 아무리 정신이 없었다고 해도 누가 누구 아이인지 구별이 안 간다는 게 말이나 됩니까? 아무리 예기치 않은 일이 닥쳐 당황했다고 해도, 간호사가 아이들을 눕힌 장소도 구별하지 못했다는 게 말이 됩니까? 한 아이는 안쪽에 다른 아이는 바깥쪽에 눕혀 놓았을 거 아닙니까. 나란히 뉘어 놓았어도 오른쪽, 왼쪽은 구분할 수 있을 것 아니냐고요? 같은 기저귀를 차고 있었다지만 약간의 차이도 없었다는 게 말이나 되냔 말입니다. 작은 차이만 기억해도 살아남은 애가 누구 애인지 얼마든지 알아낼 수 있습니다. 혼동했다고요? 전 도저히 믿을 수가 없습니다. 애들을 구별할 수 없었다니……, 그건 말도 안 되는 소리입니다. 상상으로야 얼마든지 가능하죠. 상상 속에선 무슨 일이든 꾸며낼 수 있고, 상상으로 꾸며 낸 이야기에는 얼마든지 모순이 있을 수 있으니까요. 하지만 현실에서는 그럴 수 없습니다. 모든 일이 논리적인 순서에 따라 고리를 연결해서 일어나는 법이니까요. 그러니까 그날 부시뇰 간호사는 절대로 두 아이를 혼동하지 않았을 겁니다」

그는 마치 그날 밤 현장에 있던 사람처럼 명료하고 설득력 있게 말했다. 그는 몇 마디 말로 20여 년 간 이들이 확고한 사실로 여겼던 일에 의심을 품게 만들었다.

두 여자와 장루이가 레닌을 둘러싼 채 조마조마한 마음으로 물었다.

「그럼 부시뇰은 누구의 아이가 살아남았는지 알고 있었다는 얘기군요. 지금이라도 밝혀낼 수 있다는 얘깁니까?」

「꼭 그렇다는 말은 아닙니다. 그러니까 제 말은, 그날 밤 간호사의 행동에 어딘가 석연찮은 구석이 있었다는 거죠. 말이 안 맞는 부분이 있다는 겁니다. 지금까지 세 사람에게 고통을 안겨 주었던 그 수수께끼는 순간적인 부주의 때문에 생겨난 일이 아니라 그녀 혼자서 알고 있는 무슨 이유 때문일 수도 있다는 겁니다」

장루이가 들릴락말락한 소리로 말했다.

「부시뇰은 아직 살아 있어요. 카르에에 살고 있습니다. 그녀를 지금 불러올까요?」

장루이의 두 어머니 중 한 명이 소리치며 말했다.

「제가 갈게요. 제가 부시뇰을 데려올게요」

「안 됩니다. 부인들과 장루이, 세 분은 여기 있어야 합니다」

그러자 오르탕스가 나섰다.

「제가 가서 데려올까요? 택시를 타고 가서 데려올게요. 주소가 어떻게 되죠?」

「카르에 시내에서 조그만 가게를 하고 있어요. 택시 운전사에게 물어보면 알 겁니다. 부시뇰이라고 하면 모르는 사람이 없으니까요」

「그녀에게는 아무 말 하지 마십시오. 불안해하겠지만 그래도 말하지 않는 편이 좋습니다. 우리가 물어보려는 내용을 알려 주지 마요」

레닌이 덧붙였다.

방 안에는 한동안 침묵이 흘렀다. 레닌은 고급스런 옛 가구와 멋있는 카펫, 수많은 장서와 예쁜 장식품들로 꾸며진 방 안을 이리저리 서성거렸다. 장루이의 방으로 보이는 이 방은 그의 예술적인 감각과 스타일이 얼마나 훌륭한지 잘 드러났다. 양쪽에 열려 있는 문틈으로 두 부인이 사는 방이 보였다. 그녀들의 취향은 형편없어 보였다.

레닌인 장루이에게 다가가 작은 소리로 물었다.

「두 어머니는 재산이 많습니까?」

「네」

「당신은요?」

「두 어머니로부터 이 저택과 주변 땅을 물려받았습니다. 독립하는 데에는 아무 문제 없습니다」

「두 분에게 친척은 없습니까?」

「각자 여동생이 한 명씩 있습니다」

「그럼 그분들은 여동생과 살면 되겠군요?」

「네, 가끔 그런 말씀을 하시기도 하죠. 하지만……, 그게 문제가 아닙니다. 선생님께서 개입하셔도 문제가 쉽게 해결되진 않을 것 같아요. 이번에도 역시……」

자동차가 도착했다. 두 어머니는 급히 자리에서 일어서며 무슨 말인가 하려고 했다.

레닌이 말했다.

「제가 말하겠습니다. 제가 무슨 말을 하든 놀라지 마세요. 이건 단순히 질문을 던지는 일이 아닙니다. 부시놀이 겁을 먹고 깜짝 놀라서 사실을 털어놓게 만들어야 합니다. 그렇게 해야 입을 열 겁니다」

차는 잔디가 심어져 있는 곳을 돌아 창문 앞에 멈춰 섰다. 오르탕스는 부시뇰이 차에서 내리는 것을 도왔다. 부시뇰은 검은색 벨벳 블라우스와 주름치마를 입고 리넨 모자를 쓴 모습이었다. 그리고 잔뜩 겁먹은 표정을 짓고 있었다. 뾰족한 턱에 치아가 톡 튀어나온 그녀의 얼굴은 족제비를 연상케 했다.

부시뇰은 오래전 자신의 실수 때문에 의사로부터 쫓겨났던 집에 다시 들어오며 조심스럽게 물었다.

「무슨 일이에요. 도르미발? 안녕하세요, 보부아?」

두 여자는 대답이 없었다. 레닌이 그녀에게 다가가 심각하게 말했다.

「부시뇰, 무슨 일이냐고요? 말씀드리죠」

레닌은 마치 용의자를 심문하는 예심판사처럼 보였다.

「부시뇰 양, 저는 27년 전 이곳에서 발생했던 사건의 진상을 밝혀 내라는 특명을 받고 파리 경찰청에서 나왔습니다. 예전에 당신이 은폐하고 왜곡한 사실에 대한 증거를 이미 확보해 놓았습니다. 당신이 거짓으로 진술하는 바람에 그날 밤에 태어난 아이의 출생 신고가 엉터리로 되었죠. 당신은 허위로 진술했으므로 처벌을 받아 마땅합니다. 만약 이 자리에서 그날 일어난 모든 일을 숨김없이 털어놓고 그에 대한 책임을 지지 않는다면……, 당신은 파리로 압송된 후 재심문을 받게 될 겁니다. 당신은 변호사를 선임할 권리가 있으며……」

부시뇰은 기가 막힌다는 표정이었다.

「파리요……? 변호사를 선임하라고요?」

「그렇습니다. 구속 영장을 발부할 수도 있습니다. 하지만 모든 사실을 숨김없이 자백한다면 최대한 선처할 것을 약속합니다」

부시뇰이 온몸을 떨기 시작했다. 치아가 맞부딪쳐 덜덜 떨리는 소리가 들릴 정도였다. 그녀는 레닌의 말에 꼼짝도 못하고 있었다.
「이제 다 털어놓을 준비가 되었습니까?」
「전 죄가 없어요. 아무 짓도 하지 않았다고요」
「그럼 파리로 압송하겠습니다. 거기서 다시 심문하도록 하죠」
부시뇰은 애원하며 말했다.
「안 돼요. 안 돼요……, 제발, 한번만 봐주세요」
「그럼 지금 모든 사실을 털어놓으시겠습니까?」
부시뇰은 한숨을 내쉬며 말했다.
「네」
「시간이 없습니다. 기차 시간이 급하니 어서 자백하십시오. 시간을 지체하거나 조금이라도 숨기는 사실이 남아 있다면 바로 압송하겠습니다. 이제 준비가 되었습니까?」
「네」
레닌은 장루이를 가리키며 물었다.
「이 사람은 누구의 아들입니까? 도르미발 부인의 아들입니까?」
「아닙니다」
「그럼 보부아 부인의 아들입니까?」
「아닙니다」
그녀는 단 두 마디만 하고는 입을 다물었다.
레닌이 시계를 쳐다보며 말했다.
「그럼 이 일이 어떻게 된 건지 어서 설명을 해 보십시오」

부시놀은 바닥에 털썩 주저앉아 들릴락말락 한 소리로 대답했다. 방에 있던 이들 모두 그녀가 하는 말을 듣기 위해 몸을 숙여야 했다.

　「그날 밤, 어떤 남자가 왔어요. 갓난아이를 담요에 싸서 안고 있었죠. 그는 의사 선생님께 진찰받게 하려고 아이를 데려온 거였어요. 하지만 의사 선생님이 안 계셔서 밤새 기다리고 있었죠. 그렇게……, 된 거예요」

　레닌이 물었다.

　「그렇게 됐다니, 뭐가요? 도대체 무슨 얘깁니까? 지금 무슨 말을 하는 겁니까?」

　「그날 태어난 아이들은 모두 죽었습니다. 도르미발 부인이 낳은 아이와 보부아 부인이 낳은 아이 모두 경기를 일으켜 죽고 말았죠. 기다리고 있던 남자가 옆에 있다가 말하더군요. 〈마침 잘되었습니다. 제 아이의 장래를 위해서 차라리 죽은 아이와 바꿔 놓는 게 좋을 것 같습니다〉라고요. 그래서 그 남자의 아이를 죽은 아이와 바꿔 놓았습니다.

　그 사람은 제게 돈 뭉치를 쥐어 주며 아이를 기르는 데 보태써 달라고 말했습니다. 전 그 돈을 받았고요. 하지만 그 아이를 어느 자리에 놓아야 할지, 그 아이가 〈루이 도르미발〉이라고 해야 할지, 〈장 보부아〉라고 해야 할지 몰라 망설이고 있었습니다. 그런데 그 사람이 잠시 생각하더니 〈양쪽 모두 아니라고 하세요〉라고 말하더군요. 그 사람은 자기가 떠나고 나면 어떻게 행동하고 어떻게 말하는 게 좋은지 일러 줬어요. 전 그의 아이에게 죽은 아이가 입고 있던 기저귀와 옷을 입히고, 그 사람은 죽은 아이 하나를 담요에 싸서 밖으로 나갔습니다」

늙은 간호사는 고개를 숙인 채 흐느껴 울었다.

잠시 후 레닌이 부드러운 목소리로 다시 말했다.

「당신의 진술은 제가 조사한 바와 일치합니다. 아마 정상 참작이 될 겁니다」

「그럼 파리에는 안 가도 되나요?」

「그렇습니다」

「정말 절 데려가지 않으시는 거죠? 그럼 전 가도 되나요?」

「가도 됩니다. 일단은 여기서 마무리하죠」

「이 지방 사람들한테는 아무 얘기도 안 하시겠죠?」

「뭐 하러 얘기하겠습니까? 아! 한마디도 하지 않을 겁니다. 그런데 그 남자의 이름을 아십니까?」

「아뇨. 그 사람이 자신에 대해서는 아무 말도 하지 않았는걸요」

「그 후에 그를 다시 만난 적은 있습니까?」

「본 적도 없어요」

「더 할 얘긴 없습니까?」

「없어요」

「지금 진술한 내용에 서명하실 수 있겠습니까?」

「네」

「좋습니다. 한두 주 후에 다시 소환장이 나갈 겁니다. 그때까진 누구에게도 이 사실을 발설하지 마십시오」

부시놀은 일어나서 성호를 그었다. 그러나 다리에 힘이 빠져 똑바로 설 수 없었다. 부시놀은 레닌에게 잠시 기대서 있다가 레닌의 부축을 받으며 밖으로 나갔다.

레닌이 다시 돌아왔을 때 장루이는 두 늙은 여자 사이에 서 있었다. 두 여자는 장루이의 손을 한 쪽씩 붙잡고 남은 한 손으로는 서로 손을 잡고 있었다. 이들을 얽매고 있던 증오와 고통의 끈은 이미 끊어진 뒤였다. 대신 이들이 그동안 맛보지 못했던 평온하고 따뜻한 공기가 흘렀다. 이들 셋은 엄숙한 표정으로 생각에 잠겨 있었다.

레닌이 오르탕스에게 말했다.

「서두릅시다. 지금이 결정적인 순간입니다. 장루이를 데리고 가야 합니다」

오르탕스는 멍하니 서 있었다. 그녀가 중얼거리듯 물었다.

「왜 그 여자를 놓아준 거죠? 그녀의 진술에 만족했기 때문인가요?」

「별로 만족스럽진 않았습니다. 하지만 그녀는 일어난 일을 그대로 말한 것뿐이니까요. 뭘 더 바라셨습니까?」

「아무것도 바라는 건 없어요. 아니, 잘 모르겠어요」

「그 문제는 다음에 얘기합시다. 다시 한번 말하지만 지금은 장루이를 데려가는 게 시급하니까요. 어서……, 안 그러면……」

레닌은 장루이에게 말했다.

「자, 이제 당신도 들은 대로 당신은 보부아 부인이나 도르미발 부인 어느 누구와도 관련이 없습니다. 이제 자유롭게 행동하면 되는 겁니다. 그러니 장루이 씨, 저희와 함께 가시죠. 당신 약혼자인 준비에브 에이마르를 구하는 일이 급합니다」

장루이는 어찌할 바를 모르고 있었다. 레닌이 두 여자를 바라보며 말했다.

「두 분께서도 저와 같은 의견일 거라고 생각합니다만……?」

두 여자는 고개를 끄덕였다.

레닌이 다시 장루이에게 말했다.

「자, 이제 보셨죠? 모두가 동의했습니다. 이런 어려운 상황에서는 한발 물러서서 사태를 바라보는 태도가 필요합니다. 어서 떠납시다」

레닌은 장루이에게 생각할 여유도 주지 않았다. 장루이는 방으로 들어가 서둘러 짐을 챙겼다.

30분 후 장루이는 레닌과 함께 저택을 떠났다.

「저 사람은 결혼을 한 뒤에야 돌아갈 겁니다. 모든 일이 아주 잘 끝났습니다. 이제 만족하십니까?」

장루이가 갱강 역에서 짐을 부치는 사이, 레닌과 오르탕스는 먼저 기차에 올랐다.

「네, 가엾은 준비에브가 이제 행복해지겠군요」

레닌의 말에 오르탕스가 건성으로 대답했다.

기차에서 자리를 잡은 뒤 레닌과 오르탕스는 식당 칸으로 갔다. 저녁 식사 내내 레닌이 오르탕스에게 많은 질문을 던졌지만 그녀는 단답형으로 짧게 대답할 뿐이었다. 식사가 끝나 갈 무렵, 레닌이 그녀에게 물었다.

「그런데 오르탕스, 무슨 일 있습니까? 뭔가 걱정스러운 모양인데……」

「저요? 아닌데요」

「아니, 아니, 전 알 수 있습니다. 자, 어서 말씀해 보세요」

그녀가 웃으며 말했다.

「좋아요. 당신은 제가 이번 사건의 결과에 만족하는지 정말로 궁금한 모양인데요, 그럼 전 그렇다고 대답할 수밖에 없잖아요. 당연히……, 준비에브 에이마르의 문제에 대해서는 정말로 만족해요. 하지만 다른 게 좀……. 장루이 사건 자체를 놓고 보자면……, 아직 좀 찝찝한 게 있어서요」

「솔직히 말하면 이번엔 당신이 깜짝 놀랄 만큼 사건이 멋지게 해결된 게 아니다, 그런 말이죠?」

「꼭 그런 건 아니지만……」

「제 역할이 별로 마음에 들지 않았나 보죠? 뭐가 문제죠? 우리 둘이 함께 이곳에 왔고 장루이가 힘겹게 살아온 얘길 들었습니다. 당시 산파 역할을 했던 여자를 불러 사실을 확인했고요. 자, 이게 전부입니다」

「그래요. 전 과연 그게 전부인가 그런 생각이 들어서요. 왠지 뭔가 다른 이야기가 또 있을 것만 같다고요. 뭐라고 설명해야 할까요? 좀더 솔직하고 좀더 명확한 뭔가가……」

「그럼 이번 사건은 불명확하단 말입니까?」

「불명확하다고요? 그래요. 아직 다 끝나지 않은 것 같은 생각이 들어요」

「어째서 그런 생각을 하는 거죠?」

「잘 모르겠어요. 아무래도 그 간호사의 진술이 좀……. 그래요, 바로 그거예요. 그렇게 오랫동안 숨겨 왔던 비밀을 너무 쉽게 털어놓았잖아요. 그런 엄청난 사실을 간단하게 몇 마디 말로 다……」

레닌이 웃으며 말했다.

「세상에! 그러니까 내가 사건을 너무 간단하게 만들었다 그거로군요? 하지만 그녀는 너무 많은 설명을 할 필요가 없었습니다」

「뭐라고요?」

「그렇습니다. 간호사가 너무 자세히 설명했다면 오히려 사람들이 의심했을 거란 얘기죠」

「의심한다고요?」

「오르탕스, 간호사의 얘기는 어느 정도는 그녀 머릿속에서 쥐어짜 낸 얘기입니다. 웬 남자가 한밤중에 갓난아이를 품에 안고 찾아와 자신의 아이를 죽은 아이와 바꿔 갔다니……, 이게 말이나 되는 얘깁니까? 그 여자에게 이것저것 내용을 짜낼 시간이 충분하지 않았어요」

오르탕스가 놀라서 레닌을 쳐다보았다.

「당신……, 도대체 무슨 얘길 하는 거예요?」

「그렇습니다. 시골 여자가 머리를 쥐어짜 낸다고 얼마나 그럴 듯한 얘기가 나오겠습니까? 우린 시간이 별로 없었습니다. 아, 〈우리〉란 바로, 그 여자와 저를 말합니다. 그래서 그녀에게 시켜 재빨리 얘길 지어내고……. 어쨌든 얘기는 제법 그럴듯하게 풀어내더군요. 말투나 놀라는 표정이나 공포에 질린 얼굴하며……, 눈물까지……」

오르탕스가 중얼거렸다.

「말도 안 돼! 말도 안 돼! 그럼 전에 그 여자를 만났단 말인가요?」

「만나야 했으니까요」

「언제요?」

「아침에 도착하자마자였습니다. 당신이 카르에 호텔에서 화장을 고치는 동안 전 정보를 얻기 위해 밖으로 나갔죠. 당신도 예상하겠지만 이 지방 사람들은 모두 도르미발과 보부아의 이야기를 알고 있더군요. 당시 산파였던 부시놀에 대해서도 곧 정보를 얻어 낼 수 있었죠. 부시놀과의 대화는 오래 걸리지 않았습니다. 새로운 진술을 만들어 내는 데에는 3분이면 충분했죠. 1만 프랑이 들어가긴 했지만……. 어쨌든 정말 그럴듯하지 않았습니까?」

「말도 안 되는 얘기였어요!」

「그렇게 말도 안 되는 얘긴 아니었습니다. 당신도 그렇고, 거기에 있던 다른 사람들도 모두 믿었으니까요. 중요한 건 지난 27년 동안 진실이라고 믿어 왔던 사실을 단번에 깨뜨리는 거였죠. 그래서 있는 힘을 다해서 그 진실을 공격했던 겁니다. 유창한 말솜씨를 통해서 말이죠. 〈두 아이를 구별하는 게 불가능했다니? 전 믿을 수 없습니다. 혼동을 했다고요? 거짓말! 당신들은 모두 진실을 모르는 희생자일 뿐입니다. 그러니 진실이 밝혀져야 하는 겁니다〉라는 말을 듣고는 장루이가 소리쳤죠. 말도 안 된다고. 그래서 부시놀을 불러오기로 한 거고, 결국 그녀가 왔습니다.

그녀는 제가 시킨 대로 우물쭈물하며 말을 꺼내더군요. 그 충격적인 이야기를 말입니다. 다들 깜짝 놀라서는……. 전 그 친구를 데려가기 위해 그런 순간을 이용한 겁니다」

오르탕스는 머리를 흔들었다.

「하지만……, 그 세 사람은 다시 만나서 다시 생각해 볼걸요?」

「그럴 리 없습니다! 의심이야 하겠지만 그 진술이 거짓이라고 확신하진 못할 겁니다. 절대로 그런 생각은 하지 않을 겁니다! 그들이 왜 그 말을 안 믿겠습니까? 그들은 지난 20년간 갇혀 있던 감옥에서 이제 빠져나온 겁니다. 그들이 어떻게 이전으로 다시 돌아갈 생각을 하겠습니까? 그들은 잘못된 의무감 때문에 그곳을 빠져나올 용기조차 내지 못하고 살았던 겁니다. 그들이 제가 준 자유를 뿌리칠 거라고 생각하십니까? 말도 안 됩니다! 그 사람들은 제가 이보다 더한 거짓말을 만들어 냈어도 그냥 받아들였을 겁니다. 아무리 우스운 얘기라도 그들에게는 사실로 들릴 테니까요. 그 집을 떠나기 전에 도르미발 부인과 보부아 부인이 하는 말을 들었습니다. 서로 얼른 그 집에서 나가자고 하더군요. 두 사람은 이제 서로 마주치지 않아도 된다는 생각에 벌써부터 행복해하고 있었습니다」

「그럼 장루이는요?」

「장루이요? 그 사람은 두 어머니 사이에서 골머리만 썩었습니다. 세상에 어머니가 둘이 있는 경우는 없죠. 지금 그의 상황이 어떻습니까? 둘 다 선택하든가, 아니면 둘 다 포기하는 것 중 선택할 수 있는 기회가 온 겁니다. 그는 더 이상 망설이지 않을 겁니다. 그는 준비에브를 사랑하고 있으니까요. 두 가짜 엄마 때문에 진심으로 사랑하는 여자를 포기할 수는 없죠. 자, 이제 그만하도록 합시다. 이제 절망에 빠져 있던 그 젊은 여자의 행복은 보장된 거나 다름없으니까요. 당신이 바라던 것도 그런 게 아니었나요? 중요한 건, 우리가 목표를 달성했다는 사실이죠. 다소 이상한 방법을 쓰긴 했지만 그건 중요하지 않습니다. 무슨 수상한 사건이 발생했다면 담배꽁초나 방화에 쓰인 물병이라든가 불에 탄 모자 상자를 조사해야 합니다. 하지만 심리적인 문제에는 심리적인 해결 방법을 찾아야 하는 거죠」

오르탕스가 입을 다물고 있다가 잠시 후 물었다.

「그럼 당신은 장루이가 정말……」

레닌은 놀라는 기색이었다.

「아니, 아직도 그 옛날 얘기에 대해 생각하고 있는 겁니까? 이제 다 끝난 얘깁니다. 아! 좋아요! 솔직히 말하면 난 어머니가 둘 있는 남자에 대해서는 이제 관심도 없습니다」

그의 말투에는 장난기와 진지함이 동시에 묻어 있었다. 오르탕스도 마침내 웃음을 터뜨렸다.

　「좋아요, 오르탕스. 눈물보다는 웃음을 통해 더 분명하게 보이는 사실이 있는 법입니다. 그리고 특히……, 당신은 기회가 날 때마다 웃어야 하는 이유가 있습니다」

　「그게 뭔데요?」

　「당신은 몹시 아름다운 치아를 가졌으니까……」

도끼 부인

　　제1차 세계 대전이 일어나기 전에 발생한 사건들 중 가장 풀기 어려웠던 문제는 바로 〈도끼 부인〉 사건이었다. 이 잔인한 사건은 그렇게 미궁에 빠진 채 묻혀 버렸을지도 모른다. 레닌 공작이 이 사건을 맡지 않았다면 말이다. 아니……, 아르센 뤼팽이라고 해야 할까?

　　사건을 떠올려 보자. 18개월 동안 다섯 명의 여자가 실종되었다. 실종 당시 상황은 각기 달랐으며 희생자의 나이는 스무 살에서 서른 살 사이로 모두 파리나 파리 근교에 거주하는 사람들이었다.

　　희생자의 이름을 열거해 보면 다음과 같다. 의사의 아내인 라두 부인, 은행원의 딸인 아르당, 쿠르브부아에서 세탁부로 일하던 코브로, 재단사인 오노린 베르니세, 화가인 그롤렝제 부인. 그동안 다섯 명의 실종자들이 집을 떠난 이유나 돌아오지 않는 이유, 이들을 밖으로 불러낸 사람, 구금된 방법이나 장소에 대한 단서는 전혀 발견되지 않았다.

이들은 각자 실종된 지 일주일 후, 파리의 서쪽 변두리에서 시체로 발견되었는데 시신에는 모두 도끼 자국이 남아 있었다. 이들의 시체가 발견된 곳은 이들이 결박되어 있던 장소 근처로 추정되었으며 매번 시신의 머리는 피범벅이 되어 있었고, 범인이 오랫동안 굶겼는지 몸은 몹시 야윈 상태였다. 주변에서 발견된 바퀴 자국으로 보아 범인은 피해자를 다른 곳에서 살해한 뒤 옮긴 모양이었다.

경찰은 이 다섯 건의 살인 사건을 동일범의 소행으로 보고 통합 수사를 벌였다. 하지만 아직까진 아무런 결과도 얻어 내지 못하고 있었다. 한 여자가 실종되면 어김없이 일주일 후에 시체가 발견되었다. 그게 전부였다.

피해자를 묶은 끈은 매번 똑같았으며 마차의 바퀴 자국도 일치했다. 도끼 자국도 매번 같은 곳에 있었다. 시신의 이마 한가운데, 정수리에서 수직으로 내려온 부분에 나 있었다.

살해 동기는 무엇일까? 피해자들이 지니고 있던 보석과 지갑을 비롯해 값나가는 물건은 모두 사라지고 없었다. 하지만 시체가 인적이 드문 곳에 유기된 점으로 미루어 보아, 범인이 시신을 내버린 후에 지나가던 행인이나 강도가 유품을 훔쳤을 수도 있다. 이렇게 잔인한 살인 방법으로 보면, 복수심 때문에 저지른 일이거나 이해관계에 얽혀 있는 사람이 저지른 일이라고도 볼 수 있지 않을까? 가령 유산을 탐내고 벌인 일일지도 모른다. 하지만 이런 추리도 늘 벽에 부딪혔다. 새로운 가설을 세워도 수사 과정에서 늘 무너지고 말았다. 추적을 하다가도 단서를 발견하지 못해 곧 포기할 수밖에 없었다.

그런데 드디어 새로운 단서가 발견되었다. 한 청소부가 도로에서 청소를 하던 중에 작은 수첩을 주워 경찰서로 가져왔다. 수첩 안은 대부분 빈 종이였다. 그런데 딱 한 쪽에 이제까지 살해당한 여자들의 이름이 순서대로 적혀 있었다. 피해자의 이름 옆에는 알 수 없는 숫자도 함께 적혀 있었다. 예를 들어 〈라두 132〉, 〈베르니세 118〉 이런 식이었다.

하지만 경찰은 이 수첩 내용을 별로 중요하게 다루지 않았다. 누구나 피해자의 이름과 사망 날짜쯤은 알고 있었기 때문이다. 하지만 수첩에는 다섯 명이 아니라 여섯 명의 이름이 적혀 있었다. 마지막으로 살해당한 〈그롤렝제 128〉, 그리고 그 아래에는 〈윌리엄슨 114〉라고 적혀 있었다. 그렇다면 이 메모는 여섯 번째 살인을 예고하는 것일까?

〈윌리엄슨〉이라는 이름으로 보아 여섯 번째 희생자가 될 사람은 영국 출신인 것 같았다. 그 이름을 가진 여자를 찾기 위한 수사가 빠르게 진행되었다. 그 결과 경찰은 다음과 같은 사실을 알아낼 수 있었다. 오퇴이유 집안에서 아이들 보모로 일하던 에르베트 윌리엄슨이 2주일 전, 영국으로 돌아가기 위해 일을 그만두었다는 사실을 알게 되었다. 그녀는 영국에 있던 언니들에게 돌아가겠다는 편지를 보냈지만 그 후로는 소식이 끊기고 말았다.

다시 수사가 시작되었다. 한 우체부가 뫼동 숲에서 윌리엄슨의 시체를 발견했다. 시신은 마찬가지로 두개골 중앙에 금이 간 상태였다.

범인이 작성한 것으로 보이는 피해자 목록이 보도되자 사람들은 공포에 떨었다. 이 소식을 접한 대중들의 반응을 다시 언급할 필요는 없을 것이다. 상인의 장부처럼 수첩에 꼼꼼하게 피해자의 이름과 살해 날짜를 기입하며 살인을 저지르는 일보다 더 끔찍한 일이 어디 있단 말인가? 〈이날, 누구를 죽였다. 이날은 누구를…….〉 그리고 장부의 수지 타산은 정확히 맞아떨어졌던 것이다. 여섯 명의 희생자…….

필체 감정가들은, 의외로 범인은 교육 수준이 높고 예술적인 취향과 풍부한 상상력, 민감한 성격을 지닌 여자일 거라는 소견을 내놓았다. 신문에서는 이제 그 범인을 〈도끼 부인〉이라고 표현했다. 이 사건을 다룬 기사는 헤아릴 수 없이 쏟아졌다. 하지만 모두 살인자의 심리 분석에만 치중했을 뿐 사건 해결에는 도움이 안 됐다.

그러나 이 중에 한 젊은 기자가 쓴 기사는 사건의 진실에 좀 더 가깝게 접근하고 있었다. 이 기사는 미궁에 빠져 있는 사건을 파헤칠 수 있는 유일한 단서였는데, 기자는 여섯 명의 피해자 이름 뒤에 나오는 세 자리 숫자가 단지 범죄가 발생한 날짜를 의미하는 것인가에 대해 의문을 제기하고 있었다. 그의 조사에 따르면, 〈라두 132〉는 라두 부인이 살해된 다음 132일이 지나서 베르니세가 살해되었다는 의미이며 〈베르니세 118〉은 베르니세가 살해된 뒤 118일 만에 코브로가 살해되었다는 의미라는 가설을 세웠다. 이 기사는 세상을 발칵 뒤집어 놓았다.

의심할 여지가 없는 사실이었다. 결국 경찰도 그 가설에 따라 수사의 방향을 바꿀 수밖에 없었다. 표시된 숫자는 다음 사건이 일어나기까지의 기간과 일치했다. 〈도끼 부인〉의 셈은 한 치의 오차도 없었던 것이다.

하지만 한 가지 더 주목할 점이 있었다. 지난 6월 26일에 살해된 피해자 윌리엄슨의 이름 뒤에는 〈114〉라는 숫자가 씌어 있었다. 그렇다면 114일 후에 또 다른 살인 사건이 일어날 거라는 예측이 가능하지 않을까? 이 끔찍한 사건이 살인범의 의도대로 다시 반복될 수도 있지 않을까? 그 숫자가 다음 사건을 막을 수 있는 단서가 되지 않을까?

윌리엄슨이 살해된 날로부터 114일 후인 10월 18일까지 일곱 번째 살인에 대한 논쟁은 계속되었다. 레닌과 오르탕스도 그날 아침에 전화로 통화하면서 신문 기사의 내용을 화제 삼아 얘기하고 있었다. 그들은 저녁 식사를 함께할 약속을 했다.

레닌이 웃으며 말했다.

「조심하세요! 혹시라도 〈도끼 부인〉을 만나거든 다른 길로 즉시 도망치시라고요!」

「납치를 당하면 어떻게 해야 하죠?」

「그럼 끌려가는 길에 흰 조약돌을 뿌려 놓고 도끼날이 보이기 전까진 〈난 무섭지 않아. 그가 날 구하러 올 거야〉라고 반복해서 말해 보세요. 물론 여기서 〈그〉란 절 말하는 겁니다……. 그러고 있으면 제가 나타나서 당신 손에 입맞춤해 드릴 테니까요. 그럼 저녁에 봅시다」

레닌은 바쁜 오후를 보내며 여러 종류의 석간신문을 사 보았다. 일곱 번째 납치 소식은 아직 어디에도 실리지 않았다.

저녁 9시가 되자 그는 좌석을 예약해 둔 짐나즈로 갔다.

그러나 9시 반이 되어도 오르탕스의 모습은 보이지 않았다. 그는 별다른 걱정은 하지 않았지만 혹시나 하는 마음에서 그녀의 집에 전화를 걸었다. 하녀는 그녀가 아직 돌아오지 않았다고 말했다.

레닌은 갑자기 두려운 생각이 들었다. 레닌은 오르탕스가 가끔씩 휴식을 취할 때 머무르는 몽소 공원 근처의 아파트로 전화를 걸었다. 레닌이 오르탕스를 위해 보내 준 하녀가 전화를 받았다. 하녀는 레닌의 말을 잘 따르는 사람이었다. 오르탕스의 행방을 물었더니, 하녀는 오르탕스가 오후 2시경에 편지를 붙이러 우체국으로 갔다고 말했다. 나가면서 저녁 약속 때문에 옷을 갈아입으러 다시 오겠다고 말했는데 그 이후로 아무 소식도 없었다고 했다.

「누구에게 보내는 편지였지?」

「선생님이오. 〈레닌 공작님께〉라고 씌어져 있는 걸 봤어요」

레닌은 자정이 될 때까지 기다렸지만 아무 연락이 없었다. 오르탕스는 돌아오지 않았다. 그 다음날도 오르탕스의 행방에 대해서는 알 수 없었다.

레닌이 하녀에게 말했다.

「이 일에 대해 아무에게도 말하면 안 돼. 누가 물어보면 오르탕스는 지방에 갔다고 말하고 너도 곧 그리로 갈 거라고 해」

의심의 여지가 없었다. 오르탕스가 사라진 날은 10월 18일이었다. 오르탕스는 〈도끼 부인〉의 일곱 번째 희생자가 된 것이다.

레닌은 혼자 중얼거렸다.

「납치가 있은 뒤 항상 일주일 후에 살인이 일어났어. 그렇다면 앞으로 7일간의 여유가 있는 거야. 만약을 대비해서 최대 6일간의 여유가 있다고 생각하자. 오늘이 토요일이니까 금요일 낮까지는 오르탕스를 구해야 해. 그러기 위해선 적어도 목요일 저녁까진 납치 장소를 알아내야 해」

레닌은 종이에 큰 글씨로 〈목요일 저녁 9시〉라고 쓴 뒤, 잘 보이도록 서재의 벽난로 위에 붙여 놓았다. 그는 오르탕스의 실종 다음날부터 서재에 틀어박혀 지냈다. 하인이 식사나 편지를 가져올 때를 제외하고는 아무도 그를 방해할 수 없었다.

레닌은 서재에서 거의 꼼짝도 하지 않고 나흘을 보냈다. 그는 주요 일간지에서 오려 두었던 여섯 건의 범죄에 관한 기사를 읽고 또 읽었다. 기사를 읽을 때는 커튼과 덧창도 닫은 채 기사 내용에만 집중했다. 그러고는 암흑 속에서 빗장을 채운 채 오로지 생각에만 잠겨 있었다.

화요일 오후가 되었지만 레닌은 아직 아무런 단서도 발견하지 못했다. 지난 토요일과 마찬가지였다. 사건은 여전히 미궁 속에 빠져 있었다. 레닌은 문제를 풀 수 있는 작은 단서 하나 찾지 못해 절망에 빠져 있었다.

레닌은 본래 자신감 넘치고 자제력이 뛰어난 사람이었지만 이번만은 불안한 마음을 감출 수 없었다. 이렇게 며칠 동안 고민을 해도 아무런 성과를 얻어 내지 못했는데 마지막 날에 불현듯 해결 방안이 떠오른다는 보장이 없지 않은가? 그렇게 되면 오르탕스는…….

이런 생각이 들자 그는 너무나 고통스러웠다. 레닌은 오르탕스가 생각하는 것 이상으로 그녀를 깊이 사랑하고 있었다. 그녀를 처음 보았을 때 가졌던 호기심과 욕구, 그녀를 보호하고 즐겁게 해 주어야겠다고 했던 결심……, 이 모든 감정이 사랑으로 변해 버린 것이다. 그러나 두 사람은 서로에 대한 깊은 사랑을 아직 깨닫지 못하고 있었다. 남의 문제에 끼어들어 모험을 하는 동안 진지하게 서로를 관찰할 시간이 부족했기 때문이다. 그러나 오르탕스가 끔찍한 시련에 빠졌다는 사실을 알게 된 레닌은 이성을 잃을 것 같았다. 레닌은 이제야 그녀가 자신의 삶에서 얼마나 큰 자리를 차지하고 있었는지 절실하게 깨달았다. 그러나 그는 오르탕스가 붙잡혀 끔찍한 일을 당하고 있는데도 구하지 못하고 있다. 이런 사실 때문에 레닌의 절망은 커져만 갔다.

레닌은 밤새도록 사건을 여러 각도에서 되짚으며 불안하고 초조한 시간을 보냈다. 수요일 오전이 되어도 끔찍하기는 마찬가지였다. 이제는 정말 도리가 없었다. 레닌은 방 안에 틀어박혀 지내다가 모든 것을 포기하고 창문을 열었다. 그는 방 안을 왔다갔다하다가 거리로 뛰쳐나가고 다시 들어오기를 수도 없이 반복했다. 자신을 괴롭히는 생각에서 벗어나고자 몸부림치는 사람 같았다.

〈오르탕스가 고통받고 있어……. 오르탕스가 절망의 구렁텅이에 갇혀 있다고. 도끼의 위협을 받고 있어……, 날 부르며 애원하고 있어. 그런데 난 아무것도 할 수 없다니…….〉

레닌이 무심코 피해자 여섯 명의 명단을 읽던 중 마침내 단서를 발견했다. 이때가 수요일 오후 5시였다. 레닌의 머릿속에 한줄기 빛이 스쳐 갔다. 물론 모든 사실을 다 밝혀 낸 것은 아니었지만 적어도 사건을 풀어 갈 방향을 찾는 데는 충분했다.

레닌은 곧 실행에 들어갔다. 그는 운전사인 클레망을 시켜 주요 일간지에 광고를 내도록 했다. 그리고 두 번째 희생자인 코브로가 일하던 쿠르브부아의 한 세탁소에 가 보라는 지시도 내렸다.

목요일이었다. 레닌은 가만히 기다리고 있었다. 오후가 되자 광고를 보고 보낸 편지가 서너 통 도착했다. 전보도 두 통 있었다. 오후 3시경에 레닌은 트로카데로의 소인이 찍힌 속달 우편을 한 통 받았다. 이게 바로 레닌이 기다리고 있던 편지인 모양이었다. 그는 편지를 이리저리 훑어보고 필체를 확인한 뒤 자신이 만들어 놓은 기사철을 넘겨 보다가 마침내 중얼거렸다.

「이쪽으로 가면 될 것 같군」

레닌은 주소록에서 다음과 같은 주소를 찾았다.

루르티에 바노, 전 식민지 주지사, 클레베르가 47-2번지

레닌은 차로 달려갔다.

「클레망, 클레베르가 47-2번지로 가세」

레닌은 루르티에 바노의 서재로 들어갔다. 넓은 서재에는 책장마다 고급 가죽 장정을 한 고서들이 빽빽하게 꽂혀 있었다. 루르티에 바노는 수염이 희끗희끗했지만 아직 젊은 사람이었다. 그의 예의 바른 태도와 신중하며 진지한 표정, 자신감 넘치는 미소를 머금은 입가에서 친근함이 느껴졌다.

레닌이 말했다.

「선생님께서 〈도끼 부인〉에게 살해당한 오노린 베르니세를 잘 아신다는 신문 기사를 읽었습니다. 그래서 이렇게 실례를 무릅쓰고 찾아 뵈었습니다」

루르티에가 큰 소리로 말했다.

「그럼요, 잘 알죠. 저의 집사람이 재단사로 고용했던 아가씨였습니다. 정말 불쌍하게 됐지요!」

「주지사님, 오르탕스 다니엘이라고 제가 사랑하는 여자가 10월 18일에 납치되었습니다」

「오늘이 벌써 24일인데……」

「그러니까 모레쯤이면 그 여자는 살해당할 겁니다」

「끔찍하군요. 이번엔 아무 일 없도록 꼭 막아야 합니다」

「주지사님께서 도와주시기만 한다면 막을 수 있을 겁니다」

「경찰에는 알렸습니까?」

「아닙니다. 이건 완벽한 수수께끼입니다. 조금도 빈틈이 없습니다. 그러니까 현장 조사나 탐문, 지문 대조처럼 일반적인 경찰 수사는 아무 소용이 없습니다. 앞서 일어난 사건에서도 그런 방법은 통하지 않았습니다. 일곱 번째 사건도 그런 식으로 해결하려고 들다간 시간만 낭비하게 될 겁니다. 이처럼 치밀하고 교묘하게 살인을 저지르는 자가 경찰이 쉽게 찾아낼 수 있는 단서를 남겨 놓을 리가 없습니다」

「그럼 어떻게 하시려고요?」

「행동을 개시하기 전에 나흘 동안 생각해 보았습니다」

루르티에는 손님을 빤히 쳐다보았다. 의아해하는 표정이었다.

「그래서 어떤 결과를 얻어 내셨죠?」

레닌은 서두르지 않고 대답했다.

「먼저, 여태까지 이루어진 수사보다 좀더 포괄적인 범위에서 조사했습니다. 그러고는 각 사건의 유사점만을 추려 보았죠. 그 결과, 이 연쇄 살인 사건의 동기는 알아내지 못했지만 범인이 어떤 부류의 사람인지는 알아냈습니다」

「그래요? 어떤 사람입니까?」

「정신병자입니다」

루르티에가 놀라 물었다.

「정신병자라고요? 무슨 말을 하고 있는 겁니까?」

「주지사님, 〈도끼 부인〉은 정신병자입니다」

「하지만 정신병자라면 병원에 갇혀 있겠죠」

「그렇지 않을 수도 있죠. 반쯤 미친 사람도 겉보기에는 멀쩡해 보일 수 있으니까요. 그런 사람은 주변에서 정신병자인지 모르기 때문에 감시가 덜합니다. 그래서 마음 놓고 자신의 편집증 증세나 야수 같은 본능을 드러낼 수 있습니다. 이런 사람은 쉽게 찾아내기 힘듭니다. 교활하고 참을성도 있으며 고집도 세고 위험하기까지 하죠. 바보 같아 보이면서도 논리적이고, 덜렁대는 것 같으면서도 치밀한 면을 동시에 가지고 있습니다.

주지사님, 〈도끼 부인〉의 경우가 바로 그렇습니다. 한 가지 생각에 집착하면서 한 가지 행동을 반복해서 하는 것, 이게 바로 정신병자의 특성입니다. 〈도끼 부인〉은 피해자를 언제나 똑같은 끈으로 묶고 정해진 날짜에 같은 방법으로 죽입니다. 같은 도구를 이용해서 같은 위치에, 항상 이마 가운데에 치명상을 입힙니다. 〈도끼 부인〉은 절대로 떨지 않습니다. 떨리는 손으로 내려쳤다면 시체마다 방향이나 위치가 조금씩 달라졌겠죠. 하지만 〈도끼 부인〉은 미리 계획한 부분을 정확히 내려칩니다. 도끼날은 조금도 빗나가는 법이 없습니다. 아직도 더 많은 증거가 필요한가요? 아직도 더 자세하게 말씀드려야 합니까? 이제 주지사님께서도 수수께끼의 해답을 아시겠죠? 미친 사람만이 이런 일을 저지를 수 있다는 걸 충분히 이해하셨을 겁니다. 미친 사람만이 어리석고 야비한 방법으로 시계추가 움직이듯, 단두대의 날이 사람의 목을 치듯 기계적으로 살인을 저지를 수 있는 겁니다」

루르티에 바노가 고개를 끄덕였다.

「정말……, 정말 그렇군요. 당신 말을 들으니 이제 사건이 제대로 보이는 것 같습니다. 그런 식으로 사건을 풀어 가면 되겠군

198

요. 하지만 그 미친 여자가 치밀하고 논리적인 계산을 통해 살인을 저질렀다 해도 희생자들 사이에 무슨 상관관계가 있는지는 모르겠군요. 그들이 희생자가 된 건 순전히 우연 아닙니까? 아니면 특별히 그들을 죽여야 하는 이유라도 있는 겁니까?」

「아! 주지사님, 제가 처음부터 고민했던 문제가 바로 그 점입니다. 사건의 핵심이기도 하고요. 저도 그 문제를 해결하는 데 애를 많이 썼습니다. 하필이면 왜 오르탕스 다니엘을 선택했을까? 프랑스에 있는 이백만 명의 여자들 중에서 왜 하필이면 오르탕스였을까? 왜 베르니세였을까? 어째서 윌리엄슨을 선택한 걸까? 그런데 〈도끼 부인〉은 분명히 일부러 그녀들을 선택한 것이었습니다. 그렇다면 어떤 점 때문에 그녀들을 택했을까요? 또는 〈도끼 부인〉이 그녀들을 죽이면서까지 얻고자 했던 이익은 무엇이었을까요?」

「그래서 해답을 찾아내셨습니까?」

레닌은 잠시 침묵을 지키고 있다가 다시 입을 열었다.

「네, 주지사님. 찾아냈습니다. 쉽게 찾을 수 있는 단서였습니다. 희생자들의 명단만 유심히 보면 되는 일이었으니까요. 하지만 제 머릿속에는 빨리 오르탕스 다니엘을 구해야겠다는 생각만 가득해서 쉽게 진실을 발견할 수가 없었습니다. 희생자들의 명단을 스무 번이나 보고 또 보다 보니 그제야 머릿속에 윤곽이 그려지더군요」

루르티에 바노가 말했다.

「무슨 말인지 잘 모르겠군요」

「주지사님, 모든 사건이나 범죄, 스캔들처럼 여러 사람이 관련된 일인 경우 사람들을 언급하는 방법에도 어떤 규칙이 있게 마련입니다. 이번 사건을 예로 들어 말씀드리면, 라두 부인, 아르당 양, 코브로 양의 경우에는 신문에서 피해자의 성만 표기했습니다. 반면에 베르니세 양과 윌리엄슨 양의 경우에는 오노린(Honorine)과 에르베트(Herbette)라는 이름도 함께 표기했습니다. 피해자 여섯 명의 이름을 모두 정확히 표기했더라면 처음부터 수수께끼 따위는 있지도 않았을 겁니다」

「어째서요?」

「제가 여섯 명의 희생자 이름을 처음부터 알고 있었다면 이들이 어떤 관련이 있는지 바로 알 수 있었을 테니까요. 저는 우선 신문에서 알려 준 두 여성의 이름을 오르탕스 다니엘(Hortense Daniel)의 이름과 비교해 보았습니다. 이제 이해하시겠습니까? 자, 여기 세 명의 이름이 있습니다」

루르티에는 난감해하고 있었다. 창백해진 얼굴로 그가 물었다.

「무슨 말씀을 하시는 건지……? 도대체 무슨 말씀이십니까?」

레닌이 목소리를 가다듬고 또박또박 말했다.

「말씀드리죠. 자, 여기 세 여자의 이름이 있습니다. 그런데 세 이름 모두 머리글자가 같습니다. 그리고 놀랍게도 이름의 철자 수도 모두 똑같습니다. 자, 확인해 보십시오. 코브로 양이 근무했던 쿠르브부아의 세탁소에 물어보면 그녀의 이름이 일레리(Hilairie)였다는 사실을 알 수 있을 겁니다. 자, 그렇다면 살해당한 여성의 이름이 모두 〈H〉로 시작되고 철자 수도 같다는 사실이 분명해졌죠, 안 그렇습니까? 이제 모든 게 확실해졌습니다. 희생자의 이름은 모두 같은 특성을 갖고 있었습니다. 제 추리는 완벽하게 정확할 겁니다.

이제 우리의 문제도 해결된 셈입니다. 그 정신병자가 어떻게 희생자를 선택했는지 밝혀졌으니까요. 선택 방법에 대해 더 확실한 증거가 필요할까요? 이제 해답은 나왔습니다. 미친 여자는 왜 하필 그 여자들을 살해한 걸까요? 이름이 〈H〉로 시작하고 철자 수는 여덟 개이니까요. 이제 이해가 되십니까, 주지사님? 철자 수가 여덟 개란 말입니다. 〈H〉는 알파벳 중 여덟 번째 철자입니다. 그리고 〈8〉을 뜻하는 〈huit〉란 단어도 〈H〉로 시작하죠. 모두 〈H〉와 관련이 있습니다. 미친 여자가 범행 도구로 사용하는 도끼(hache)란 단어도 〈H〉로 시작합니다. 이래도 〈도끼 부인〉이 편집증 증세가 있는 정신병자라고 말하지 않을 수 있습니까?」

레닌은 하던 말을 멈추고 루르티에에게 다가갔다.

「왜 그러십니까? 안색이 안 좋아 보입니다」

루르티에가 이마에 맺힌 땀을 닦으며 말했다.

「아니, 아닙니다. 이야기가 좀 충격적이어서요. 생각해 보세요, 저도 희생자 한 명과 아는 사이였잖습니까. 그래서……」

레닌이 작은 탁자 위에 놓여 있던 물병을 발견하고 루르티에에게 한 잔 따라 주었다. 물을 몇 모금 마신 뒤, 루르티에는 자세를 바로 잡고 목소리를 가다듬은 다음 말했다.

「좋습니다. 레닌 씨의 추리가 옳다고 인정하겠습니다. 하지만 그저 추리로 그친다면 아무 소용이 없죠. 수사에 무슨 진전이라도 있어야 하지 않겠습니까? 그래서 뭘 어떻게 하셨습니까?」

「오늘 아침 신문에 구직 광고를 냈습니다. 〈요리사 자리 구함. 성별 여. 필요하신 분은 오후 5시까지 에르미니(Herminie)에게 연락 바람. 주소는 오스만…….〉 제 말을 이해하시겠습니까, 주지사님? 〈H〉로 시작하면서 철자가 여덟 개인 이름은 흔치 않습니다. 더구나 에르미니, 일레리, 에르베트……처럼 모두 한물간 이름이죠. 이유는 모르겠지만 〈도끼 부인〉은 이렇게 〈H〉로 시작되는 이름에 강한 집착을 보입니다. 그런 이름을 보면 그냥 넘어가질 못하죠. 이런 이름을 가진 여자를 찾아내기 위해 〈도끼 부인〉은 자신의 판단력, 사고력, 지성을 총동원하죠. 계속해서 찾고 질문을 던집니다. 숨어서 사냥감을 찾고 있는 겁니다. 신문 기사는 아무리 읽어도 내용을 이해할 수 없지만 작은 광고들까지 샅샅이 뒤지면서 〈H〉로 시작되는 이름을 찾고 있습니다. 그러니까 분명히 오늘 신문 광고란에 대문자로 실린 에르미니란 이름을 보았을 겁니다. 제가 낸 광고를 보고 걸려든 거죠」

루르티에가 걱정스럽게 물었다.

「그 여자가 편지를 보냈나요?」

레닌이 말했다.

「에르미니 앞으로 편지가 여러 통 왔습니다. 대부분은 아주 평범한 편지였죠. 그중에 속달 우편이 한 통 있었는데 유독 관심을 끌더군요」

「누가 보낸 거였죠?」

「주지사님께서 읽어 보시죠」

루르티에는 레닌의 손에 있던 우편물을 낚아채다시피 빼내 발신자의 서명을 살펴보았다. 그는 매우 놀라는 듯했다. 그러나 예상했던 이름은 아니었던지 곧 안심하는 듯한 웃음을 지었다.

「주지사님, 어째서 웃으십니까? 안심하시는 표정 같네요」

「안심한다고요? 아닙니다. 그런데 이건 제 아내의 서명이군요」

「그렇다면 다른 사람의 이름을 예상하기라도 하셨습니까?」

「오! 아닙니다. 그럴 리가요. 단지 제 아내가……」

그는 말끝을 맺지 못하고 레닌에게 말했다.

「미안합니다, 선생님. 하지만 편지를 여러 통 받으셨다고 했는데 그 많은 편지 중에 어째서 이 편지만을 주목하신 거죠?」

「루르티에 바노 부인의 서명이 적혀 있으니까요. 루르티에 바노 부인이 고용했던 재단사가 이미 〈도끼 부인〉에게 희생되지 않았습니까? 오노린 베르니세 말입니다」

「그 얘긴 누구한테 들었습니까?」

「당시 기사에서 읽었습니다」

「그럼 그것 말고 다른 이유도 있습니까?」

「아닙니다. 하지만 전 이 집에 들어올 때부터 제가 길을 잘못 든 게 아니라는 사실을 느낄 수 있었습니다」

「무슨 느낌이 들었는데요?」

「잘은 모르겠습니다. 무슨 징조랄까……. 세세한 것들이오. 주지사님, 제가 루르티에 부인을 만나 뵈도 되겠습니까?」

「안 그래도 소개하려 했습니다. 절 따라오시죠」

레닌은 루르티에를 따라 복도 끝에 있는 조그만 응접실로 들어갔다. 그곳에서는 금발의 여인이 세 아이들 틈에 앉아 자상하게 숙제를 도와주고 있었다. 그녀는 무척 행복한 표정이었다. 그녀가 이들을 보고 자리에서 일어서자 루르티에가 레닌을 소개하며 물었다.

「쉬잔, 이 속달 우편 당신이 부친 거요?」

그녀가 대답했다.

「에르미니 씨 앞으로요? 네. 제가 보냈어요. 당신도 아시다시피 하녀가 나가고 없어서 새로 사람을 찾고 있었잖아요」

레닌이 그녀의 말을 가로막았다.

「실례합니다만, 부인. 한 가지만 여쭤 보죠. 그 주소는 어디서 알게 되셨습니까?」

그녀가 얼굴을 붉히자 루르티에가 점잖게 다그쳤다.

「대답해요, 쉬잔. 누가 그 주소를 알려 줬소?」

「전화를 받고……」

「누구한테서?」

쉬잔은 잠시 망설이다가 대답했다.

「당신의 유모였던 할머니요」

「펠리시엔……?」

「네」

루르티에는 그만 입을 다물고 레닌이 더 이상 부인에게 질문을 하지 못하도록 다시 서재로 데리고 나왔다.

「이제 아셨죠? 그 주소는 아주 자연스럽게 알게 된 겁니다. 펠리시엔은 절 키워 준 유모였습니다. 지금은 할머니가 되었죠. 제가 주는 생활비를 받아 파리 근교에서 살고 있습니다. 펠리시엔이 그 광고를 읽고 집사람에게 알려 준 모양이죠」

루르티에는 억지로 웃음을 지으며 덧붙였다.

「설마, 제 집사람을 〈도끼 부인〉이라고 생각하시는 건 아니겠죠?」

「아닙니다」

「그럼 이제 사건은 종결된 셈이군요. 적어도 제 입장에서는요. 전 할 수 있는 한 다 도와드렸습니다. 레닌 씨께서 하시는 말씀도 잘 들었고. 어쨌든 도움이 되지 못해 유감입니다」

루르티에는 서둘러 레닌을 내보내려는 듯했다. 그는 손으로 문을 가리키며 레닌에게 이제 그만 돌아가 달라고 말했다. 그런 뒤 소파에 앉아 물을 마시고 있는 루르티에의 얼굴에는 당황한 표정이 역력했다. 그의 얼굴은 거의 일그러져 있었다.

레닌은 루르티에를 바라보며 이제 곧 기세가 꺾일 것을 예감했다. 레닌은 루르티에 옆에 앉아 팔을 붙잡으며 말했다.

「주지사님, 지금 다 털어놓지 않으시면 오르탕스 다니엘은 일곱 번째 희생자가 되고 맙니다」

「전 할 말이 없습니다. 제게 뭘 털어놓으란 겁니까?」

「진실이오. 제가 이미 설명드리지 않았습니까? 이렇게 두려워 떨고 계시는 걸 보니 주지사님께서는 진실을 알고 계신 게 분명합니다. 전 주지사님께 도움을 청하러 온 것뿐입니다. 그런데 예상치는 못했던 일이지만 주지사님께서 해답을 알고 계신 것 같군요. 시간 낭비하지 마시죠」

「내가 정말 진실을 알고 있다면 왜 입을 다물고 있겠습니까?」

「구설수에 휘말리기가 싫으신 거죠. 주지사님께는 뭔가 감추고 싶은 개인적인 문제가 있으실 겁니다. 제 직감이 맞을 겁니다. 주지사님 앞에 갑자기 밝혀진 이 끔찍한 사건의 진실, 그 진실이 세상에 알려지면 주지사님의 명예가 실추된다고 생각하시는 겁니다. 그리고 사건을 미리 막지 못한 건 자신이 책임을 다하지 못했기 때문이라고 생각하시는 거죠」

루르티에는 더 이상 부정하지 않았다. 레닌은 몸을 숙이고 그의 눈을 정면으로 바라보며 조용히 말했다.

「구설수에 휘말릴 일은 없을 겁니다. 무슨 일이 일어났는지 아는 사람은 저뿐이니까요. 저도 이 사건이 세상에 드러나는 걸 원치 않습니다. 제가 사랑하는 여자의 이름이 그 끔찍한 사건에 결부되는 건 싫으니까요」

그들은 잠시 서로의 눈을 똑바로 쳐다보았다. 레닌은 단호한 표정을 지었다. 루르티에는 레닌이 원하는 말을 듣기 전까진 전혀 의지를 꺾지 않을 사람이라는 걸 알아차렸다. 그래도 루르티에는 쉽게 말을 꺼낼 수 없었다.

마침내 루르티에가 입을 열었다.

「잘못 생각하신 겁니다. 무슨 상상을 하고 계신지는 모르지만 사실이 아닌 것을 그렇다고 믿고 계신 겁니다」

레닌은 루르티에가 이렇게 계속 버티다가는 오르탕스 다니엘이 끝장나고 말 거라는 생각이 들었다. 끔찍한 장면이 머릿속에 그려졌다. 수수께끼의 해답이 바로 코앞에 있다는 생각을 하자 레닌은 매우 화가 났다. 레닌은 루르티에의 목을 잡고 힘껏 졸랐다.

「거짓말은 그만해요. 지금 한 여자의 목숨이 위태롭단 말입니다. 말해요……, 어서 말하란 말입니다. 그렇지 않으면……」

루르티에는 힘이 다 빠진 모양이었다. 이제는 더 이상 견딜 수가 없었다. 그는 레닌의 공격이나 폭력적인 행동이 아니라 어떤 어려움에도 굴하지 않는 의지에 굴복하고 만 것이다. 루르티에는 마침내 더듬거리며 말했다.

「당신 말이 맞습니다. 무슨 일이 일어나더라도 말을 하는 것이 제 도리인 것 같군요」

「아무 일도 일어나지 않을 겁니다. 오르탕스 다니엘을 구할 수 있도록 도와주신다면 저도 약속을 지키겠습니다. 조금만 망설여도 모든 일이 수포로 돌아갈 겁니다. 말씀하세요. 자질구레한 얘기는 빼고 중요한 사실만 간단명료하게 말씀하세요」

루르티에는 팔꿈치를 책상에 괴고 손으로는 이마를 짚은 다음 가능한 한 짧게 얘기하려고 노력하며 말을 시작했다.

「지금의 아내는 본래 제 아내가 아닙니다. 제 성을 쓸 수 있는 여자는 제가 식민지에서 공무원으로 재직할 당시 결혼했던 여자 뿐입니다. 그녀는 조금 엉뚱한 구석이 있는 여자였어요. 정신 상태가 불안하고 충동적이며 편집증적인 기질도 있었죠. 저희 사이에는 아이가 두 명 있었습니다. 쌍둥이였죠. 그녀는 아이들을 무척 사랑했어요. 아이들 옆에 있을 때는 정신적으로도 아무 이상이 없는 건강한 사람처럼 보였습니다. 그런데 자동차 사고가 일어났어요. 아이들이 제 엄마 눈앞에서 만신창이가 되어 세상을 떠났답니다. 가엾은 그녀는 미쳐 버리고 말았어요. 레닌 씨가 말한 대로 조용하고 신중하며 겉으론 아무 이상이 없어 보이지만 광기가 시작된 겁니다. 얼마 후에 전 알제리로 부임하게 되었고 그때 그녀를 프랑스로 데려와 어렸을 때 절 키워 준 유모에게 맡겼습니다. 그리고 2년 후에 저는 새로운 여자를 알게 되었습니다. 그녀는 제게 또 다른 기쁨을 주었지요. 좀 전에 만난 여자가 바로 그 여자입니다. 그 여자는 제 아이들의 엄마이자 제 아내가 되었죠. 그녀가 저 때문에 피해를 입는 건 아닐까요? 저희 가족이 공포의 어둠 속으로 빠지게 되는 건 아닐까요? 저희 가족의 이름이 광기와 피로 얼룩진 비극과 함께 나란히 기록되어야 합니까?」

레닌이 잠시 생각하다가 물었다.

「첫 번째 부인의 이름이 뭐죠?」

「에르망스(Hermence)입니다」

「에르망스…… . 그 이름도 〈H〉로 시작하는군요. 철자 수도 여덟 개이고」

루르티에가 말했다.

「저도 조금 전에야 깨달았습니다. 레닌 씨가 피해자의 이름들이 서로 어떤 연관성을 갖고 있는지 말씀하실 때 불쌍한 제 아내

의 이름이 에르망스이며 그녀가 정신병자란 사실이 떠오르더군
요. 모든 정황이 머릿속에 떠오르면서……」

「희생자를 그런 식으로 선택했다는 사실은 이해가 가지만 살인
행위는 어떻게 설명을 해야 할까요? 증세는 어느 정도입니까? 많
이 고통스러워했습니까?」

「지금은 별로 심하지 않습니다. 하지만 전에는 정말 끔찍할 정
도였답니다. 밤낮으로 아이들이 죽었던 그 끔찍한 장면이 떠올라
잠을 전혀 자지 못했으니까요. 얼마나 고통스러웠을지 한번 생각
해 보세요. 한시도 쉬지 않고 하루 종일 아이들이 죽어 가는 모습
만을 눈앞에 그리고 있었으니 말입니다!」

레닌이 의아한 표정으로 물었다.

「하지만 살인을 저지른다고 그런 환영이 사라지는 건 아니지
않습니까?」

루르티에는 잠시 생각에 잠겼다가 말했다.

「아니, 그럴지도 몰라요. 잠을 자면 환영을 쫓을 수 있으니까요」

「이해할 수가 없군요」

「레닌 씨는 미치지 않았으니 미친 사람을 이해하기 힘든 게 당
연하죠. 미친 사람이 어디 정상적이고 일관성 있는 행동이나 생
각을 한답니까?」

「그렇군요……. 그런데 잠을 자면 환영이 사라진다는 사실을
증명할 만한 사건이라도 있었습니까?」

「네……, 지금까진 별로 중요하게 생각하지 않았지만 이제 알
겠어요. 몇 년 전인가 처음 그런 일이 일어났죠. 어느 날 아침, 유
모가 에르망스 방에 가 보니 그녀가 목을 졸라 죽인 강아지를
꼭 껴안고 자고 있더랍니다. 그 뒤에도 이런 일이 세 번 더 있었

습니다」

「그때 정말 잠을 자고 있었던 겁니까?」

「네. 정말 자고 있었대요. 그런 일이 있을 때면 며칠씩 깨지 않고 잔다고 했어요」

「그래서 어떤 결론을 내리셨습니까?」

「강아지를 죽이고 나면 지치고 긴장이 풀려서 그렇게 잠을 자는 거라고 생각했습니다」

레닌이 몸을 떨며 말했다.

「바로 그겁니다! 의심할 여지가 없어요. 살인을 준비하고 살인을 저지른 다음 잠을 자는 겁니다. 그래서 동물을 죽였을 때, 잠이 잘 오는 걸 보고는 사람에게도 똑같은 일을 저지르기 시작한 겁니다. 그녀의 광기는 바로 이 점에 집중되어 있습니다. 다른 이의 잠을 빼앗기 위해 죽이는 거죠. 자기에게 잠이 부족하니 다른 생명으로부터 빼앗는 거죠! 바로 그겁니다! 안 그렇습니까? 어때요, 지난 몇 년간은 그녀가 잘 잤습니까?」

루르티에가 더듬거리며 말했다.

「지난 2년간은 잘 잤습니다」

레닌이 그의 어깨를 잡았다.

「주지사님께서는 그녀의 광기가 살인으로까지 번지리라고는 생각하지 못하셨을 겁니다. 또 잠을 잘 자는 동안에만 그런 행동이 멈춘다는 사실도 모르셨겠죠. 서두릅시다. 정말 끔찍하군요」

이들은 서둘러 문으로 향했다. 하지만 루르티에는 여전히 조금 망설이고 있었다. 그때 전화벨이 울렸다.

루르티에가 말했다.

「그곳에서 온 전화입니다」

「그곳이라뇨?」

「매일 유모가 이 시각에 안부 전화를 합니다」

그가 수화기를 들고 같은 선에 연결된 수화기 하나를 레닌에게 건네주었다. 레닌은 루르티에에게 귓속말로 질문할 내용을 일러주었다.

「펠리시엔? 그 사람은 어때요?」

「괜찮습니다」

「잠은 잘 잡니까?」

「며칠 전부터는 잘 자지 못해요. 어젯밤에는 전혀 눈도 못 붙였는걸요. 그래서 기분도 우울한 것 같고……」

「지금은 뭘 하고 있어요?」

「방에 있어요」

「펠리시엔, 얼른 그녀에게 가 보세요. 그 사람 곁에 꼭 붙어 있으세요」

「그럴 수가 없어요. 문을 잠가 놓았거든요」

「들어가야 해요, 펠리시엔. 문을 부숴요. 내가 곧 갈 테요. 여보세요! 여보세요……, 아! 세상에! 전화가 끊기다니!」

두 사람은 아무 말 없이 집 밖으로 나와 큰길로 달렸다. 레닌은 큰길에서 대기하고 있던 차에 루르티에를 태우며 말했다.

「주소가 어떻게 되죠?」

「빌 다브레이입니다」

「세상에! 이제까지 사건이 발생했던 곳들의 중심이군……. 거미처럼 행동 반경이 정해져 있었어. 아! 그것도 알아채지 못하다니!」

레닌은 매우 흥분한 상태였다. 드디어 끔찍한 사건의 윤곽이 그의 눈앞에 전부 펼쳐졌다.

「그래요, 그녀는 동물들에게 했던 것처럼 남의 잠을 빼앗기 위해 살인을 저지르는 겁니다. 동물을 죽이거나 사람을 죽이는 행위 모두 그런 강박 관념 때문이에요. 더구나 잠을 자야 할 실질적인 필요성과 전혀 이해할 수 없는 불합리한 집착이 더해져 사건은 더욱 복잡해졌죠. 그녀는 〈H〉로 시작해서 철자가 여덟 개인 이름을 가진 여자를 자기와 동일시하는 겁니다. 그래서 오르탕스나 오노린이란 이름을 가진 여자가 죽어야만 자기가 휴식을 취할 수 있다고 믿는 거죠. 우리가 이해할 수 없는 정신병자만의 논리입니다. 하지만 정신병자들은 그 논리에서 빠져나올 수가 없습니다. 우리는 그 원인도 파악할 수 없죠. 그녀는 끊임없이 사냥감을 찾아 나서고 또 물어 와야 했습니다. 사냥감을 발견해서 납치하면 정해진 날짜까지 지켜보고 있다가, 그 순간이 오면 도끼로 머리를 찍는 겁니다. 그래서 머리에 난 구멍을 통해 잠 기운을 빨아들이는 거죠. 그 후에는 모든 걸 잊고 한없이 잠만 자겠죠.

그것 또한 부조리와 광기의 연속입니다. 어째서 일정한 기간을 두고 살해를 하는 걸까요? 어떤 사람은 120일 만에 죽이고 또 어떤 사람은 125일 만에 죽이는 걸까요? 정신 이상자이기 때문이죠. 정말 수수께끼 같고 바보 같은 계산 방법입니다. 항상 100일에서부터 125일 사이에 새 희생자를 만들어 내는 거죠. 이미 여섯 명이 희생되었고 이제 일곱 번째 희생자의 차례입니다. 아! 주지사님, 정말 주지사님의 책임이 큽니다. 괴물 같은 여자를 그렇게 방치해 두시다니!」

루르티에는 아무런 대꾸도 하지 않았다. 실의에 빠진 그의 표정과 창백한 얼굴, 떨리는 손을 보니 그도 후회하고 있다는 걸 알 수 있었다. 루르티에는 절망에 빠져 있었다.

루르티에가 중얼거렸다.

「그 여자가 절 속였습니다. 겉으로 보기에는 정말 얌전하고 부드러운 여자였어요. 어쨌든 지금은 정신 병원에 갇혀 있지만……」

「갇혀 있는 여자가 어떻게 그런 일을 저지를 수 있죠……?」

루르티에가 설명했다.

「그 병원은 땅이 매우 넓어서 건물이 여기저기 떨어져 있습니다. 에르망스가 있는 건물은 특히 외딴 곳에 있죠. 그 건물에는 우선 펠리시엔이 쓰는 방이 있고 그 다음에 에르망스의 침실, 그리고 방이 두 개 더 있는데 그중 하나에만 창이 달려 있어요. 피해자들은 아마 이 방에 가뒀을 겁니다」

「하지만 시체를 옮기는 데 사용된 마차는요?」

「그 병원 건물 옆에 마구간이 여러 개 있습니다. 말과 마차도 있고요. 에르망스는 밤에 창문으로 시체를 떨어뜨려 마차에 실었을 겁니다」

「유모가 감시를 한다면서요?」

「펠리시엔은 가는귀를 먹었어요. 나이도 많고」

「하지만 낮에는 그녀가 이리저리 오락가락하면서 움직이는 걸 쉽게 볼 수 있었을 텐데요. 혹시 공범은 아닐까요?」

「아! 절대로 아닙니다. 펠리시엔도 에르망스에게 속은 걸 겁니다」

「하지만 부인께 전화를 걸어 제 광고에 답장을 하도록 한 사람도 유모가 아닙니까?」

「맞습니다. 에르망스가 제대로 이해하지도 못하는 신문을 뒤지다가 그 광고를 보고 유모에게 전화를 걸게 했을 거예요. 저희가 일할 사람을 구한단 얘길 들었을 테니까요」

레닌이 천천히 말했다.

「네……, 알겠습니다. 이제 알겠습니다. 그녀는 또 다른 희생자를 준비하고 있었던 거죠. 오르탕스를 죽인 다음, 기진맥진해서 실컷 잠을 자고 나면 여덟 번째 희생자를 찾아야 했을 테니까요. 하지만 대체 희생자들을 어떤 방법으로 유인했을까요? 오르탕스 다니엘은 어떻게 유인했을까요?」

차는 전속력으로 달리고 있었지만 몸이 달아 있는 레닌에게는 한없이 느리게만 느껴졌다. 레닌은 운전사에게 재촉했다.

「클레망, 서두르게……. 이러다 늦겠어」

그는 너무 늦게 도착하는 건 아닌가 하는 생각에 갑자기 두려워졌다. 정신병자의 행동을 누가 예측할 수 있겠는가. 에르망스는 기분에 따라 계획보다 일찍 일을 벌일 수도 있었다. 레닌의 머릿속에는 온통 끔찍하고 잔인한 생각이 가득 찼다. 미친 여자가 날짜를 잘못 계산한다면, 시간이 맞지 않아 빨리 가는 시계처럼 이미 범행을 저지른 건 아닐까? 잠을 자고 싶은 마음을 억누를 수가 없어 정한 때를 기다리지 않고 일찍 살인을 저지르려고 하는 건 아닐까? 그래서 문을 잠가 놓은 건 아닐까? 납치된 사람은 얼마나 많은 고통을 겪었을까? 살인자의 작은 움직임에도 얼마나 몸을 떨었을까?

「클레망, 더 빨리! 안 그러면 내가 직접 운전하겠어. 더 빨리!」

마침내 빌 다브레이에 도착했다. 오른쪽으로 가파른 길이 나타났다……. 잠시 후 철창이 쳐진 담벼락이 보였다.

「자, 밖으로 돌자고, 클레망. 주지사님, 우리가 나타난 걸 들키면 안 되겠죠? 그 건물이 어디에 있습니까?」

「바로 맞은편입니다」

이들은 건물에서 좀 떨어진 지점에 차를 댔다.

레닌은 차에서 내리자마자 비탈 위쪽으로 달리기 시작했다. 길은 관리를 제대로 하지 않아 엉망이었다. 가끔은 푹 꺼진 곳도 있었다. 날은 거의 저물고 있었다.

루르티에가 말했다.

「이쪽……. 저기 따로 떨어진 건물이오. 저기……, 1층 창문을 보세요. 저쪽 구석에 있는 두 방 중에 하나일 겁니다. 아, 저 창문으로 빠져나왔던 모양이에요」

「하지만 쇠창살로 막혀 있는데요」

「그래요. 그래서 아무도 의심하지 못했겠죠. 하지만 창살 하나 정도는 빼낼 수 있었을 겁니다」

지하실이 반쯤 지상 위로 올라와 있어, 이 건물은 보통 건물보다 높은 위치에 1층이 있었다. 레닌은 다리를 쭉 뻗어 난간 위로 올라갔다. 창틀에는 정말로 쇠창살 하나가 비어 있었다. 레닌은 창문에 얼굴을 대고 안을 들여다보았다.

방 안은 어두웠다. 하지만 레닌은 구석에 앉아 있는 여자의 모습을 볼 수 있었다. 그 여자 옆에는 침대가 있고 그 위에 또 다른 여자가 누워 있었다. 앉아 있는 여자는 이마에 손을 댄 채 누워 있는 여자를 바라보고 있었다.

루르티에가 벽을 타고 올라와 속삭였다.

「저 여자가 에르망스입니다. 다른 여자는 묶여 있네요」

레닌이 주머니에서 유리 자를 때 쓰는 다이아몬드 칼을 꺼냈다. 그리고 미친 여자가 알아채지 못하도록 조심스럽게 유리를 잘랐다. 창에 구멍이 생기자 레닌은 오른손을 집어넣어 창문 손잡이를 잡고 천천히 돌렸다. 왼손으로는 권총을 조준하고 있었다.

루르티에가 간곡하게 말했다.

「쏘지는 마세요」

「필요하다면 쏴야죠」

레닌은 창문을 부드럽게 안쪽으로 밀었다. 그러나 그 뒤에 미처 생각지 못했던 장애물이 있던 모양이었다. 의자가 뒤로 넘어지는 소리가 들렸다.

레닌은 잽싸게 방 안으로 뛰어 들어가 미친 여자를 향해 총을 겨누었다. 그러나 그녀는 비명을 지르며 문을 열고 도망쳤다.

루르티에는 그녀를 쫓아가려고 했다.

레닌이 침대에 누워 있는 여자를 향해 몸을 숙이며 말했다.

「그래서 무슨 소용이 있습니까? 우선 피해자부터 구합시다」

레닌은 안도의 한숨을 내쉬었다. 오르탕스는 아직 살아 있었다.

레닌은 먼저 끈을 자른 뒤 오르탕스의 입에서 재갈을 빼냈다. 시끄러운 소리를 듣고 늙은 유모가 램프를 들고 내려왔다. 레닌은 그녀에게서 램프를 빼앗아 오르탕스의 얼굴을 비췄다.

레닌은 깜짝 놀랐다. 오르탕스는 열이 올라 눈이 벌겋게 충혈되고 며칠 동안 먹지 못해서 더욱 해쓱해지고 탈진해 있었다. 하지만 그녀는 애써 미소를 지으려고 했다.

「당신을 기다리고 있었어요. 한순간도……, 희망을 잃지 않았어요. 당신이……, 올 거라고 믿었으니까요」

오르탕스는 정신을 잃고 쓰러졌다.

한 시간이나 건물을 뒤진 끝에 마침내 벽장 안에 있던 미친 여자를 찾아냈다. 하지만 그녀는 이미 목을 매고 자살한 뒤였다.

오르탕스는 그곳에 조금도 더 머무르고 싶지 않았다. 게다가 유모로부터 미친 여자의 자살 소식을 듣는 순간 곧바로 떠나야겠다고 마음먹었다. 레닌은 유모에게 남은 일을 어떻게 처리해야 할지 자세히 설명했다. 그런 다음 운전사와 루르티에의 도움을 받아 오르탕스를 집에 데려다 주었다.

오르탕스는 금세 건강을 회복했다. 이틀 뒤, 레닌은 오르탕스에게 미친 여자를 어떻게 만나게 되었는지 물었다.

「자연스럽게 만났어요. 정신병을 앓고 있는 제 남편도 빌 다브레이에서 요양 중이거든요. 그래서 가끔씩 아무도 모르게 그곳에 가곤 했죠. 그러다가 그 여자와 이야기를 나누게 되었어요. 그런데 어느 날 그녀가 제게 병원으로 좀 와 달라는 전갈을 보내왔더군요. 전 그녀를 찾아갔죠. 우린 단둘이 만나서 그 건물로 들어갔어요. 그런데 그녀가 갑자기 절 덮치는 거예요. 힘이 어찌나 세던지 전 비명도 지를 수 없었죠. 처음엔 그저 장난인 줄 알았어요. 하지만 미친 여자가 장난을 할 리 없죠. 잡혀 있는 동안은 저한테 아주 친절하게 대해 줬어요. 먹을 것은 주지 않았지만요. 하지만 전 포기하지 않았어요. 당신이 반드시 올 거라고 믿었어요」

「두렵지 않았습니까?」

「굶어 죽을까 봐요? 아뇨. 게다가 그녀가 아주 가끔이긴 했지만 환상에 사로잡힐 때마다 음식을 주기도 했어요. 어쨌든 전 정말로 당신이 올 거라고 믿고 있었어요」

「그랬군요. 하지만 다른 위험도 있었을 텐데……」

「위험이라니, 무슨 위험이오?」

레닌은 깜짝 놀랐다. 오르탕스는 자신을 감금했던 여자가 누구인지 아직도 모르고 있었다. 처음에 레닌은 이런 사실이 이상해 보였지만 곧 다행이라는 생각이 들었다. 오르탕스는 자신이 겪은 일과 〈도끼 부인〉 사건을 전혀 관련이 없는 두 사건이라 생각했다. 그래서 자신이 얼마나 끔찍한 일에 휘말렸는지 몰랐기 때문에 납치된 기간 동안 잘 버틸 수 있었고 납치로 인한 후유증을 덜 겪을 수 있었다.

레닌은 사실을 밝힐 시간은 앞으로 얼마든지 있다는 생각이 들었다. 게다가 오르탕스는 안정을 취하라는 의사의 권유에 따라 프랑스 중부에 있는 바시쿠르 마을 근처의 친척이 사는 곳으로 며칠 후 떠났기 때문에 당분간은 사실을 밝힐 수도 없었다.

눈 위의 발자국

파리, 불바르 오스망, 레닌 귀하

친애하는 레닌 공작님,

제가 은혜도 모르는 배은망덕한 사람이라고 생각하시겠죠? 이곳에서 석 주나 지내면서 편지 한 장 보내지 않았으니 말입니다. 감사 인사도 한마디하지 않았으니 말이에요. 하지만 저도 어쩔 수가 없었습니다. 너무 큰 충격을 받아서 혼자 조용히 휴식을 취해야 했으니까요. 저도 당신이 얼마나 끔찍한 죽음으로부터 절 구해 내셨는지, 제가 겪은 일이 얼마나 끔찍한 사건이었는지 이제 잘 알고 있습니다.

제가 파리에 계속 머물러야 했을까요? 당신과 함께 모험을 계속해야 했을까요? 아닙니다. 절대로 아니죠. 모험은 이미 충분히 했다고 생각합니다! 물론 모험 자체는 정말 흥미롭습니다. 하지만 희생자가 생기고 사람들이 목숨을 잃는 상황을 지켜봐야 하는 모험이라면……. 아! 공작님, 그건 너무 끔찍한 일이에요. 제가 어떻게 그 일을 잊을 수 있겠어요?

이곳 라 롱시에르는 아주 조용한 곳입니다. 사촌언니 앙투아네트 에르믈렝은 절 환자 다루듯 조심스럽게 잘 대해 준답니다. 전 이제 혈색도 좋아지고 몸도 많이 건강해졌어요. 모든 게 아주 좋습니다. 이제 저는 다른 사람의 일에는 관심을 갖고 싶지 않아요. 전혀요!

(지금부터 하는 얘기는 당신의 호기심을 위해 알려 드리는 겁니다. 당신은 항상 자신과 아무 상관 없는 일에도 관심을 가지고 꼬치꼬치 캐묻는 걸 좋아하니까요.)

전 어제 앙투아네트와 함께 바시쿠르에 있는 한 식당에서 갔다가 이상한 장면을 봤어요. 우린 차를 마시고 있었는데 마침 장날이라 식당에는 농부들이 참 많았지요. 그런데 남자 두 명과 여자 한 명이 들어오자 그렇게나 왁자지껄하던 식당이 갑자기 조용해진 겁니다.

두 남자 중 한 명은 덩치가 큰 농부였는데 작업복을 입고 있었지요. 불그레한 얼굴에 흰 턱수염이 나 있었고 매우 즐거운 듯한 표정이었어요. 다른 남자는 좀더 젊은데 벨벳으로 만든 옷을 입고 있었습니다. 얼굴빛은 누르께했고 푸석푸석해 보였으며 성격은 까다로워 보였어요. 두 사람 다 어깨에 총을 메고 있었죠. 두 사람 사이에는 키가 작고 마른 여자 한 명이 서 있었어요. 그녀는 갈색 코트를 입고 모피로 만든 모자를 썼죠. 얼굴은 해쓱하고 창백했지만 우아하면서도 미모가 뛰어난 여자였어요.

에르믈렝이 속삭였어요.

「저 사람이 아버지이고 옆에는 그의 아들과 며느리야」

「뭐라고? 저렇게 매력적인 여자가 저 시골뜨기의 아내라고?」

「고른 남작의 며느리지」

「남작? 저 나이 든 남자가 남작이란 말이야?」

「저 남작은 항상 농사꾼처럼 살고 있지만 오래전부터 성에서 거주한 귀족 가문이야. 그는 사냥을 매우 좋아하는 데다가 애주가야. 그리고 툭하면 소송을 벌이곤 해서……, 이젠 거의 파산 상태지. 아들 이름은 마티아라고 하는데 농사일에는 별로 관심이 없고 괜한 꿈에 부풀어 살고 있어. 법을 공부하다가 미국으로 갔는데 돈을 다 탕진하고 다시 돌아왔지. 돌아와 이웃 마을에 살고 있던 저 여자와 결혼했어. 저 여자가 왜 저런 남자와 결혼했는지는 아무도 몰라. 저 여자는 결혼 후 5년 동안 줄곧 집 안에만 틀어박혀 생활해 왔어. 감옥 생활이나 다를 바 없지. 그들은 여기서 가까운 작은 저택에 살고 있어. 사람들은 그 집을 〈우물 저택〉이라고 부르지」

제가 물었어요.

「저 부자가 함께?」

「아니, 아버지는 마을 끝에 따로 떨어진 농장에서 혼자 살아」

「마티아에게 의처증이라도 있는 거야?」

「엄청나지!」

「아무 이유 없이?」

「이유는 없어. 나탈리 드 고른은 아무 잘못도 없어. 그녀는 세상에서 가장 착한 여자일걸. 지난 몇 달간 잘생긴 청년 하나가 그 저택 주위를 맴돌긴 했지만 그건 저 여자 잘못이 아니니까. 어쨌든 고른 남작 부자는 저 여잘 가만두지 않는대」

220

「뭐, 고른 남작도?」

「그 청년은 〈제롬 비냘〉이라고 하는데, 오래전에 남작 가문이 소유했던 성을 사들인 집안의 후손이거든. 그래서 고른 가문 사람들은 그를 증오하지. 나도 제롬 비냘을 좀 아는데, 얼굴이 잘생겼을 뿐만 아니라 돈도 많아. 저 늙은 남작은 술에 취하기만 하면 제롬이 나탈리에게 도망가자는 제안을 했다고 떠들어 대. 게다가, 어머 잘 들어봐……」

그 늙은 남자는 다른 사람들과 술을 마시고 있었어요. 사람들은 이것저것 캐묻는 게 재미있던지 그에게 계속해서 술을 권했어요. 그는 술이 얼큰히 취하자 비웃는 듯한 말투로 얘기를 늘어놓기 시작했습니다.

「그놈이 헛고생하고 있는 거야. 감히 우리 집안에 숨어 들어와서 내 며느리를 빼내 가려고……. 그래 봤자 헛수고야! 망할 자식! 마티아, 그놈이 가까이 오면 총으로 날려 버리라고」

그는 며느리의 손을 잡고 낄낄거리며 웃어 댔어요.

「그래도 내 며늘아기는 어떻게 처신해야 하는지 잘 알고 있지. 자기 혼자 좋다고 쫓아다니는 그런 놈한테 관심 없어한다고. 안 그러냐, 나탈리?」

나탈리는 당황해서 얼굴을 붉혔어요. 그러자 그녀의 남편인 고른이 화를 냈죠.

「아버지, 조용히 좀 하세요. 이렇게 떠들어 댈 일이 아니잖아요」

「명예에 관한 일은 공개적으로 밝힐 필요가 있어. 나한테는 고른 가문의 명예가 무엇보다 소중해. 파리 물을 먹은 그 경박한 놈의 집안과는 비교가 안 된다고……」

그는 잠시 말을 멈췄어요. 그의 앞에 어떤 남자가 서 있었거든

요. 그는 노인이 말을 끝마치길 기다리고 있던 것 같았어요. 그 남자는 키가 크고 건장한 체격의 청년이었는데 약간 거칠어 보였어요. 승마복을 입고 손에는 채찍을 들고 있었는데 눈빛이 아주 초롱초롱했지요. 더구나 그 상황에서도 이상하게 눈으로는 웃고 있는 것 같았어요.

사촌언니가 속삭였어요.

「저 사람이 제롬 비냘이야」

제롬 비냘은 전혀 당황하지 않더군요. 오히려 나탈리를 보고 공손하게 인사를 하더라고요. 마티아 드 고른이 그를 향해 한 걸음 다가서자 제롬은 마티아를 위아래로 훑어봤어요. 〈그래서 뭘 어쩌라고?〉 하는 표정으로요.

고른 남작 부자는 그의 태도에 기분이 상했는지 어깨에 메고 있던 총을 내렸어요. 그러고는 그에게 조준했죠. 남작의 아들은 정말 화가 난 것 같았어요.

하지만 제롬은 전혀 동요하지 않았죠. 아무 일도 없다는 듯이 식당 주인에게 말하더군요.

「바쇠르 씨를 보러 왔는데, 가게 문이 닫혀 있군요. 총집을 꿰매 달라고 전해 주시오」

그는 총집을 식당 주인에게 건네며 웃음 띤 얼굴로 말했어요.

「권총은 가지고 가야겠군요. 필요할지도 모르니까요. 무슨 일이 일어날지 어떻게 알겠습니까!」

그런 다음 그는 아무 말 없이 은으로 된 담뱃갑에서 담배를 꺼내 불을 붙였어요. 그러곤 밖으로 나갔죠. 창문으로 그가 말을 타고 천천히 멀어져 가는 모습이 보였어요.

고른 남작은 코냑 잔을 던지며 그에게 욕을 퍼부어 댔어요.

「젠장, 빌어먹을 놈 같으니!」

그러자 아들이 남작의 입을 막으며 의자에 앉혔죠. 그 옆에서
나탈리는 울고 있고요.

자, 이게 전부예요. 공작님도 보시면 알겠지만 그렇게 흥미진진
하거나 주의를 끄는 내용은 없어요. 수상한 점도 없고 공작님이
해야 할 역할도 없는 것 같아요. 그러니 애써 개입할 구실을 찾지
말아 주셨으면 합니다. 저도 그 가엾은 여자가 보호받길 바라고
있지만 앞에서도 말했듯이, 다른 사람의 일은 그 사람 스스로 알
아서 해결하도록 놔두고 싶습니다.

바시쿠르, 라 롱시에르 저택에서
11월 14일
오르탕스 다니엘

레닌은 그녀의 편지를 읽고 또 읽었다. 그러고는 이렇게 결론
을 내렸다.

〈자, 이제 때가 된 거야. 오르탕스는 더 이상 모험을 원하지
않아. 이번에 또 다른 모험을 하면 일곱 번째가 되니까 여덟 번째
모험이 다가오는 걸 두려워하고 있는 거야. 여덟 번째 모험은 우
리의 계약에서 특별한 의미를 갖고 있으니까. 더 이상 원하지 않
는다는 말이지. 원하면서도……, 원하지 않는 듯이 보이려고…….〉

레닌은 손을 비벼 댔다. 그는 편지를 읽으면서 자기가 조금씩
오르탕스의 마음을 사로잡기 시작한 거라고 확신했다. 편지 속에
는 오르탕스의 복잡한 감정이 그대로 담겨 있었다. 그에 대한 존
경심과 끝없는 믿음, 때때로 느끼는 불안감, 걱정, 두려움, 사랑

의 감정이 한데 어우러져 있었다. 오르탕스는 그동안 〈레닌은 그저 모험을 함께하는 동료일 뿐〉이라고 생각했다. 그래서 어색하지 않게 그를 대했으나 이제 그에게 사랑을 느끼자 점차 두려워졌다. 레닌을 받아들이고 싶은 마음과 받아들여서는 안 된다는 생각이 부딪쳐 오르탕스는 마음이 복잡했다.

그날 저녁, 레닌은 기차를 탔다. 그날은 일요일이었다.

기차는 눈 덮인 새하얀 길을 가르며 빠른 속도로 달려갔다. 이른 새벽녘이 되자 기차는 퐁피냐 마을을 8킬로미터 정도 가로질러 바시쿠르 마을에 도착했다. 레닌은 기차에서 내려 마을로 들어가는 도중에 새로운 소식을 접했다. 사람들은 지난밤에 〈우물 저택〉 쪽에서 총성 세 발이 울렸다는 얘기를 나누고 있었다. 그 말을 듣자 레닌은 이번 사건에서도 자기가 누군가에게 도움이 되리라는 사실을 예감할 수 있었다.

〈사랑과 행운의 여신은 내 편인 모양이군. 오르탕스가 말한 그 여자의 남편과 제롬이란 남자 사이에 문제가 생긴 거라면 내가 제시간에 도착한 거야.〉

레닌이 어느 호텔 안으로 들어가자 그곳에서 경찰 조사가 진행되고 있었다.

한 농부가 말했다.

「분명 세 발이었어요. 내가 분명히 들었다고요」

급사가 맞장구를 쳤다.

「저도 들었어요. 세 발이었어요. 밤 12시쯤이었는데……. 9시부터 내리던 눈이 그때 그쳤거든요. 들판 저편에서 소리가 들렸어요. 〈탕, 탕, 탕〉 하고……」

이들 외에 농부 다섯 명이 같은 내용을 증언했다. 하지만 경찰

중에는 아무도 총소리를 들은 사람이 없었다. 경찰서가 들판 맞은편에 있어서 거기까지는 총소리가 들리지 않은 모양이었다. 마티아 드 고른의 저택에서 일하는 사람 두 명도 도착했다. 이들은 금요일에 휴가를 떠났다가 오늘에서야 돌아오는 길이라고 했다. 그러나 〈우물 저택〉의 문이 잠겨 있어 곧바로 이리로 온 거라고 말했다.

「문이 잠겨 있었어요. 이런 일은 처음이거든요. 여름이나 겨울이나 마티아 씨는 매일 아침 6시에 문을 열어 놓는답니다. 그런데 벌써 8시가 지났잖습니까? 아무리 소리쳐도 아무 대답도 없고……, 그래서 이리로 왔습니다」

경사가 말했다.

「고른 남작에게 물어보지 그랬소. 바로 위쪽에 사는데……」

「이런! 그 생각을 미처 못 했네」

「그곳으로 가 봅시다」

경사 두 명이 길을 나섰다. 농부들과 열쇠 수리공도 경사를 따라갔다. 레닌도 이들을 따라나섰다.

잠시 후, 이들은 마을 끝에 있는 저택 앞에 이르렀다. 레닌은 오르탕스의 편지를 떠올리며 그곳이 고른 남작의 저택이라는 걸 알 수 있었다.

고른 남작은 말에 수레를 달고 있었다. 그는 경사의 설명을 듣고 웃으며 말했다.

「총성이 세 발 들렸다고? 〈탕탕탕〉? 하지만 마티아의 총은 2연발식인걸」

「그럼 왜 문이 닫혀 있을까요?」

「자고 있겠지. 그뿐이야. 어젯밤 나랑 같이 술을 마셨는데, 두

세 병은 마셨으니 아직 술이 깨려면 멀었을 게야. 나탈리와 늦잠을 자고 있겠지」

남작은 천막이 다 찢어진 마차 위로 올라가 채찍을 내리쳤다.

「안녕히들 가시게나. 그깟 총소리 때문에 퐁피냐에서 일주일에 한 번 열리는 장을 놓칠 수는 없지. 오늘은 월요일이지 않나. 송아지 두 마리를 내다 팔아야 한다네. 자, 그럼 수고하게나」

경사 일행은 다시 저택 쪽으로 발걸음을 옮겼다.

레닌은 경사에게 다가가 자기 소개를 했다.

「저는 라 롱시에르에 살고 있는 에르믈렝의 친구입니다. 아직은 시간이 일러서 에르믈렝의 집으로 찾아가긴 좀 그렇고……. 남은 시간 동안 저택 주변이나 좀 둘러보게 해 주십시오. 에르믈렝은 고른 부인과 친분이 있으니 무슨 일이 일어났다면 그녀도 걱정할 겁니다. 저택에는 별일이 없는 것 같으니 에르믈렝에게 걱정할 필요 없다고 알려야겠군요. 무슨 큰일은 아니겠죠?」

「누군가 침입해서 무슨 일이 일어난 거라면 눈 위에 발자국이 남아 있을 테니 금방 알아낼 수 있을 겁니다」

젊은 경사는 영리하고 일에 열심이며 매우 호의적인 사람 같았다. 그는 처음부터 빈틈없이 수사하기 시작했다. 경사는 우선 눈 위에 찍힌 발자국을 자세히 살펴보았다. 전날 마티아가 외출했다가 돌아온 듯한 발자국과 하인들의 발자국이 한데 섞여 있었다. 발자국을 따라가니 저택의 담벼락에 다다랐다. 대문은 자물쇠로 채워져 있었는데 열쇠 수리공은 손쉽게 자물쇠를 열었다.

저택 안으로 들어가니 그곳에서부터는 마티아의 발자국만 보였다. 그가 아버지와 술을 먹고 들어왔다는 사실은 틀림없는 것 같았다. 발자국은 건물을 향해 똑바로 나 있지 않고 길 가장자리에 있는 나무를 향해 어수선하게 널려 있었다.

　200미터 안쪽에는 외관이 남루해 보이는 2층짜리 우물 저택이 있었다. 우물 저택의 현관 문은 열려 있었다.

「들어갑시다」

젊은 경사가 말했다.

문지방을 넘어가던 경사가 다시 말했다.

「이런! 고른 남작을 데려왔어야 하는 건데 잘못했군. 이곳에서 싸운 흔적이 있어요」

　거실은 매우 어지럽혀져 있었다. 의자 두 개는 부서져 있었고 탁자는 뒤집힌 채였다. 그리고 유리잔과 도자기 깨진 조각이 널려 있는 것을 보니 싸움이 얼마나 격렬했는지 알 수 있었다. 바닥에 떨어져 있는 커다란 벽시계는 11시 20분을 가리키며 멈춰 있었다.

　이들은 저택에서 일하는 소녀의 안내를 받아 서둘러 2층으로 올라갔다. 마티아와 그의 아내, 둘 다 보이지 않았다. 침실 문이 부서져 있는 것을 보니 범인이 망치로 내려친 모양이었다. 망치는 침대 밑에서 발견되었다.

　레닌과 경사는 다시 아래층으로 내려갔다. 거실에는 부엌으로 가는 통로가 있었다. 부엌문을 열고 나가니 과수원으로 이어지는 작은 마당이 있고 마당 끝에 우물이 하나 있었다.

　부엌문에서 우물까지 가는 길에는 눈이 조금밖에 쌓여 있지 않았고 눈을 치운 흔적이 여기저기에 남아 있었다. 우물 주변에 어지럽게 난 발자국을 보니 이곳에서 다시 한번 싸움이 벌어진 모양이었다. 경사가 주위에 있는 다른 발자국 사이에서 좀더 선명하게 찍힌 마티아의 발자국을 찾아냈다.

이들은 다시 과수원으로 들어갔다. 발자국을 따라 삼십 미터 정도 걸어가자 권총이 떨어져 있었다. 이들을 따라온 농부 중 한 명이 이틀 전에 식당에서 본 제롬의 총이 틀림없다고 말했다.

경사는 총을 조사했다. 일곱 개의 탄창 가운데 세 개가 비어 있었다.

이제 사건의 윤곽이 드러나는 듯했다. 경사는 사람들에게 발자국이 찍혀 있는 곳에서 물러서라고 지시했다. 그러고는 혼자 우물 옆으로 가서 조사를 한 뒤 저택에서 일하는 소녀에게 몇 가지 질문을 했다. 조사를 마친 경사는 레닌에게 다가오며 말했다.

「이제 좀 알 것 같습니다」

레닌이 경사의 팔을 잡으며 말했다.

「돌리지 말고 바로 말씀해 주십시오. 이미 말씀드렸지만 전 에르믈렝의 친구이고 그녀는 제롬 비날과 고른 부인의 친구입니다. 그래서 저도 그들 사이에 무슨 문제가 있는지 충분히 알고 있죠. 그러니 말씀해 주십시오. 어떻게 추리하셨는지……」

「추리를 한 건 아닙니다. 단지 어젯밤 누가 왔다는 사실을 확인했을 뿐이죠」

「그 사람은 그럼 어느 길로 들어왔죠? 저택으로 들어온 발자국은 마티아의 발자국 하나밖에 없었잖습니까?」

「눈이 오기 전에 들어온 거죠. 9시 이전에……」

「그럼 거실 구석에 숨어 마티아가 올 때까지 기다리고 있었단 얘깁니까?」

「그렇죠. 기다리고 있다가 마티아가 들어오자 공격을 한 겁니다. 마티아가 부엌문으로 도망치자 범인은 우물까지 그를 쫓아갔고 거기서 총을 세 발 쏜 겁니다」

「그러면 마티아의 시신은 어디 있죠?」

「우물 밑에요」

레닌이 이의를 제기했다.

「아니, 왜 그런 생각을 하셨습니까?」

「눈이 내렸으니까요. 눈 위의 발자국을 살펴본 결과, 격투가 벌어지던 중 세 발의 총성이 울렸고 범인은 혼자 이곳을 떠났다는 사실을 알 수 있었습니다. 우물 옆에는 마티아의 발자국과 또 다른 발자국이 남아 있었죠. 아마 범인의 발자국일 겁니다. 그렇다면 마티아의 시신이 어디에 있겠습니까?」

「하지만 꼭 우물이라고 단정할 수는 없죠. 그 안을 살펴보셨습니까?」

「아뇨. 이 우물 밑으로 들어간다는 건 불가능합니다. 너무 깊어서요. 그래서 〈우물 저택〉이라고 부르는 거죠」

「정말…, 그렇게 생각하시는 겁니까?」

「다시 한번 말씀드리죠. 범인은 눈이 내리기 전에 이곳에 도착했고 그 다음에 마티아가 도착했습니다. 그리고 이곳을 떠난 사람은 범인 한 사람뿐입니다」

「그럼 고른 부인은요? 그녀도 살해당해 남편과 함께 우물로 던져졌다는 말입니까?」

「아뇨, 납치당한 거죠」

「납치라고요?」

「그녀의 침실 문이 망치로 부서져 있었다는 사실을 떠올려 보세요」

「하지만……, 경사님께서 이 저택을 나간 사람은 한 사람뿐이라고 하셨잖습니까?」

「저 발자국을 보시죠. 발자국의 깊이를 잘 살펴보세요. 저건 무거운 짐을 짊어진 사람의 발자국입니다. 범인은 고른 부인을 어깨에 둘러메고 집을 빠져나간 거죠」

「이쪽에 나가는 문이 있습니까?」

「네. 쪽문이 있습니다. 마티아가 쪽문 열쇠를 갖고 있었죠. 범인이 빼앗아서 그리로 달아났을 겁니다」

「들판 쪽으로 길이 있습니까?」

「네. 그 길을 따라 1.2킬로미터 정도 가다 보면 큰길이 나옵니다. 그 길로 가면 어디가 나오는지 아십니까?」

「아뇨」

「성이 있는 곳입니다」

「제롬 비냘의 저택 말입니까?」

레닌이 이를 깨물며 중얼거렸다.

「젠장! 점점 더 심각해지는걸! 성까지 발자국이 남아 있다면 제롬과 나탈리가 꼼짝없이 범인으로 몰릴 텐데……」

발자국은 제롬의 성까지 이어져 있었다. 경사 일행은 발자국을 따라 들판을 가로질렀다. 들판에는 눈이 여기저기 미끌미끌하게 굳어 있어서 걷기가 까다로웠다. 성문 앞에 쌓였던 눈은 이미 치워진 뒤라 더 이상 발자국이 보이지 않았다. 하지만 눈이 미처 치워지지 않은 곳을 보니 다른 자국이 있었다. 마차 바퀴 자국이었다. 바퀴 자국은 마을을 향해 있었다.

경사가 초인종을 눌렀다. 빗자루를 든 사람이 밖으로 나왔다. 성문에서 건물 현관까지 이어진 길에 쌓인 눈을 치우던 모양이었다. 경사가 질문을 던지자 그 사람은 제롬 비냘이 아침 일찍 일어나 직접 마차를 몰고 나갔다고 말했다.

이들은 다시 성에서 멀어져 나왔다.

레닌이 말했다.

「바퀴 자국을 따라가 보면 그자를 찾을 수 있지 않겠습니까?」

「소용없을 겁니다. 이미 기차를 타고 떠났을 테니까요」

「퐁피냐 역 말입니까? 저도 거기서 막 왔는데……. 하지만 그리로 가려면 마을을 지나야 했을 텐데요」

「맞습니다. 하지만 그들은 다른 길을 택했을 겁니다. 특급 열차를 타러 도청 소재지로 갔겠지요. 제가 도지사 사무실에 전화를 해 놓겠습니다. 열차는 11시에 출발하니까 역에서 기다리면 잡을 수 있을 겁니다」

「경사님, 정말 놀랍구려. 이런 방법으로 수사를 하시다니……」

이들은 각자 다른 길로 흩어졌다.

레닌은 오르탕스 다니엘을 만나러 갈지 잠시 생각했다가 사건이 좀더 진전된 후에 만나겠다고 결정했다. 그래서 호텔로 돌아와 오르탕스에게 편지를 썼다.

친애하는 오르탕스

당신의 편지를 읽으면서 당신이 제롬과 고른 부인의 사랑에 감동해서 그들을 보호하고 싶어한다는 느낌을 받았습니다. 그런데 여러 정황으로 볼 때, 이 두 사람이 마티아를 죽여 우물에 빠뜨리고 함께 도망친 게 아닌가 하는 의심이 생기는군요.

도착하자마자 곧바로 당신을 만나러 가지 못해 미안합니다. 사건이 아직 미궁 속에 있기 때문에……. 당신이 옆에 있으면 당신한테 신경이 쏠려 사건에 집중할 수가 없을 것 같습니다. 그러니 사건을 먼저 해결하고 찾아 뵙겠습니다.

오전 10시 반이었다. 레닌은 뒷짐을 지고 천천히 마을을 산책했다. 눈이 수북하게 쌓여 있는 시골의 경치는 매우 아름다웠다. 하지만 지금은 경치를 감상할 여유가 없었다. 그는 점심때가 다 되어서야 호텔로 돌아왔다. 그의 머릿속은 오로지 사건의 실마리를 찾을 궁리로 가득 차 있었다. 호텔 로비에도 사람들이 모여 이번 사건에 관해 잡담을 늘어놓고 있었지만 그는 저들이 무슨 얘기를 하고 있는지조차 신경 쓰지 않았다. 레닌은 방으로 올라가 잠을 청했다. 한참 후에 방문을 두드리는 소리가 들렸다.

「아니, 당신……, 당신이?」

문 밖에는 오르탕스가 서 있었다. 오르탕스와 레닌은 잠시 동안 아무 말 없이 서로를 바라보았다. 지금은 그 어떤 말도 필요치 않았다. 이들은 손을 맞잡고 다시 만난 기쁨에 취해 있었다.

잠시 후 레닌이 먼저 입을 열었다.

「제가 온 게……, 잘한 일입니까?」

오르탕스는 부드럽게 말했다.

「그럼요. 잘 오셨어요……. 기다리고 있었어요」

「그럼 기다리지 말고 절 부르지 그랬습니까? 도착하자마자 사건이 발생하는 바람에……. 그나저나 제롬과 고른 부인은 어떻게 될지 모르겠군요」

「두 사람이 체포되었다는 소식 못 들으셨어요? 급행열차를 타고 도망치려다가 잡혔대요」

「체포되었다고요? 그럴 리가……. 그렇게 무작정 체포하진 않을 텐데요. 죄가 밝혀진 것도 아니고 우선 심문부터 해야 하질 않겠습니까?」

「안 그래도 지금 경찰이 심문을 하고 있어요」

「어디서 말입니까?」

「제롬의 성에서요. 그 사람들은 죄가 없어요. 죄가 없다고요. 당신도 그 사람들이 무죄라고 생각하고 있죠?」

「아직은 아무것도 확신할 수 없습니다. 그러니 섣불리 말하기도 뭐하고……. 하지만 모든 상황이 그들에게 불리하게 돌아가고 있는 건 사실입니다. 범행 장소에 그렇게 많은 증거를 남겨 놓은 것도 그렇고……, 이상한 게 한두 가지가 아닙니다」

「그래서요?」

「그래서 정말 당황스럽군요」

「그래도 무슨 계획이 있을 거 아니에요?」

「아직까지는 없습니다. 제가 제롬 비날과 나탈리 드 고른을 직접 만나 얘기를 들어 본다면 모를까, 두 사람의 알리바이를 직접 들어 보기 전까지는 뭐라고 말할 수가 없군요. 하지만 제가 직접 심문에 참여할 수가 없으니 정말 답답합니다! 심문으로만 끝나야 할 텐데」

「성에서의 심문은 끝났어요. 하지만 우물 저택에서 다시 현장 검증을 할 거래요」

「경찰이 그들을 우물 저택으로 데리고 갔습니까?」

「네. 운전사 말로는 그래요」

「오! 그렇다면 일이 잘 풀릴 것 같군요! 우물 저택! 우리도 가 봅시다. 2층에 심문 상황을 엿볼 만한 장소가 있거든요. 사람들의 말도 똑똑히 들리고 눈을 깜빡이는 모습까지 또렷하게 볼 수 있는 곳이죠. 제가 찾던 단서를 발견할 수 있을 것 같습니다. 자, 어서 갑시다」

그는 오르탕스와 함께 아침에 우물 저택에서 돌아올 때 봐 두었던 지름길을 통해 서둘러 갔다. 저택 주위에는 보초들이 삼엄한 경비를 펼치고 있었다. 레닌과 오르탕스는 기회를 엿보다가 경찰의 눈을 피해 안으로 들어갔다. 이들은 건물 뒤편에 있는 계단으로 올라간 뒤 복도를 따라가다가 옆쪽에 난 창문을 넘어 들어갔다. 계단을 따라 올라가니 작은 방이 하나 있었다. 방 안으로 들어가니 채광창을 통해 희미한 빛이 들어오고 있었다. 채광창은 거실 위쪽으로 나 있었다. 아침에 들렀을 때 레닌은 헝겊을 덧댄 이 채광창을 눈여겨보았다. 그는 헝겊을 떼어 내고 유리 한 귀퉁이를 잘라 냈다. 잠시 후, 웅성거리는 소리가 들렸다. 우물 근처에 사람들이 모여 있는 듯했다. 사람들의 말소리는 점점 또렷하게 들려왔다. 몇몇 사람들은 2층으로 올라가고 경사와 키 큰 남자가 거실로 들어섰다.

오르탕스가 말했다.

「저 사람이 제롬 비날이에요」

「그렇습니까? 그나저나 2층에 있는 고른 부인의 방을 먼저 조사하려고 하는 모양입니다」

15분가량이 흘렀다. 2층에 있던 사람들이 다시 아래로 내려갔다. 거실에는 부지사와 서기, 경찰 간부, 형사 두 명이 있었다.

고른 부인이 들어오자 경찰 간부는 제롬에게 앞으로 나오라고 지시했다.

제롬은 오르탕스가 편지에 쓴 대로 인상이 거칠었다. 그는 전혀 불안해하지 않았다. 오히려 단호하고 결연한 모습이었다. 키가 작고 왜소한 나탈리도 전혀 흐트러짐 없는 자세로 서 있었다. 하지만 그녀의 얼굴에는 약간 불안한 빛이 서려 있었다.

부지사가 싸움이 일어났던 흔적과 방 안에 어지럽게 널려 있는 가구들을 살펴보다가 나탈리에게 의자를 내밀었다.

「여행 도중에 강제로 모시고 와 죄송합니다. 고른 부인께도 마찬가지로 죄송하다는 말씀을 드립니다. 하지만 꼭 필요한 일이니 이해해 주십시오. 먼저 제롬 씨에게 몇 가지 질문을 드리겠습니다. 혐의를 벗으려면 모든 사실을 정확히 말씀해 주셔야 합니다」

제롬이 말했다.

「부지사님, 혐의야 곧 풀릴 테니 아무 문제 없습니다. 진실이 밝혀지면 저에 대한 잘못된 소문과 비난은 모두 수그러질 겁니다」

「저희도 그 진실을 밝히기 위해 이 자리에 모인 겁니다」

「그럼 말씀드리죠」

제롬은 잠시 생각에 잠겼다가 솔직히 털어놓았다.

「전 고른 부인을 사랑합니다. 처음 만난 순간 한눈에 반하고 말았죠. 그 후로도 제 사랑은 한없이 커져 가기만 했습니다. 하지만 그녀에 대한 사랑이 불타 오를수록 그녀를 행복하게 해 주고 싶다는 생각도 커져 갔습니다. 그녀를 사랑합니다. 아니, 사랑이라기보다 존경이라고 하는 게 낫겠군요. 고른 부인이 이미 얘기했을 겁니다. 하지만 제가 다시 한번 말씀드리죠. 전 어젯밤에 처음으로 그녀와 대화를 나눠 보았습니다.

그녀는 너무나 불행하게 살아왔습니다. 그래서 더 그녀를 존경합니다. 그녀의 삶은 매 순간이 고통이었습니다. 그 사실은 누구나 다 알고 있지요. 그녀의 남편은 끝없는 증오심과 지나친 질투심 때문에 그녀를 잔인하게 학대해 왔습니다. 이 사실은 하인들에게 물어보시면 금세 알 수 있으실 겁니다. 그녀가 얼마나 많은 폭력에 시달려 왔는지, 어떤 모욕을 참고 견뎌야 했는지 말입니다. 부당하게 학대받는 사람을 발견한 사람은 개입할 권리가 있으니 저도 그녀가 더 이상 불행해지는 것을 막아 보고 싶었습니다. 저는 세 번씩이나 고른 남작을 찾아가 간청했습니다. 하지만 그럴수록 며느리에 대한 남작의 증오심만 더욱 커져 갈 뿐이었습니다. 아름답고 고상한 사람에 대한 이유 없는 증오심이랄까……. 그래서 전 그녀의 남편에게 직접 얘기해야겠다고 생각했습니다. 그래서 어제저녁, 고른 부인의 남편을 찾아갔던 겁니다. 물론 제 행동이……, 이상하게 보일 수도 있다는 건 잘 알고 있습니다. 하지만 전 마티아와는 얘기가 통할 거라고 생각했습니다. 부지사님, 전 정말 그와 얘기를 나누기 위해서 이 집에 왔을 뿐 다른 의도는 전혀 없었습니다. 전 고른 부인을 구하기 위해 마티아의 약점을 이용하기로 했습니다. 제 얘기에 한 치라도 거짓이 있다면 기꺼이 벌을 받겠습니다.

어쨌든 그래서 그를 찾아갔습니다. 9시가 조금 안 된 시각이었죠. 하인들은 모두 나가고 없더군요. 마티아가 직접 문을 열어 주었습니다. 그는 거실에 혼자 있었습니다」

부지사가 그의 말을 막았다.

「고른 부인도 제롬 씨와 같은 진술을 했지만 믿을 수가 없습니다. 고른 남작의 증언과 눈 위에 찍힌 마티아 씨의 발자국을 볼 때 마티아 씨는 어젯밤 11시 전까지는 집에 돌아오지 않았던 게 분명합니다. 눈이 내린 시간은 9시 15분부터 11시까지였으니까요」

제롬 비냘은 부지사의 말에 낯빛 하나 변하지 않고 단호하게 말했다.

「부지사님, 전 사실 그대로를 말하는 것뿐입니다. 부지사님의 말씀은 추정일 뿐이지 않습니까? 어쨌든 계속하겠습니다. 이 방에 들어온 시각은 8시 50분이었습니다. 제가 무슨 일이라도 벌일까 두려웠는지 마티아는 총을 꺼냈습니다. 전 그를 안심시키기 위해 권총을 꺼내 탁자 위에 올려놓고 의자에 앉았습니다. 그러고는 〈할 말이 있습니다. 제 얘길 좀 들어주십시오〉라고 말했습니다.

마티아는 꼼짝하지 않고 앉아서 입을 꾹 다물고 있더군요. 그래서 전 다시 말을 꺼냈습니다. 미리 생각해 두었던 말을 그대로 내뱉었죠.

〈지난 몇 달간 당신의 경제 사정을 좀 알아보았습니다. 땅은 이미 저당 잡힌 상태고 어음 지불 기한도 얼마 남지 않았더군요. 그러나 당신 재산만 가지고는 결제가 불가능할 겁니다. 사정은 당신 아버지도 마찬가지니, 당신은 머지않아 파산할 겁니다. 제가 당신을 도와드리겠습니다.〉

마티아는 여전히 말없이 절 바라보면서 앉아 있더군요. 그가 제 말에 이의를 제기하지 않았다는 건 제 말이 불쾌하게 들리지 않았다는 뜻 아닙니까? 그래서 전 주머니에서 수표를 꺼내 그에게 내밀며 말했습니다.

〈6만 프랑입니다. 이 우물 저택의 토지와 부속 건물을 제가 사겠습니다. 그에 딸린 부채도 제가 맡죠. 현 시세의 두 배는 될 겁니다.〉

그의 눈이 빛나더군요. 그가 물었습니다.

〈조건은?〉

〈하나뿐입니다. 당신이 미국으로 떠나는 겁니다.〉

부지사님, 저는 마티아와 두 시간 동안 얘기를 나눴습니다. 그는 제 제안에 전혀 화를 내지 않더군요. 마티아가 어떤 사람인지 미리 알았다면 전 다른 방법을 택했을 겁니다. 그는 더 많은 걸

요구하더군요. 저희는 둘 다 나탈리의 이름을 입 밖에 내지는 않았습니다. 하지만 그는 제가 그녀를 위해 왔고 그녀를 위해 더 많은 것을 내놓을 수 있다고 판단했는지 점점 더 욕심을 부리더군요. 한 여자의 운명과 행복이 달려 있는 일이었으므로 전 어쩔 수 없이 합의를 보기 위해 애를 쓸 뿐이었습니다. 지루한 줄다리기 끝에 마침내 저희는 합의를 이뤄 냈습니다. 전 당장 계약서를 작성하자고 졸랐습니다. 저희가 작성한 계약서는 두 가지였습니다. 하나는 제가 제시한 금액에 우물 저택을 넘긴다는 매도 계약서였고, 또 하나는 그가 이혼하고 나면 우물 저택의 매입 금액과 동일한 액수를 미국에 있는 그의 계좌로 송금한다는 각서였습니다.

일단 그와의 대화는 그렇게 끝났습니다. 저는 돌아갈 채비를 했습니다. 전 그가 계약 내용에 만족할 거라 생각했습니다. 그래서 아무 의심 없이 일어섰습니다. 그는 제가 지름길을 통해 집으로 돌아갈 수 있도록 쪽문 열쇠까지 주더군요. 그런데 제가 모자와 코트를 집어 들 때 매도 계약서를 탁자 위에 올려놓은 게 잘못이었습니다. 순간 마티아는 돈과 아내를 동시에 가질 수 있는 기회라고 생각한 모양입니다. 그는 재빨리 계약서를 뺏더니 총의 개머리판으로 제 머리를 후려치고 나서 두 손으로 제 목을 조르기 시작했습니다. 절 우습게 생각했던 거죠. 하지만 제가 힘이 더 셌습니다. 저희는 잠시 몸싸움을 벌였는데 제가 곧 마티아를 때려눕혀서 구석에 놓여 있던 끈으로 묶었습니다.

부지사님, 어디까지나 마티아가 갑작스럽게 절 먼저 공격한 겁니다. 전 전혀 그와 싸울 마음이 없었다고요. 어쨌든 그가 계약 조건을 받아들였고, 전 마티아가 계약 내용을 지키도록 하기만 하면 되었으니까요. 그러다가 전 2층으로 올라갔습니다.

전 고른 부인이 2층에 있고 또 저희가 싸우는 소리도 들었을 거라고 생각했습니다. 2층에는 방이 네 개 있었습니다. 전 손전등을 켜고 하나씩 들여다보았습니다. 그런데 네 번째 방이 잠겨 있더군요. 문을 두드렸지만 대답이 없었습니다. 그렇다고 그냥 물러설 수는 없었죠. 다른 방을 찾아보다가 우연히 봤던 망치가 생각나서 가져와 문을 부쉈습니다. 안으로 들어가니 나탈리는 죽은 사람처럼 마룻바닥에 누워 있더군요. 기절한 것 같았습니다. 그래서 그녀를 안고 1층으로 내려와 부엌문으로 나갔습니다.

바깥에는 눈이 내리고 있더군요. 눈 위에 발자국이 남으면 추적당할지도 모른다는 생각이 들었습니다. 하지만 그건 중요하지 않았죠. 전 이렇게 생각했어요.

〈뭘 두려워하는 거지? 마티아가 따라올까 봐? 아냐, 두려워할 필요 없어. 마티아는 이미 6만 프랑도 손에 쥐었고 이혼하면 다시 6만 프랑을 받기로 되어 있는데……. 그는 이 집과 땅에 대해서 더 이상 할 말이 없을 거야. 나탈리도 내게 맡기고 떠나겠지. 우리 계약 내용은 달라진 게 없어. 단지 그와 정식으로 이혼을 하기 전에 나탈리를 데려간다는 것만 빼고는.〉

전 마티아의 공격 따윈 두렵지 않았습니다. 단지 그가 나탈리에 대해 안 좋은 소문을 퍼뜨릴까 두려울 뿐이었죠.

제가 아무런 가책 없이 그녀를 납치한 이유는 바로 그 때문이었습니다. 사랑은 사랑을 부르는 법이죠. 그날 밤 제 집에서 그녀는 자기 마음을 솔직히 털어놓았습니다. 그녀도 절 사랑하고 있었어요. 이미 저희 운명은 한데 얽혀 있었던 거죠. 그래서 저희는 오늘 새벽 5시에 이 마을을 떠나기로 했습니다. 이런 일이 생길 거라고는 전혀 예상하지 못했습니다」

제롬의 이야기가 끝났다. 그는 외워 둔 내용을 말하는 것처럼 이야기를 술술 풀어 냈다.

잠시 침묵이 흘렀다. 오르탕스가 레닌에게 속삭였다.

「정말 사실인 것 같아요. 앞뒤가 딱 들어맞잖아요」

레닌이 말했다.

「아직 반문을 하지 않았으니 들어봅시다. 딱 들어맞는 얘기라도 반문할 내용이 한 가지는 있으니까요……」

부지사가 말했다.

「그러면 마티아는 어떻게 된 겁니까?」

「마티아요?」

「당신이 진지하게 말하는 모습을 보니 저도 믿고 싶지만……, 당신이 잊고 있는 게 있습니다. 마티아 드 고른에게 일어난 일 말입니다. 중요한 건 바로 그 점이죠. 당신은 이 방에서 마티아를 끈으로 묶어 두었다고 했지만 그는 방 안에 없었습니다」

「그거야 당연하죠. 부지사님, 마티아는 제 제안에 동의하고 떠난 겁니다」

「어디로요?」

「아버지 집으로 갔겠죠」

「하지만 발자국이 없지 않습니까? 그리로 갔다면 눈 위에 발자국이 남아 있을 텐데, 당신이 나갈 때 찍힌 발자국은 있지만 마티아가 나간 흔적은 없습니다. 그는 집에 들어온 후 다시 나가지 않았습니다. 그렇다면 어디로 갔을까요? 아무런 흔적이 없습니다. 아니……」

부지사는 목소리를 낮췄다.

「우물가에 발자국이 남아 있었습니다. 싸움은 그곳에서도 있었

다는 뜻이죠. 그리고 그 다음에는 아무 흔적이 없습니다. 아무것
도……」

제롬이 어깨를 으쓱하며 말했다.

「그럼 지금 제게 살인 혐의가 있다는 말씀이십니까? 어이가 없
어 뭐라 드릴 말씀이 없군요」

「우물에서 20미터 떨어진 지점에서 당신의 권총이 발견되었습
니다. 그건 어떻게 설명하실 거죠?」

「글쎄요, 저도 모르는 일입니다」

「마을 주민들의 말에 따르면 총성이 세 번 들렸다고 했습니다.
마침 당신 권총의 탄창도 정확하게 세 발이 비어 있습니다. 이게
우연일까요?」

「마티아는 이 방에 묶어 놓고 나갔는데……, 우물 옆에서 다시
싸움을 벌이다니……, 말도 안 됩니다. 또 저는 권총을 풀어 놓
은 걸 깜빡하고 이 방에 두고 갔습니다. 그러니 전 총도 갖고 있
지 않았죠. 총성이 들렸다 해도 제가 쏜 게 아닙니다」

「그럼 우연의 일치란 말씀이십니까?」

「그건 경찰이 증명해야 할 문제 같은데요. 전 제가 알고 있는
것밖에 말씀드릴 수가 없군요」

「정말 이 증거들을 부인하실 겁니까?」

「뭔가 잘못된 겁니다」

「알겠습니다. 하지만 경찰 조사 후 당신의 진술이 사실로 밝혀
질 때까진 당신을 구금해야겠습니다」

「그럼, 나탈리는요?」

부지사는 아무 대답도 하지 않았다. 그는 경찰 간부와 상의하
더니 형사를 불러 제롬을 데려가도록 했다.

부지사는 이제 나탈리에게 질문을 시작했다.

「고른 부인, 제롬의 증언은 부인의 말과 모두 일치합니다. 제롬은 부인을 납치할 때 부인이 기절한 상태였다고 하더군요. 그가 업고 가는 동안 부인은 의식이 없었습니까?」

침착하게 행동하는 제롬을 보며 나탈리도 자신감을 얻은 것 같았다.

「전 성에 도착한 다음에 의식을 회복했어요」

나탈리가 대답했다.

「참 이상하군요. 마을 사람들은 거의 모두가 총성을 들었다고 했는데, 총소리를 듣고도 깨지 않았다는 말씀이십니까?」

「전 아무 소리도 듣지 못했어요」

「그럼 우물 옆에서 있었던 일에 대해서는 기억 나는 게 없습니까?」

「없어요. 그런 일은 없었을 겁니다. 제롬 씨가 한 말이 사실일 거예요」

「좋습니다. 그럼 부인의 남편은 어떻게 된 겁니까?」

「저도 모르겠어요」

「고른 부인, 경찰에 도움이 될 만한 게 있으면 말씀해 주셔야 합니다. 부인 생각이라도 말씀해 보세요. 이번 사건이 우연한 사고라고 믿으십니까? 마티아가 아버지와 술을 많이 마시는 바람에 우물가에서 균형을 잃고 떨어졌을 수도 있다고 생각하세요?」

「마티아는 그렇게 많이 취하지 않았어요」

「하지만 그의 아버지 말에 따르면 그는 만취한 상태였다던데요? 코냑 두세 병을 같이 마셨다고 했으니까요」

「아니에요」

「눈 위의 발자국을 보세요. 발자국이 구불구불 나 있는 것으로 보아 술에 취한 것이 분명합니다. 고른 남작의 말을 믿을 수밖에요」

부지사가 신경질적으로 말했다.

「마티아는 8시 반경에 돌아왔어요. 그때는 그렇게 눈이 많이 내리지 않았어요」

부지사가 주먹으로 탁자를 내려치며 말했다.

「계속 이렇게 거짓말을 하실 겁니까? 그럼 발자국이 거짓말이라도 하고 있다는 말입니까? 부인할 만한 걸 해야죠. 뻔히 발자국이 남아 있는데……」

창 밖에 경찰차가 도착하는 모습이 보이자 부지사가 서둘러 결정을 내렸다.

「부인께서는 별도 지시가 있을 때까지 이 집을 떠나지 마십시오」

사건은 두 연인에게 불리하게 돌아가고 있었다. 겨우 함께 있게 된 이들은 또다시 떨어져 살인범이라는 누명을 벗기 위해 싸워야 할 판이었다.

제롬이 나탈리에게 다가갔다. 두 사람은 슬픈 눈으로 오랫동안 마주보고 있었다. 제롬은 나탈리에게 작별인사를 하고 경사를 따라 대문 쪽으로 걸음을 옮겼다.

그때 누군가가 외치는 소리가 들렸다.

「멈춰요. 경사님! 오른쪽입니다……, 옆으로 고개를 돌려 보세요. 제롬, 거기 멈춰요」

위쪽에서 누군가의 목소리가 들렸다. 부지사뿐 아니라 그곳에 있던 사람들이 모두 깜짝 놀라 위를 쳐다보았다. 채광창 구멍으로 레닌이 팔을 내밀어 흔들고 있었다.

「제 말을 한번 들어 보십시오……, 몇 가지 말씀드릴 게 있습니다. 특히 삐뚤게 나 있는 발자국에 대해서 말입니다. 문제의 핵심은 바로 그 발자국이니까요. 마티아는 어젯밤 만취한 상태가 아니었습니다」

레닌은 엎드리고 있던 자세에서 일어나 다시 창 아래로 두 다리를 내밀었다. 오르탕스가 놀라 팔을 붙잡자 레닌이 말했다.

「당신은 여기서 기다려요. 아무도 이곳으로 올라오진 않을 테니까」

레닌은 오르탕스의 손을 놓고 거실 바닥으로 뛰어내렸다. 부지사가 놀라 소리쳤다.

「아니, 이런! 당신은 누구요? 어디에서 나오는 거요?」

레닌이 옷에 묻은 먼지를 떨어내며 대답했다.

「죄송합니다. 다른 사람들처럼 정문으로 들어올걸 그랬나 봅니다. 하지만 워낙 급해서 이렇게 예의도 차리지 못하고 끼어들게 되었습니다. 그래도 문으로 들어오는 것보단 구멍에서 나오는 게 더 재미있지 않습니까?」

부지사는 화를 내며 그의 앞으로 달려왔다.

「당신은 뭐 하는 사람이오?」

「전 레닌 공작이라고 합니다. 오늘 아침, 경사님이 사건 조사를 하는 동안 이곳에 함께 있었습니다. 안 그렇습니까, 경사님? 전 오늘 하루 종일 이 사건을 풀 수 있는 단서를 찾아다녔습니다. 제가 저곳에 숨어 있던 이유는 제롬과 나탈리의 말을 들어 보기 위해서였습니다」

「저기서? 이런 무례한 사람을 봤나……」

「상황이 워낙 다급하다 보니 예의를 차릴 틈이 없었습니다. 제가 이렇게라도 하지 않았다면 작지만 매우 중요한 단서를 찾아내지 못했을 겁니다. 마티아가 술에 취하지 않았다는 사실 말입니다. 이번 사건의 열쇠는 바로 그겁니다. 이제 열쇠를 찾았으니 사건은 다 해결된 셈이죠」

부지사는 모욕을 당한 기분이었다. 비공개 심문을 하면서 경비를 제대로 하지 않은 것은 자신의 불찰이기 때문이다. 그렇다 보니 레닌만 비난할 수도 없었다.

부지사가 화를 내며 말했다.

「그래서 대체 어쩌자는 거요?」

「몇 분만 시간을 주십시오」

「뭐 하러?」

「제롬 비냘과 나탈리 드 고른의 무죄를 증명해 보이겠습니다」

레닌의 태도는 단호했다. 거실에는 폭풍 전야 같은 긴장감이 흘렀다. 오르탕스는 온몸에 전율을 느꼈다. 그녀는 레닌의 모습을 보며 자신감이 생겼다. 그리고 갑자기 감정이 북받쳐 오르는 것을 느꼈다.

〈이제 저 두 사람은 살았어. 두 사람을 보호해 주길 간절히 원했더니 정말 그가 저들을 절망에서 구출하는구나.〉

제롬과 나탈리에게도 희망이 생긴 듯했다. 그들은 처음 보는 낯선 남자에게서 자신들이 함께 있어도 좋다는 허락을 받기라도 한 듯이 서로 꼭 붙어 서 있었다.

부지사가 머쓱한 표정을 지으며 말했다.

「이제 곧 파리 검찰청에서 이들의 무죄를 입증하는 데 필요한 조치를 취할 거요. 그때 검찰로 나오시오」

「아닙니다. 지금 이 자리에서 저 두 사람의 무죄를 입증해 보이겠습니다. 좀더 지체하다간 끔찍한 결과가 생길지도 모르니까요」

「시간이 없소」

「2, 3분이면 됩니다」

「그렇게 짧은 시간 안에 사건을 해결할 수 있다는 거요?」

「네. 그 이상은 필요 없습니다」

「그렇게 자신 있소?」

「네. 오늘 아침부터 내내 생각하고 있었으니까요」

부지사는 레닌의 끈질긴 태도에 손을 들고 말았다. 그러고는 빈정거리듯 물었다.

「그럼 지금 마티아가 있는 장소가 어디요?」

레닌이 손목시계를 들여다보며 말했다.

「파리에 있습니다」

「파리에 있다고? 그럼 살아 있다는 거요?」

「네. 살아 있습니다!」

「좋아요. 그렇다면 우물 주변에 난 발자국은 누구 거요? 또 과수원에서 발견된 권총과 세 발의 총성은 어떻게 된 겁니까?」

「간단합니다. 위장이죠」

「뭐라고? 누가 위장을 해 놓았다는 거요?」

「마티아입니다」

「재밌군. 그렇게 한 목적은 뭐라 할 거요?」

「죽은 척해서 제롬에게 죄를 뒤집어씌우려고 했던 겁니다」

「아주 기발한 생각이군」

부지사는 비아냥거렸다.

그가 제롬을 보며 물었다.

「당신 생각은 어떻습니까?」

「제 생각도 레닌 공작님과 마찬가지입니다. 제가 떠나고 나자 마티아는 저희 두 사람에 대한 증오심 때문에 이런 음모를 꾸민 겁니다. 그는 자기 아내를 사랑하면서 동시에 미워했어요. 그리고 절 무척이나 혐오했죠. 저희에게 복수를 하려고 했던 게 분명합니다」

「그게 사실이라면 마티아는 처벌받아 마땅하죠. 하지만 마티아가 당신에게서 6만 프랑을 더 받기로 했다고 하지 않았습니까?」

레닌이 끼어들었다.

「부지사님, 마티아는 다른 데서도 돈을 받게 되어 있었습니다. 고른 씨 부자의 금융 거래 내역을 조사해 보니 마티아는 생명 보험을 들었더군요. 수령인은 그의 아버지, 고른 남작입니다」

부지사가 웃으며 물었다.

「그럼 고른 남작이 공범이란 말이오?」

「그렇습니다, 부지사님. 부자가 함께 짜고 벌인 사건이죠」

「그럼 마티아는 고른 남작의 집에 있겠군?」

「어젯밤엔 그랬습니다」

「그럼 그 후에는?」

「퐁피냐 역에서 기차를 타고 떠났습니다」

「말도 안 되오」

「아닙니다. 사실입니다」

「그럴 수도 있겠지. 하지만 증거가 없지 않소?」

부지사는 레닌의 대답을 기다리지 않았다. 그는 레닌에게 너무 과분한 호의를 베풀었다고 생각하며 이제 그만 이야기를 끝내려 했다.

248

부지사가 모자를 집어 들며 다시 한번 말했다.

「증거가 없지 않소, 증거가! 특히……, 눈 위에 난 발자국에 대해서는 반론을 제기할 수가 없소. 마티아가 아버지 집으로 갔다면 무슨 흔적이라도 있어야 하지 않겠소? 도대체 어딜 통해서 갔다는 거요?」

「세상에. 그건 제롬 비냘이 이미 말하지 않았습니까? 이 길을 통해서 고른 남작의 집까지 간 거라고요!」

「눈 위에 발자국이 없잖소」

「아니오. 발자국이 있습니다」

「들어온 발자국만 있고 나간 발자국은 없소」

「같은 발자국이니까요」

「뭐요?」

「그렇습니다. 걷는 방법은 여러 가지가 있죠. 반드시 앞으로만 걸으란 법은 없으니까요」

「그럼 어떻게 걸어 나갔다는 말이오?」

「뒤로 걸어 나간 겁니다」

그의 너무나 간단 명료한 대답에 잠시 침묵이 흘렀다. 사람들은 레닌이 무슨 뜻으로 하는 말인지 곧바로 알아차렸다. 현실적인 상황을 고려해 보아도 전혀 무리가 없는 추리였다. 이제는 사람들도 그의 말이 유일한 진실이라고 느끼는 것 같았다.

레닌이 창문 쪽으로 뒷걸음질하며 말했다.

「자, 보세요. 창가로 가고 싶을 때 꼭 앞으로 걸어야 한다는 법이라도 있습니까? 어쨌든 창가까지 가기만 하면 되죠. 그리고 뒤로 걷는 일도 그다지 어렵지 않습니다」

걸음을 멈추고 레닌은 단호하게 말했다.

「이 점이 바로 사건의 핵심입니다. 눈이 오기 전, 8시 반경에 마티아는 이미 집에 돌아와 있었습니다. 제롬은 그로부터 20분 뒤에 왔죠. 두 사람은 오랫동안 대화를 나눴습니다. 그러다가 싸움이 벌어진 겁니다. 거기까지 세 시간이 걸렸고, 그 후 제롬은 나탈리를 업고 집을 빠져나갔습니다. 마티아는 화가 머리끝까지 났습니다. 밖에는 눈이 내리고 있었죠. 마티아는 지금이 그들에게 복수할 절호의 기회라고 생각했습니다. 그래서 다른 사람이 자기를 살해해서 우물에 빠뜨린 것처럼 위장했고 뒤로 걸으며 발자국을 남긴 겁니다. 그러니 눈 위에 그가 떠난 발자국은 없고 들어온 발자국만 남은 거죠」

부지사는 더 이상 비웃지 않았다. 이제는 이 기이한 침입자를 무시할 수 없다고 생각했다. 아니 오히려 그가 구세주로 보이기까지 했다.

「그럼 마티아는 어떻게 아버지의 집을 떠난 겁니까?」

부지사가 물었다.

「간단합니다. 마차를 타고 떠난 거죠」

「마차를 몬 사람은 누구였습니까?」

「그 사람 아버지입니다. 오늘 아침, 경사님과 함께 그 마차를 보았습니다. 고른 남작이 장에 간다는 말을 하며 마차를 타고 떠났죠. 하지만 그는 마차 속에 아들을 숨겨 놓았던 겁니다. 마티아가 퐁피냐에서 기차를 탔으면 지금쯤 파리에 도착해 있을 겁니다」

레닌이 말한 것처럼 설명은 오래 걸리지 않았다. 그는 실제 있을 수 있는 개연성에 기초를 두어 논리적으로 사건을 설명했다. 이제 그들이 풀려고 애쓰던 수수께끼의 미심쩍은 부분은 조금도 남아 있지 않았다. 더 이상은 논쟁을 벌일 여지도 없었다.

나탈리는 기쁨에 겨워 눈물을 흘렸다. 제롬 비냘은 마술처럼 단번에 상황을 반전시킨 레닌에게 감사의 말을 건넸다.

레닌이 말했다.

「부지사님, 저와 함께 발자국을 조사해 보시겠습니까? 경사님과 제가 오늘 아침에 살펴보긴 했지만 저희는 범인의 발자국에만 초점을 맞췄지 마티아의 발자국은 세심히 관찰하지 않았거든요. 그게 실수였습니다. 어째서 그 생각을 하지 못했는지⋯⋯. 어쨌든 사건의 매듭을 풀려면 그 발자국을 살펴봐야 합니다」

이들은 발자국을 따라 우물이 있는 곳으로 갔다. 조사는 그리 오래 걸리지 않았다. 마티아의 발자국은 제롬의 발자국과 달리 어딘가 어색하면서 발 앞부분이나 뒤꿈치 부분만 더 깊게 패어 있었다. 게다가 보폭도 각기 달랐다.

「뒷걸음질을 쳤으니 당연할 수밖에요. 진짜처럼 보이게 하려면 미리 연습을 했어야 했는데 그러지 못한 거죠. 그의 아버지나 마티아 둘 다 발자국이 어설프다는 걸 느낀 겁니다. 적어도 저쪽에 갈지자로 난 발자국을 보면서는 그런 생각을 했을 겁니다. 그래서 고른 남작이 아들이 만취했다고 말을 했지요. 저는 고른 부인이 마티아가 술에 취하지 않았다고 하는 말을 듣고 이 발자국들에 대해 생각해 보았습니다. 그러다가 진실을 알게 된 겁니다」

부지사는 레닌의 공을 솔직하게 인정할 수밖에 없었다. 부지사는 빙그레 웃으며 말했다.

「그 사기꾼을 잡으려면 형사를 보내는 방법밖에 없겠군요」

레닌이 물었다.

「무슨 죄목으로 그자를 잡습니까, 부지사님? 마티아는 범법 행위를 저지른 게 없는데요. 우물 주변에 발자국을 남겼다고 죄가 되는 건 아니죠. 남의 총을 공중에 세 번 쏜 것도, 아버지 집까지 뒤로 걸어서 간 것도 죄는 아닙니다. 그런데 그에게 무슨 혐의를 씌운단 말입니까? 6만 프랑에 대해서요? 제롬 씨도 그건 원치 않을 겁니다. 제롬 씨는 절대 마티아를 고소하지 않을 겁니다」

「물론입니다」

제롬이 말했다.

「그렇다면 멀쩡히 살아 있는 사람의 보험금은 어떻게 될까요? 만약 고른 남작이 보험금을 수령하면 모를까 지금으로서는 그에게도 아무 죄가 없습니다. 아니, 그리고 저길 좀 보십시오. 고른 남작입니다. 제때에 나타나는군요」

고른 남작이 걸어오고 있었다. 남작은 얼굴을 찌푸린 채 슬픔과 분노를 표현하려고 애쓰고 있었다.

「내 아들은 어디에 있소? 이놈이 내 아들을 죽였어! 마티아를 잔인하게 살해하다니……. 나쁜 놈, 비냘!」

남작은 소리를 지르며 제롬에게 주먹을 휘둘렀다.

부지사가 퉁명스럽게 내뱉었다.

「한마디만 하죠. 보험금을 청구하실 생각인가요?」

「글쎄, 마티아가 죽었으니……」

「당신 아들은 죽지 않았소. 게다가 그를 마차 속에 숨겨 역으로 데려다 준 공범이 바로 당신이라고 하던데요」

고른 남작은 땅바닥에 침을 뱉었다. 그는 선서라도 할 것처럼 한 손을 엉거주춤하게 올리고 잠자코 서 있었다. 잠시 후 남작은 파렴치하게도 태도를 바꿔 타협적인 자세로 나왔다.

「이런 병신 같은 놈! 자기가 죽었다고 믿게 만들려 하다니……. 나쁜 놈! 그러고는 보험금을 타서 보내 달라고? 내가 그런 더러운 일에 동조할 거라고 생각하는 모양이지? 넌……, 날 아직 몰라!」

남작은 웃음을 터뜨리며 말했다.

그는 마치 흥이 난 광대처럼 신나게 떠들어 댔다. 그러다가 이제 더 이상 이곳에 머물 필요가 없다고 생각했는지 아들이 남겨 놓은 발자국을 밟으며 돌아갔다.

레닌이 오르탕스를 데려다 주기 위해 우물 저택으로 돌아왔을 때 그녀는 이미 사라지고 없었다. 레닌은 에르믈렝의 집으로 찾아갔다. 하지만 오르탕스는 사촌 언니를 통해 피곤해서 쉬고 싶다는 말만 전해 왔다.

「좋아! 생각대로군. 그녀가 날 피하고 있다는 건……, 날 사랑한다는 얘기나 다름없어. 이제 결실을 맺을 날이 머지않았군」

헤르메스

친애하는 오르탕스 다니엘 부인

2주 동안이나 편지가 없군요. 우리가 모험을 끝내기로 약속한 12월 5일이 오기 전에는 당신과 만나지 못할까 봐 걱정이 됩니다. 이번 모험을 끝으로 당신은 이미 흥미를 잃은 우리의 계약도 끝나는군요. 우리가 함께했던 일곱 번의 모험은 제게 끝없는 기쁨과 열정의 시간이었습니다. 바로 당신이 옆에 있었기 때문이죠. 당신이 있었기에 저는 좀더 활기 있고 감동적인 모험을 할 수 있었던 겁니다. 비록 말로 표현하지는 못했지만 정말 행복했습니다. 그저 당신이 기뻐하는 모습을 보고 싶었을 뿐 당신을 향한 마음은 들키고 싶지 않았으니까요.

이제 당신은 저 같은 친구가 필요 없는 모양이군요. 어쨌든 선택은 당신이 하는 것이니 당신이 어떤 선택을 하시든 이의를 제기하고 싶은 마음은 없습니다. 하지만 우리가 약속한 마지막 모험을 한번 생각해 보십시오.

문득 당신이 했던 그 말이 생생하게 떠오르는군요.

〈블라우스에 다는 오래된 브로치를 찾아 주셨으면 좋겠어요. 금속 테두리에 홍옥수를 박아 넣은 거예요. 어머니께서 항상 끼고 다니시던 건데 제게 물려주셨죠. 사람들은 그 브로치가 행운을 불러온다고들 했어요. 실제로 제게 행운을 가져다 주기도 했고요. 매우 소중히 여기는 브로치라서 보석 상자에 넣고 잘 잠가 두었는데, 어느 날 열어 보니 사라지고 만 거예요. 그 뒤로는 점점 불행한 일만 일어났어요. 천재 탐정님! 그 브로치를 찾아 주세요.〉

언제 잃어버렸냐고 하니까 당신은 웃으면서 이렇게 대답했죠.

〈7년 전……, 아니면 8년 전……. 아니면 9년 전……. 잘 모르겠어요. 어디에서 잃어버렸는지도 모르겠고……, 어떻게 잃어버린 건지도……. 전 아무것도 모르겠어요.〉

그냥 저를 시험해 보는 것은 아닌지, 제가 그 브로치를 찾아내지 못하리라 생각하고 일부러 그런 조건을 붙인 것은 아닌지 생각하면서도 저는 당신의 조건을 받아들이고 꼭 약속을 지키겠다고 말했습니다. 애지중지하던 행운의 브로치가 없어져 당신이 아직도 불행하다고 느낀다면 그동안 당신을 행복하게 해 드리려고 애썼던 저의 노력은 아무 소용 없었다는 얘기가 되겠군요. 하지만 당신의 생각을 하찮은 미신이라고 비웃을 마음은 없습니다. 미신도 무엇인가 이루는 데 중요한 동기가 될 수 있으니까요.

오르탕스! 당신이 절 도와준다면 우리는 한 번 더 승리를 일구어 낼 겁니다. 시간에 쫓겨 저 혼자 사건을 해결하려다 보니 아직 브로치를 찾지는 못했습니다. 하지만 만약 당신이 함께해 준다면 반드시 찾아낼 겁니다.

이 마지막 모험에 당신도 함께하리라 믿습니다. 합의하에 계약을 했으니 그건 지켜야겠죠. 우린 정해진 시간 내에 여덟 번의 모험을 끝내기로 했습니다. 지금까지 힘과 끈기와 예지, 그리고 약간의 영웅심까지 총동원하여 사건을 해결했습니다. 그리고 이제 마지막 모험이 남아 있습니다. 12월 5일, 시계 종이 여덟 번울릴 때까지 그 모험을 마칠 수 있을지 없을지는 당신에게 달려있습니다.

12월 5일이 되면 당신은 다음과 같이 행동해 주십시오. 오르탕스! 지금부터 제가 말씀드리는 사항은 이 일을 성공적으로 마치기위해 준비한 것입니다. 그러니 혹시 제 말이 말도 안 된다고 생각하더라도 그냥 무시하지는 말기 바랍니다.

지난번에 사촌 언니 댁에 가 보니 그곳 정원 등나무가 자라고있더군요. 우선 그 등나무 줄기를 얇게 잘라 세 가닥으로 만든 뒤한데 엮어 양쪽 끝을 묶어 주시기 바랍니다. 어린이들이 갖고 노는 승마용 채찍처럼 만드시면 됩니다.

그런 다음, 파리로 와서 흑옥으로 만든 긴 목걸이를 하나 사세요. 그리고 크기가 같은 알만 일흔다섯 개 골라 다시 이어 목에걸면 됩니다. 겨울 코트 안에는 파란색 모직 원피스를 입으세요. 머리에는 챙 없는 모자를 쓴 후 갈색 나뭇잎으로 장식하세요. 목에는 긴 모피 목도리를 하고 손에는 장갑이나 반지를 끼지 마세요.

오후에는 택시를 타고 센 강 왼편을 따라가 보세요. 그러면 생테티엔뒤몽 성당이 나올 겁니다. 오후 4시가 되면 검은 옷을 입은중년 여인이 성당 안에 있는 성수대 근처에 나타나 은으로 만든묵주를 세며 기도를 할 겁니다. 그녀가 당신에게 성수를 줄 테니 그녀에게 목걸이를 보여 주십시오. 그녀가 목걸이 알을 세어 보고 나서 다시 돌려줄 겁니다. 그리고 그녀를 따라가세요. 그녀는 센 강을 건너 생루이 섬에 있는 한적한 거리를 지나 어떤 건물로 들어갈 테니 당신도 따라 들어가십시오.

건물 1층에는 피부가 창백한 젊은 남자가 한 명 있을 겁니다. 당신은 들어가 코트를 벗고 이렇게 말을 건네세요.

〈블라우스에 다는 브로치를 찾으러 왔습니다.〉

그 사람이 당황하거나 공포에 질린 표정을 짓더라도 너무 놀라지 마십시오. 그 사람 앞에서는 절대로 침착해야 합니다. 만약 이 것저것 물으면서 무슨 브로치를 말하는 거냐고 시치미를 떼도 자세한 설명은 하지 마십시오. 이렇게만 하면 됩니다.

〈제 물건을 찾으러 왔어요. 난 당신이 누군지 이름이 뭔지도 모릅니다. 어쨌든 내 브로치를 가져가야겠어요. 반드시 가져가야겠어요.〉

그 사람이 뭐라고 하든 어떤 연기를 하든, 침착하고 단호하게만 대처한다면 그 물건을 되찾을 수 있을 겁니다. 하지만 가능한 한 빨리 일을 끝내야 합니다. 자신감을 가지고 성공할 거라 믿으세요. 그래야만 원하는 물건을 찾을 수 있습니다. 그를 단번에 쓰러 뜨려야 하는 겁니다. 침착하게만 행동하면 당신이 이길 겁니다. 그러나 당신이 주저하거나 불안한 모습을 보이면 지게 됩니다. 그 남자는 당신의 등장에 처음엔 당황해서 쩔쩔매다가도 당신이 약한 모습을 보이면 금세 태도를 바꿀 테니까요. 그럼 브로치를 찾을 수 없게 됩니다. 재빨리 성공을 이루어 내든가 실패하든가 두 가지 결과밖에 없습니다.

당신이 마지막 모험을 위해 기꺼이 저의 말을 따라 주시리라 믿습니다. 오르탕스, 제가 당신을 위해서 할 수 있는 일은 오직 이 것뿐입니다. 제게 활력을 주었던 당신에게 정말 고맙다는 인사를 전하고 싶습니다.

11월 30일 파리에서
레닌

오르탕스는 편지를 읽고 서랍 깊숙이 집어넣으며 단호하게 말했다.

「가지 않을 거야」

오르탕스는 그 브로치가 행운을 가져다 준다고 믿었기 때문에 소중하게 여겼다. 하지만 이제 그녀는 자신의 인생에서 시련은 끝났다고 생각했기 때문에 더 이상 브로치를 찾는 일에 흥미가 없었다. 또한 그녀는 다음 모험을 의미하는 〈8〉이란 숫자를 잊지 않고 있었다. 그러나 여덟 번째 모험에 뛰어드는 일은 끊어졌던 고리를 다시 잇고 레닌의 곁으로 돌아간다는 것을 의미한다. 그렇게 되면 그의 현란한 말재주에 끌려 다시 그의 매력에 빠질 게 뻔하다는 생각이 들었다.

12월 5일이 되기 이틀 전까지도 오르탕스의 마음은 바뀌지 않았다. 바로 전날 아침까지도 마찬가지였다. 그러다가 그녀는 갑자기 이런 망설임을 떨쳐 버리고 정원으로 달려갔다. 그녀는 등나무 줄기를 잘라 어렸을 때 가지고 놀던 채찍을 만들었다. 정오에는 퐁피냐 역에 도착했다. 그녀는 갑자기 솟아오르는 호기심을 억누를 수 없었다. 그녀는 레닌이 이번 모험을 통해 가져다 줄 새로운 감동과 재미를 포기할 수 없었다. 뿌리치기엔 정말로 너무 큰 유혹이었다. 흑옥으로 만든 목걸이, 가을 단풍잎이 달린 챙 없는 모자, 은으로 만든 묵주를 들고 있는 중년 여인……. 오르탕스는 이 모험의 신비한 매력에 빠져 들었다. 그녀는 자신의 능력을 레닌에게 보여 줄 수 있는 기회라고까지 생각하게 되었다.

오르탕스가 웃으며 혼잣말을 했다.

「그래. 레닌 공작이 날 오라고 한 곳은 파리야. 위험한 곳은 파리에서 400킬로미터나 떨어져 있는 알랭그르 성뿐이라고!」

파리에 도착하니 저녁때가 되었다. 다음날 아침, 그녀는 흑옥 목걸이를 사서 알을 일흔다섯 개로 만들었다. 그리고 파란색 모직 원피스를 입고 갈색 나뭇잎이 달린 챙 없는 모자를 쓴 후 오후 4시 정각에 생테티엔뒤몽 성당으로 들어갔다.

가슴이 두근거렸다. 그녀 혼자 스스로 모험에 뛰어든 건 처음이었다. 그녀는 그동안 레닌을 피해 왔지만 슬슬 걱정이 되자 그가 옆에 있을 때 얼마나 큰 힘이 되는지 절실히 느끼고 있었다. 오르탕스는 어딘가에서 레닌이 자신을 지켜보고 있지는 않을까 하며 주위를 둘러보았다. 하지만 레닌의 모습은 보이지 않았다.

성수대 옆에는 검은 옷을 입은 중년 여인이 혼자 기도를 하고 있었다. 오르탕스는 여자에게 다가갔다. 은으로 만든 묵주를 들고 있던 여자는 오르탕스에게 성수를 내밀었다. 오르탕스가 목걸이를 건네주자 그녀가 알을 세고 나서 다시 건네며 속삭였다.

「일흔다섯 개 맞네요. 따라오세요」

그러고는 아무 말 없이 길을 따라 내려갔다. 오르탕스는 중년 여인을 따라 퐁 데 투르넬 다리를 지나 생루이 섬으로 갔다. 잠시 후 그들은 인적이 드문 거리를 지나 사거리에 있는 한 낡은 건물 앞에 멈춰 섰다. 건물에는 쇠창살로 된 발코니가 있었다.

「들어가세요」

중년 여인은 이 말을 한 뒤 가 버렸다.

오르탕스는 가게를 살펴보았다. 가게는 건물의 1층을 모두 차지하고 있었는데 외관이 꽤 멋있었다. 안에는 전깃불을 켜 놓아 유리창을 통해 가게 안이 훤히 들여다보였다. 가게 안에 쌓여 있는 고가구와 골동품들을 보며 오르탕스는 잠시 가만히 서 있었다. 간판에는 〈헤르메스〉라는 가게 이름과 〈팡카르디〉라는 주인 이름이 새겨져 있었다. 간판 위에는 벽이 약간 튀어나와 1층과 2층을 구분하는 경계를 만들었다. 그 돌출부에는 헤르메스 신의 모습을 본떠 만든 테라코타가 놓여 있었다. 발에는 날개가 달린 샌들을 신고 손에는 케리케이온이라는 지팡이를 든 채 한 발로 서 있는 모습의 상이었다. 오르탕스는 테라코타가 앞쪽으로 기울어 있음을 알아차렸다. 이 정도 기울면 균형을 잃어 바닥으로 떨어져야 정상인데 기이하게도 이 테라코타는 그대로 간판 위에 놓여 있었다.

오르탕스는 심호흡을 한 후 문 손잡이를 돌렸다. 문이 열리면서 벨소리가 났지만 아무도 나오는 사람이 없었다. 그러나 빈 가게 같지는 않았다. 가게 구석에 방이 하나 보였다. 그 방도 가구와 자잘한 물건들이 가득 차 있었다. 모두 값나가는 물건 같았다. 오르탕스는 여러 가구 사이를 비집고 들어가 계단을 찾아 올라갔다.

한 남자가 책상에 앉아 장부를 보고 있었다. 그는 고개도 들지 않고 말했다.

「어서 오세요. 마음껏 구경하세요」

그 방에는 올빼미 박제, 해골, 두개골, 구리로 만든 증류기, 천체 관측 기구 등 신기한 물건이 많아 마치 중세 시대에 살던 연금술사의 실험실에 들어온 듯했다. 벽에는 불운을 막는다는 의미를 가진 상아나 산호로 만든 장식품들이 걸려 있었다.

주인이 장부를 접고 일어서며 물었다.

「뭐 특별히 찾는 물건이 있습니까?」

〈바로 저 사람이야.〉

레닌의 말대로 그의 얼굴은 창백했다. 희끗희끗한 수염은 헝클어지고 앞이마가 벗겨져 얼굴이 길쭉해 보였다. 그의 작은 눈에선 쫓기는 사람처럼 어딘지 불안한 기색이 느껴졌다.

오르탕스가 코트를 벗지 않고 대답했다.

「브로치를 찾고 있는데요」

남자는 그녀를 옆방으로 안내했다.

「진열장에 있습니다」

오르탕스가 진열장을 훑어보며 말했다.

「아니오, 이런 것 말고……. 제가 찾고 있는 건 여기 없네요. 보통 브로치가 아니라 몇 년 전 보석 상자에서 잃어버렸던 물건이에요. 그걸 찾으러 왔어요」

그가 갑자기 불안해하자 오르탕스도 깜짝 놀랐다.

남자는 얼빠진 듯한 눈빛으로 물었다.

「여기서요……? 도대체 무슨 말씀을 하시는 건지……. 어떻게 생긴 거죠?」

「테두리는 금으로 되어 있고 홍옥수를 박아 넣은 거예요. 1830년이란 연도도 새겨져 있어요」

그가 더듬거리며 말했다.

「이해할 수가……, 없군요. 그런 걸 왜 여기서 찾는 거죠?」

오르탕스가 코트를 벗자 남자는 깜짝 놀라 뒷걸음질을 치며 말했다.

「파란색 모직 원피스……, 챙 없는 모자! 이럴 수가……, 혹옥 목걸이……!」

등나무 줄기로 만든 채찍을 꺼내자 그는 소스라치게 놀라며 손가락으로 오르탕스를 가리키더니 비틀거렸다. 그는 물에 빠진 사람처럼 손을 허우적거리다가 마침내 정신을 잃고 의자에 쓰러졌다.

오르탕스는 움직이지 않았다. 그가 무슨 연기를 하든지 신경 쓰지 말라던 레닌의 편지가 생각났다. 남자가 일부러 기절한 척하는 것 같진 않았지만 오르탕스는 마음을 침착하게 먹고 남자에게 무관심한 척하려 애썼다.

잠시 후 팡카르디가 정신을 차리고 이마에 맺힌 땀을 닦았다. 그러고는 떨리는 목소리로 말했다.

「저한테 그 얘기를 하는 이유가 뭡니까?」

「당신이 그 브로치를 갖고 있으니까요」

남자는 부인하지 않았다.

「어디서 그런 말을 들었죠? 그 사실을 어떻게 알았습니까?」

「누구한테 들은 게 아니에요. 여기서 그 물건을 찾을 수 있다고 생각해서 온 거예요」

「그럼, 제가 누군지 알고 있다는 얘깁니까? 제 이름도 아십니까?」

「몰라요. 가게 위에 붙어 있는 간판을 보기 전까지는 이름도 몰랐어요. 이제 내 물건을 돌려주세요」

그는 망설이고 있는 것 같았다. 그는 일어나 가구 사이를 오락가락하면서 계속 생각에 잠겨 있었다.

오르탕스는 그가 드디어 걸려들었다고 생각해 위협적인 태도로 강하게 밀어붙였다.

「내 물건 어디 있어요? 어서 가져와요. 물건을 가져오라니까요」

팡카르디에게는 절망적인 순간이었다. 그는 두 손을 모으고 애원하듯 혼잣말을 했다. 그러나 곧 모든 걸 포기한 듯이 말했다.

「뭘……, 원하는 겁니까?」

「물건이오……. 내가 받아야 할 물건……」

「네, 네……. 받아야 할 물건이라……. 알겠습니다」

오르탕스는 더 강하게 몰아붙였다.

「어디 있는지 어서 말해요!」

「말하겠습니다. 아니, 다 쓰겠습니다. 모든 비밀을 글로 쓰겠습니다. 그러면 되겠지요」

그는 책상으로 돌아가 종이를 꺼낸 뒤 몇 줄 적어 넣었다.

「자, 여기 있습니다. 모든 비밀이 이 안에 들어 있습니다. 저의 모든 비밀이……」

그는 말을 끝내기가 무섭게 종이 밑에 숨기고 있던 권총을 꺼내 자신의 관자놀이에 가져갔다. 오르탕스는 재빨리 그의 팔을 바깥으로 쳐 냈다. 그 순간 방아쇠가 당겨지면서 총알이 벽에 붙어 있던 큰 거울을 향해 날아갔다. 그러나 팡카르디는 총에 맞은 듯 주저앉아 신음소리를 내기 시작했다.

오르탕스는 냉정을 잃지 않으려고 애썼다. 레닌의 말이 떠올랐다. 〈레닌이 말했지. 저자가 연기를 하는 거라고. 봉투 밑에 권총을 숨기고 있었어. 이렇게 당하고 있을 순 없어.〉

그녀는 태연한 표정을 짓고 있었다. 하지만 속으로는 그가 정말 자살을 시도한 게 아닐까 생각하며 당황하고 있었다. 그녀는 갑자기 온몸에서 힘이 쭉 빠져나가는 걸 느꼈다. 그러나 바닥을 기고 있는 저 남자에게 이대로 질 수 없다고 생각하며 버텼다.

그러나 그녀는 얼마 견디지 못하고 털썩 주저앉고 말았다. 레닌이 얘기한 것처럼 싸움은 오래 걸리지 않았지만 결국 먼저 무릎을 꿇은 사람은 바로 오르탕스였다. 다 이겼다고 생각한 순간 갑자기 일어난 일 하나 때문에 모든 걸 망치고 말았다.

팡카르디는 그녀가 포기하리라는 사실을 미리 예상하고 있었는지 갑자기 벌떡 일어나며 외쳤다.

「손님에게 이러면 안 되겠지만, 어쨌든 자초지종을 들어 봐야겠군」

그는 가게 문을 열고 밖으로 나가 덧문을 내리고 오르탕스에게 되돌아왔다.

「하, 이젠 끝장이구나 생각했는데……. 하마터면 깜빡 속아 넘어갈 뻔했군. 나도 참 멍청하지! 하늘나라에서 내려온 저승사자인 줄 알았으니 말이야. 바보같이……, 잠깐이라도 돌려줄 생각을 했으니 말이야! 오르탕스, 난 당신의 이름을 알고 있어. 날 속이려거든 좀더 거칠고 저속한 표현을 썼어야지. 하지만 그럴 배짱이 없었겠지. 그게 당신 실수였어」

그는 오르탕스 옆으로 다가와 악의에 찬 얼굴로 말했다.

「말해 봐. 도대체 이런 짓을 꾸민 사람이 누구야? 당신은 아니지? 당신은 이런 일을 꾸밀 사람이 못 돼. 그렇다면 누구지? 나는 항상 정직하게 살아왔어. 단 한 번……, 그 브로치 문제만 빼고는……. 간신히 잊어버리고 있었는데 이제 와서 왜 갑자기 그 얘길 들춰내는 거지? 왜? 어서 말해 보라고!」

오르탕스는 더 이상 싸움을 계속할 힘이 없었다. 팡카르디는 잠시나마 두려움에 떨었던 게 억울했던지 분노에 가득 찬 눈으로 그녀를 위협하고 있었다.

「어서 말해. 난 알아야겠어. 적이 누군지 알아야 방어할 수 있을 거 아냐. 누가 시킨 짓이야? 누가 당신을 보낸 거야? 누가 시켰냐고? 내가 브로치 때문에 성공하니까 배가 아파서 그런 건가? 말해, 어서 말하란 말이야. 안 그러면 내가 말하도록 만들어 주지!」

오르탕스는 그가 권총을 집는 모습을 보고 두 팔을 내저으며 뒷걸음질쳤다.

이런 상황이 잠시 지속되자 오르탕스는 점점 더 두려워졌다. 공격을 당하는 것 자체가 두렵다기보다는 그의 험악한 얼굴을 계속 보고 있는 게 견딜 수가 없었다. 마침내 그녀가 소리를 질렀다. 팡카르디는 두 팔을 앞으로 내민 채 오르탕스의 머리 위를 노려보며 꼼짝도 하지 않고 서 있었다.

팡카르디가 물었다.

「넌 누구냐? 어떤 놈이야?」

오르탕스는 뒤를 돌아보지 않아도 자기 뒤에 레닌이 있음을 느낄 수 있었다. 팡카르디를 이처럼 놀라게 만들 수 있는 사람은 레닌뿐이었다. 뒤로 돌아보니 실제로 의자와 소파 사이에서 걸어 나오는 남자의 모습이 보였다.

레닌이 차분하게 앞으로 걸어 나왔다.

팡카르디가 다시 물었다.

「넌 누구냐? 어디서 나타난 놈이야?」

레닌이 천장을 가리키며 부드럽게 대답했다.

「위에서」

「위에서?」

「그렇습니다. 2층에서 내려왔죠. 세 달 전부터 세 들어 살고 있는 사람입니다. 시끄러운 소리가 나기에 내려와 보았죠. 살려 달라는 비명을 들었는데……」

「여긴 어떻게 들어왔소?」

「계단을 통해 내려왔죠」

「어떤 계단?」

「가게 구석에 있는 철제 계단입니다. 예전에 이곳 가게 주인이
2층에 살았는데 비밀 계단을 통해 들락거리는 모습을 본 적이 있
죠. 가게 문이 닫혀 있어서 그리로 들어왔습니다」

「무슨 권리로 여길 들어온 거요? 그렇다면 문을 부수고 들어왔
다는 거요?」

「위급한 상황에서 사람을 구하려고 부순 건데 뭐가 어떻단 말
입니까?」

「한 번 더 묻겠소. 당신은 누구요?」

레닌이 몸을 굽혀 오르탕스의 손에 입맞추며 말했다.

「레닌 공작이라고 합니다. 이분의 친구이기도 하고」

팡카르디는 화가 치밀어 올라 더듬거리며 말했다.

「아, 알겠군……! 그러니까 당신이 이런 음모를 꾸민 자로군…….
이 여자도 당신이 보낸 거지?」

「음모를 꾸민 건 팡카르디 당신입니다!」

「뭘 원하는 거요?」

「당신을 비난할 생각은 없습니다. 폭력은 쓰지 말고 말로 합시
다. 우리는 받아야 할 물건만 돌려받으면 되니까」

「뭘 받아야 한다는 겁니까?」

「브로치」

「난 모르는 물건이오」

팡카르디가 소리쳤다.

「그런 말 마십시오. 이미 다 알고 왔습니다」

「아무리 그래도 나는 모르오」

「그럼 당신 아내에게 물어보죠. 당신보단 당신 아내가 더 잘 알고 있을 테니……」

팡카르디도 불쑥 나타난 이 남자를 혼자 상대하기보다 부인이 함께 있는 게 도움이 되겠다고 생각한 모양이었다. 팡카르디는 탁자 옆에 붙어 있는 벨을 세 번 눌렀다.

레닌이 큰 소리로 말했다.

「잘하셨습니다. 참, 좋은 분이군요. 그러고 보니 아주 비양심적인 사람은 아닌 모양입니다. 이렇게 친절하게 대해 주시는 걸 보니……, 양처럼 순한 분 같군요! 하지만 양이라고 순하기만 한 건 아니죠. 양은 아주 고집이 센 동물이죠」

책상과 계단 사이에 쳐져 있던 커튼이 올라가자 그 뒤의 문이 열리고 한 여자가 나타났다. 서른 살쯤 되어 보이는 여자였다. 그녀는 수수한 차림에 앞치마를 두르고 있었는데 가게 여주인이라기보다는 요리사 같은 차림새였다. 얼굴 생김새는 꽤 호감이 갔다.

오르탕스는 가게 여주인이 예전에 자기 집에서 일하던 하녀임을 알아보고 깜짝 놀랐다.

「아니……, 뤼시엔? 팡카르디의 아내가 뤼시엔이었어?」

여자가 오르탕스를 바라보았다. 그녀는 오르탕스를 알아보고 당황하는 기색이 역력했다.

레닌이 뤼시엔에게 말했다.

「좀 복잡한 문제가 있어서 부인의 도움을 받으려고 합니다」

뤼시엔은 말없이 남편 옆으로 다가갔다. 매우 불안한 기색이었다.

뤼시엔은 자신을 바라보고 있는 남편에게 물었다.

「무슨 일이죠? 내가 뭘 어떻게 하면 되는 거예요? 복잡한 문제라뇨?」

팡카르디가 작은 소리로 대답했다.

「브로치, 브로치 얘길 하고 있는 거야」

팡카르디 부인은 금방 문제의 심각성을 깨달았다. 그녀는 시치미를 떼지도 않고 변명도 하지 않았다. 그녀는 한숨을 쉬며 의자에 주저앉았다.

「그렇군요……, 그래요. 오르탕스 아가씨가 브로치를 찾으러 온 거군요. 아! 우린 이제 끝장이에요!」

잠시 침묵이 흘렀다. 팡카르디 부부 사이에 잠시 다툼이 일었다. 이들은 승리자에게 관용을 기대할 수도 없다는 듯 패배자의 절망감에 가득 차 있었다. 팡카르디 부인은 꼼짝도 하지 않고 서서 시선을 한곳에 고정시키고 있다가 갑자기 눈물을 흘리기 시작했다.

레닌이 팡카르디 부인에게 말했다.

「자초지종을 얘기해 주시겠습니까? 그래야 문제를 해결할 수 있죠. 그냥 얘기만 해 주시면 됩니다. 아니면 제가 대신 말씀드릴까요?

때는 9년 전으로 거슬러 올라갑니다. 팡카르디 부인께서는 오르탕스 부인의 집에서 일하고 있을 때 처음 팡카르디를 만났죠. 두 사람은 모두 코르시카 출신이었습니다. 코르시카 사람들은 원래 미신을 잘 믿는 습성이 있죠. 이들은 행운과 불행, 저주, 마법, 주술 따위가 인간의 삶에 큰 영향을 미친다고 믿고 있습니다. 그래서 부인은 오르탕스가 지니고 있던 브로치가 행운을 가져다 준다는 말을 듣고 팡카르디의 꾐에 넘어가 물건을 훔쳤던 겁니다. 6개월 후 두 사람은 결혼식을 올렸죠. 일시적인 충동 때문에 오르탕스의 물건을 훔친 일만 제외하면 당신들 두 사람은 정직하게 살았습니다.

팡카르디 부부는 브로치를 손에 넣은 뒤 크게 성공했습니다. 골동품 상점으로는 제일가는 가게를 만들어 놓았으니까요. 두 사람은 이 가게가 그 브로치 때문에 잘되는 거라고 믿었습니다. 그러니 그 물건이 없으면 파산해서 돈을 다 날린다고 생각하고 있죠. 그 브로치를 부적처럼 생각하는 겁니다. 가게를 지켜 주고 번성하게 해 주는 〈성주〉 말입니다. 다시 한번 말하지만 당신들은 그 브로치 사건만 제외하고는 정말 성실한 사람들이었습니다」

레닌은 잠시 숨을 돌리고 나서 다시 말을 계속했다.

「전 두 달 전부터 이 가게를 샅샅이 조사해 왔습니다. 당신들의 거주지를 추적하여 위층에 세를 얻어 놓은 상태였으니 비밀 계단을 통해 들락거리는 건 식은 죽 먹기였죠. 하지만 아직 사건이 해결된 게 아니니 지난 두 달간 제가 기울였던 노력은 모두 허사로 돌아갔다고 할 수도 있습니다. 하여튼 전 이 가게를 이 잡듯 샅샅이 뒤졌습니다. 이곳에 있는 가구 하나하나, 마룻바닥에 있는 판자 하나하나까지 모두 살펴보았습니다. 하지만 다 소용없었죠. 그런데 어느 날, 당신이 책상 속 깊숙이 숨겨 놓은 작은 일기장을 발견했습니다. 당신은 그곳에 모든 걸 적어 놓았더군요. 양심의 가책, 불안, 벌을 받지나 않을까 하는 두려움, 신의 분노에 대한 두려움을 말입니다. 팡카르디! 그게 당신이 저지른 결정적인 실수입니다. 보통 사람들은 그런 비밀을 글로 남기지 않죠. 더군다나 그렇게 아무데나 적어 두진 않습니다. 어쨌든 그 일기장을 읽어 보다가 재미있는 계획이 머릿속에 떠올랐습니다. 오르탕스가 어떻게 해야 그에게 겁을 줄 수 있는지 알 수 있었으니까요.

〈그 물건 주인이 나타난다면……, 뤼시엔이 장식을 훔치는 동안 정원에서 보았던 여자가 나타난다면……, 그녀가 그날처럼 파란색 모직 원피스를 입고 갈색 나뭇잎이 달린 챙 없는 모자를 쓰고 흑옥 목걸이에 채찍까지 들고 나타난다면……, 그리고 내게 훔쳐 간 물건을 내놓으라고 말한다면……, 그녀는 하늘의 계시를 받은 게 틀림없다. 그럼 난 하늘의 명령에 따라야 할 것이다.〉

오르탕스는 제가 시킨 대로 그런 모습을 하고 나타난 겁니다. 오르탕스가 조금만 더 침착했더라면 성공할 수 있었겠죠. 하지만 팡카르디는 오르탕스가 하늘의 뜻을 받아 온 게 아니라는 사실을, 단지 속임수에 지나지 않는 일이라는 사실을 알아차렸습니다. 그리고 죽은 척하는 바람에 결국 우리의 계획이 실패로 돌아가고 만 거죠. 그래서 제가 끼어들게 된 겁니다. 자, 이제 오르탕스의 브로치를 내놓으십시오」

「전 그런 물건을 가지고 있지 않습니다」

팡카르디는 무조건 모른다고 잡아뗐다. 그의 부인도 마찬가지였다.

「좋습니다. 계속 이렇게 나온다면 어쩔 수가 없군요. 팡카르디 부인, 부인께는 일곱 살 난 아들이 하나 있죠. 오늘이 목요일이니……, 아이가 고모 집에 갔다가 혼자 돌아오는 날이군요. 그 아이는 납치될 겁니다. 제가 친구 두 명에게 일러두었습니다」

팡카르디 부인이 당황하기 시작했다.

「아이에게 무슨 죄가 있어요! 제발 아이는 살려 주세요. 제

270

발……! 전 정말 아무것도 몰라요. 남편도 절 믿지 않는다고요」

「또 하나, 오늘 저녁에 모든 사실을 경찰에 신고할 겁니다. 장부에 적혀 있는 내용도 증거로 제출할 겁니다. 경찰이 가게와 집을 샅샅이 수색하겠죠」

그래도 팡카르디는 아무 말도 하지 않았다. 그에게는 위협도 소용없는 것 같았다. 팡카르디는 그 브로치가 정말로 자신을 보호해 준다고 믿는 모양이었다.

뤼시엔이 레닌의 발 앞에 무릎을 꿇고 빌었다.

「안 됩니다. 제발……, 그럼 전 감옥에 가게 돼요. 제 아들도……. 제발, 살려 주세요!」

오르탕스는 애처롭다는 생각이 들어 레닌을 한쪽으로 부른 다음 조용히 말했다.

「너무 안됐잖아요! 제가 잘 설득해 볼게요」

「괜찮습니다. 아이에게는 아무 일도 없을 겁니다」

「하지만 당신 친구들이……」

「그냥 해 본 말입니다」

「경찰 얘기는요?」

「그것도 마찬가지고요」

「도대체 어떻게 하려고……?」

「정신을 차리도록 혼을 내줄 겁니다. 그래야 비밀을 털어놓지 않겠습니까? 이미 써 볼 방법은 다 썼으니 이 방법밖에는 없습니다. 그래야 털어놓을 겁니다. 당신도 이제까지 여러 사건을 겪으면서 많이 봤지 않습니까?」

「하지만 끝까지 말을 하지 않으면요?」

레닌이 낮은 목소리로 말했다.

「말할 수밖에 없을 겁니다. 서둘러야 해요. 시간이 없습니다」

레닌과 오르탕스의 눈이 마주쳤다. 레닌은 여덟 번째 모험을 끝내야 할 시간이 얼마 남지 않았다고 말하고 있었다. 그의 목적은 오로지 시계 종이 여덟 번 울리기 전에 이 모험을 끝내는 것이었다.

레닌이 팡카르디 부부를 보며 말했다.

「위험을 무릅쓰면서도 브로치를 내놓지 않겠다는 겁니까? 아들이 납치되고……, 감옥에 가면서도 브로치를 돌려주지 않으려는 거냐고요? 당신이 범죄 사실을 고백한 글이 있으니 구속되는 건 시간문제입니다. 제가 제안을 하나 하겠습니다. 브로치를 제게 넘겨준다면 2만 프랑을 드리겠습니다. 그 브로치는 사실 60프랑 정도의 가치밖에는 되지 않습니다」

부부는 아무 대답이 없었다. 팡카르디 부인은 울고 있었다.

레닌이 잠시 후 다시 제안을 했다.

「그럼 2만 프랑의 두 배를 드리죠……. 아니, 세 배……. 젠장, 정말 끈질기군. 팡카르디, 당신 참 어리석군요. 제가 원하는 만큼 돈을 주겠다고 하지 않습니까? 좋아요. 그럼 10만 프랑으로 하죠」

레닌은 그들이 이제 브로치를 넘겨줄 거라고 확신하는 듯 손바닥을 펴서 앞으로 내밀었다.

팡카르디 부인이 먼저 포기하고 남편에게 말했다.

「어서 말해요! 말하라고요! 어디에 숨겨 놓은 거예요? 여보! 고집 부리지 마요. 그럼 우린 끝장이라고요. 아이는 어떡해요? 제발……, 말해요!」

「레닌, 이건 미친 짓이에요. 브로치는 그만 한 값어치가 없다

272

고요」

오르탕스가 속삭였다.

「걱정 마요. 제 제안을 받아들이지 않을 테니까요. 저 모습 좀
보십시오. 얼마나 떨고 있는지……, 제가 생각했던 대로군요. 정
말 우습군……. 얼이 빠져 말도 못 하고 있잖습니까! 그러면서도
계속 머리를 굴리며 좋은 방법이 없을까 궁리하고 있는 겁니다!
잘 보세요. 그 하찮은 물건에 10만 프랑을 준다니 머릿속으로 주
판을 굴리고 있다고요. 싫다고 하면 감옥에 갈 것 같고 물건은 건
네주기 싫고……. 그러니 혼란스럽겠죠!」

팡카르디의 얼굴이 어두워졌다. 그는 입술을 덜덜 떨며 침까지
흘리고 있었다. 욕망과 두려움 사이에서 갈등하느라 혼란스러운
모양이었다.

팡카르디가 큰 소리로 말했다.

「10만 프랑? 20만? 50만? 100만? 수백만 프랑이 있으면 뭐 하겠
소? 결국 다 날아갈 텐데……, 다 사라지고 말 텐데 말이오. 운이
있어야지. 운이 없으면 모두 다 날아가고 만다니까. 행운의 여신
은 내 편이 아니면 내 반대편에 서고 말 텐데 말이야. 지난 9년간
행운은 내 편이었소. 행운의 여신은 날 배신한 적이 없지. 그런데
나보고 그 브로치를 내놓으라고? 뭣 때문에? 두려움 때문에? 감옥
가는 게 무서워서? 아들 때문에? 행운의 여신이 날 지켜 주는 한
나한테는 어떤 불행도 닥치지 않을 거요. 그 브로치가 바로 내 하
인이자 다정한 친구지. 브로치에 행운이 달려 있으니까. 어떻게
그런 일이 있을 수 있냐고? 나도 잘은 모르지……. 하지만 아마도
홍옥수 때문일 거야. 돌 속에 황이나 금이 들어 있는 것과 마찬가
지로 행운이 들어 있는 마법의 돌도 있는 거겠지」

레닌은 그의 눈을 뚫어지게 바라보며 그가 하는 말 한마디, 목소리의 미세한 떨림 하나까지 놓치지 않으려고 애를 썼다. 팡카르디는 신경질적으로 웃음을 터뜨렸다. 하지만 다시 자신감을 회복한 모양이었다.

팡카르디가 레닌에게 다가왔다. 그는 무언가를 결심한 듯 단호하게 말했다.

「수백만 프랑을 준다고 해도 그 브로치는 돌려주지 않을 거요. 그 브로치는 그보다 몇 배는 더 큰 가치를 지니고 있으니까. 당신들이 브로치를 다시 빼앗아 가려고 애쓰는 것만 봐도 그래. 몇 달 동안 뒤졌지만 찾지 못했다고? 당신이 그렇게 가게를 뒤지고 다녔다고 털어놓았지만 난 전혀 눈치 채지 못했소. 그러니 날 방어하기 위해 애쓸 필요도 없었지. 당신이 그 난리를 치며 브로치를 찾으려고 노력해도 내가 전혀 몰랐던 건……, 브로치에 있는 보석이 날 보호해 주고 있었기 때문이오. 이 말은 바로 행운의 보석이 당신들을 원치 않는다는 뜻이지. 그러니 앞으로도 절대 찾을 수 없을 거요. 그 보석도 이곳에 남고 싶어하는 거지. 보석을 가질 수 있는 사람도 따로 정해져 있는 거고. 그게 바로 팡카르디라고! 이미 세상이 다 알고 있지! 다시 한번 말하지! 행운의 보석은 내 거야! 행운의 신 헤르메스를 가질 만큼 용기가 있는 자는 바로 나뿐이지. 헤르메스가 나를 보호해 주고 있어! 내 가게에는 헤르메스 상이 많지. 저기 선반 위를 보쇼! 정문 위의 선반에도 헤르메스 상이 잔뜩 있지 않아. 깨진 것도 있지만 모두 유명한 조각가들의 작품이란 말이야. 당신도 갖고 싶다면 하나 주지. 그러면 당신도 일이 잘 풀릴 거야. 당신의 패배를 기념하는 의미에서 팡카르디가 선물로 하나 주지. 마음에 들지는 모르겠지만 말이야」

팡카르디는 선반 아래에 받침대를 놓고 올라가 작은 헤르메스 상을 하나 꺼내 레닌에게 내밀었다. 자신의 반응에 적이 당황했다고 생각하자 그는 더욱 신이 나서 웃었다.

「잘됐군! 이제 수긍하는 모양이지? 여보, 이제 걱정하지 마. 아이도 돌아올 테고 우리가 감옥에 갈 일도 없을 거야! 오르탕스, 당신도 잘 가시오! 선생도 잘 가시고! 다음에 봅시다! 할 말이 남아 있으면 우리 집 천장이나 〈쾅쾅쾅〉 하고 치시구려! 잘 가시오……, 내 선물도 잊지 말고 가져가고……」

팡카르디는 레닌과 오르탕스를 계단 끝에 있는 작은 문을 향해 떠밀었다. 이상하게도 레닌은 아무런 저항도 하지 않고 팡카르디의 손에 떠밀려 계단으로 갔다.

레닌은 엄마에게 벌을 받는 아이처럼 그가 시키는 대로 고분고분 따랐다.

레닌이 팡카르디에게 브로치를 사겠다는 제안을 할 때부터 팡카르디가 헤르메스 상을 주며 이들을 내쫓을 때까지는 채 5분도 걸리지 않았다.

레닌과 오르탕스는 2층에 있는 레닌의 집으로 올라갔다. 레닌이 세든 곳은 길 쪽으로 창문이 나 있고 방 하나에 부엌 하나, 화장실 하나가 딸린 아담한 공간이었다. 부엌에는 두 사람을 위한 식탁이 차려져 있었다.

레닌이 응접실로 통하는 문을 열어 주며 말했다.

「미안합니다. 볼일이 있어서 잠깐 자리를 비워야겠습니다. 잠시 기다려 주십시오. 오늘 저녁에는 당신을 만나 꼭 함께 저녁 식사를 해야 한다고 생각했습니다. 제 마지막 성의이니 거절하지 마십시오」

오르탕스는 거절하지 않았다. 그녀는 아직 계약 기간이 끝난 것도 아니므로 저녁 식사 정도야 부담 없이 함께할 수 있다고 생각했다. 그러나 지금까지 모험을 함께하며 지켜봤던 레닌의 활약상과 달리 이번 사건은 너무 흐지부지 끝난 듯해 의아스러웠다.

레닌이 하인에게 지시를 내리기 위해 잠시 방을 비웠다. 2분쯤 후에 그가 다시 돌아왔다. 오후 7시가 조금 지난 시각이었다.

식탁 위에는 꽃이 놓여 있었다. 하지만 오르탕스는 꽃보다 팡카르디가 준 헤르메스 상에 더욱 눈길이 끌렸다.

레닌이 말했다.

「행운의 신이 우리 식사를 지켜보고 있군요」

그는 무척 즐거운 표정이었다. 오르탕스와 마주앉아 있으니 즐거운 모양이었다.

레닌이 큰 소리로 말했다.

「아! 정말 이렇게까지 해야 했습니까? 절 만나지도 않겠다고 하고……, 편지도 보내지 않고……, 정말 당신은 너무 잔인하군요. 제가 얼마나 힘들었는지 모를 겁니다. 그래서 이런 방법을 썼던 거죠. 미끼였다고나 할까……. 제 편지에 당신이 넘어간 셈입니다. 등나무 줄기 세 가닥으로 만든 채찍……, 파란색 모직 원피스……. 이런 모험에 어떻게 끌려들지 않을 수가 있겠습니까! 여기에 제가 신비로운 요소들을 덧붙였던 겁니다. 일흔다섯 개의 흑옥으로 만든 목걸이……, 은으로 된 묵주를 가진 중년 여인……. 받아들이지 않을 수가 없었을 겁니다. 그렇다고 화내지는 마십시오. 이건 모두 오늘 꼭 당신을 보고 싶었기 때문에 꾸민 일이니까요. 어쨌든 와 줘서 정말 고맙습니다」

곧이어 그는 브로치를 추적한 과정을 설명했다.

「잃어버린 브로치를 찾아 달라는 조건을 내걸긴 했지만 당신은 제가 그 브로치를 찾지 못할 거라 생각했죠? 그게 당신의 실수였습니다. 처음부터 전 브로치 찾는 일이 아주 쉬울 거라고 생각했습니다. 그 브로치에 달린 신비한 보석 때문에 일어난 일이라고 생각했으니까요. 그래서 당신 주변에 있던 사람들, 특히 하인들에 대해 조사를 해 보았죠. 그중에서 특별히 관심이 가는 사람은 코르시카 출신의 뤼시엔이었습니다. 그래서 뤼시엔의 주변에서부터 수사를 시작했죠. 그 다음부터는 사건의 연결 고리를 따라가기만 하면 되었던 겁니다」

오르탕스가 놀라서 쳐다보았다.

〈팡카르디에게 이미 졌는데도 자신이 사건을 풀기라도 한 것처럼 아무렇지도 않게 얘기하다니……, 도대체 어떻게 된 거지?〉

오르탕스는 실망스러웠다. 그리고 그에게 놀림당하는 것 같은 기분이 들어 언짢기도 했다. 그녀는 이런 마음을 겉으로 드러내지 않으려 노력했으나 자신도 모르게 그에 대한 실망과 언짢은 마음이 말투에 묻어 나왔다.

「물론 연결 고리가 있긴 하죠. 하지만 잃어버린 물건을 찾지 못했으니 그 연결 고리는 끊어진 거 아닌가요?」

오르탕스는 질책하듯이 말했다. 그녀는 레닌의 실패에 익숙하지 않았다. 게다가 그녀는 그가 팡카르디의 반격에 속수무책으로 당하고만 있었다는 사실에 화가 났다. 이제 그에게는 아무런 기대도 할 수 없을 것만 같았다.

레닌은 아무 대답 없이 잔에 샴페인을 가득 따랐다. 그리고 천천히 잔을 비우며 헤르메스 상을 바라보고 있었다.

레닌은 곧 헤르메스 상의 받침을 천천히 돌려 보며 자신이 예술품 감정가나 되는 것처럼 말했다.

「이 조화로운 선을 보십시오! 색도 아주 뛰어나지 않습니까? 전체적인 모양과 완벽하게 조화를 이루고 있습니다. 이것 좀 보십시오. 팡카르디의 말이 맞습니다. 유명한 예술가의 작품이죠. 다리가 쭉 뻗어 있고 근육이 멋있지 않습니까? 전체적으로 가볍고 날쌘 인상을 줍니다. 참 훌륭한 작품이군요. 그런데 잘 보이진 않지만 한 가지 흠이 있습니다」

오르탕스가 말했다.

「맞아요. 간판 위에 있는 상을 보았을 때도 그런 느낌이 들었어요. 뭔가 균형이 잡히지 않은 듯했어요. 상체를 받치고 있는 다리가 너무 앞으로 나와 있잖아요. 금방 쓰러지기라도 할 것 같아요」

「그런 것까지 알아채긴 쉽지 않은데 정말 잘 보셨습니다. 무게중심이 한쪽으로 치우친 느낌이 듭니다. 머리 하나 정도는 더 앞으로 나간 것 같습니다」

레닌은 잠시 말을 끊었다가 다시 입을 열었다.

「전 처음 본 순간 알아차렸습니다. 처음에는 미의 규칙을 깨는 이 작품을 보고 충격을 받았습니다. 그래서 예술과 자연의 법칙은 같지 않을 수도 있다는 생각이 들었죠. 하지만 거기에는 다 이유가 있었던 겁니다」

오르탕스는 그가 무슨 말을 하는지 이해가 가질 않았다. 그는 뭔가 숨기고 있는 것 같았다.

「무슨 말이에요?」

「아, 아무것도 아닙니다. 단지 헤르메스 간판 위의 상이 앞으

278

로 쓰러지지 않는 이유를 왜 좀더 빨리 깨닫지 못했을까 하는 아쉬움이 생겨서요」

「그 이유란 건 뭔데요?」

「이유요? 처음엔 팡카르디가 헤르메스 상을 설치하다가 균형을 잘못 잡은 게 아닐까 생각했는데, 그건 아니었습니다. 헤르메스의 상 뒷부분에 잘못된 균형을 바로잡아 주는 뭔가가 있었던 거죠. 그래서 상이 넘어지지 않았던 겁니다」

「그 안에 뭐가 있다고요?」

「그렇습니다. 테라코타를 벽에 고정시켜 놓은 건 아니었을까 하는 생각이 들었죠. 그런데 팡카르디가 사다리를 놓고 테라코타를 닦는 걸 보면서 확실히 알게 되었습니다. 단 한 가지 추측만이 가능했습니다. 균형을 잡아 주는 물건이 있었던 겁니다」

오르탕스가 놀란 표정을 지었다. 그녀도 이제 어렴풋이 눈치챈 모양이었다.

「균형을 잡아 주는 물건이라면……, 그 물건이 들어 있다는 건가요? 받침대 안에?」

「그럴 수도 있지 않겠습니까?」

「그게 가능한 얘기예요? 하지만 그게 사실이라면 팡카르디가 헤르메스 상을 우리에게 주지 않았겠죠!」

「이 테라코타는 그가 준 게 아닙니다. 제가 직접 가져온 거죠」

「어디서요? 언제요?」

「방금 전에 당신을 잠시 기다리게 하고 가져온 겁니다. 옆 창문으로 나가서 간판 위에 있는 헤르메스 상을 팡카르디가 준 것과 바꿔 가지고 왔죠」

「팡카르디가 준 테라코타는 앞으로 기울지 않던가요?」

「아니요. 간판 위에 있는 테라코타만 희한하게 그런 겁니다. 팡카르디는 예술가가 아니기 때문에 눈으로 봐서는 헤르메스 상의 균형 상태에 대해 눈치 채지 못할 겁니다. 그는 행운의 여신이 여전히 자기를 지켜 주고 있다고 믿겠죠. 어쨌든 간판 위에 있던 헤르메스 상은 이제 우리 손에 있습니다. 헤르메스 상을 지탱하고 있는 이 받침대 뒤를 보세요. 납땜이 되어 있지요? 이 안에 당신이 잃어버린 브로치가 들어 있을 겁니다. 받침대를 깰까요?」

「아니……, 아니에요. 그럴 필요……, 없어요」

오르탕스의 목소리는 낮고 힘이 없었다.

레닌의 직관력과 그가 사건을 풀어 가는 치밀하고 노련한 솜씨는 오르탕스에게 아직도 수수께끼였다. 이제 그녀는 레닌이 여덟 번째 모험 역시 성공적으로 마무리했다는 사실을 인정할 수밖에 없었다.

약속한 시간까지는 아직 여유가 있었다. 짓궂게도 레닌은 그 사실을 강조해서 말했다.

「지금이……, 8시 15분 전이군요」

둘 사이에 무거운 침묵이 흘렀다. 이들은 어색한 분위기 속에서 머뭇거리며 가만히 있었다. 레닌이 농담을 꺼냈다.

「그 잘난 팡카르디가 자기 입으로 정보를 준 거죠. 전 그가 하는 말 한마디한마디를 주의 깊게 들었습니다. 그래서 결국 알아낼 수 있었죠. 불을 붙이라고 손에 성냥을 쥐어 준 거나 다름없었어요. 전 스쳐 가는 단서를 놓치지 않고 붙잡았습니다. 그의 말을 들으며 홍옥수, 행운, 헤르메스 상 사이에는 어떤 필연적인 관계가 있다는 생각이 들었습니다. 그것으로 충분했죠. 그래서 이 세 가지를 연관지어 생각하다 보니, 그가 홍옥수 브로치를 헤르메스 테라코타에 숨겨 두고 있을 거라고 확신하게 된 겁니다. 간판 위에 놓인 헤르메스 상과 그 불안정한 자세……」

레닌이 갑자기 말을 끊었다. 그의 말은 허공을 맴돌고 있었다. 오르탕스는 턱을 괴고 벽 뒤편에 어떤 한 지점을 바라보듯 멍하니 앉아 있었다.

오르탕스는 레닌의 말을 전혀 듣고 있지 않았다. 그녀는 이 사건의 결말과 레닌이 사건을 풀기 위해 사용한 방법 따위에는 전혀 관심이 없어 보였다. 단지 지난 3개월간 그와 함께 해결했던 여러 가지 복잡한 사건, 그가 보여 준 헌신적인 노력, 매 사건의 마지막에 언제나 보여 줬던 놀라운 결말에 대해서만 생각하고 있었다. 그가 지금까지 보여 준 행동, 호의, 그가 구해 낸 사람들, 그가 치유해 준 고통, 그가 되찾아 준 건강……. 이런 장면이 마치 마법의 그림처럼 그녀의 머릿속을 스쳐 가고 있었다. 레닌에게 불가능이란 없는 것 같았다. 그는 자신이 시작한 일은 꼭 끝내고야 마는 사람이었다. 목표를 정해 놓으면 끝까지 도달하는 사람이었다. 자신의 능력에 대항할 수 있는 것은 아무것도 없다는 걸 알고 차분하게 일을 처리하는 사람이었다.

〈저런 사람한테 빠져 들지 않으려면 어떻게 해야 할까? 저 사람한테 빠져 들면 안 되는 이유라도 있는 걸까? 만약 그렇게 해야 한다면 어떤 방법으로? 저 사람이 나를 원하면서도 방법을 몰라 망설이고 있는 거라면? 저 사람에게는 그 어떤 모험보다도 내 사랑을 쟁취하는 일이 가장 어려운 일이라면? 아무리 멀리 도망쳐 넓은 세상 속에 숨어 지낸다 해도 그가 찾아내지 못할 곳이 어디 있단 말인가?〉

처음에 레닌이 얘기했던 대로 결말은 뻔한 상황으로 흐르고 있었다. 하지만 오르탕스는 아직도 자신을 보호할 방패막이를 찾고 있었다.

〈물론 나는 약속대로 여덟 가지 모험도 모두 마쳤고, 그도 시계 종이 여덟 번 울리기 전에 홍옥수 브로치를 찾아 주었다. 하지만 우리는 알랭그르 성에서 울리는 시계 종을 두고 약속한 것이니까……, 8시가 되어 시계 종이 울리더라도……, 그 종소리는 우리의 약속과는 상관없어.〉

이들이 처음 계약을 맺던 날, 레닌은 오르탕스의 입술을 바라보며 이렇게 말했다.

〈만약 우리가 약속한 여덟 번의 모험을 끝까지 함께하게 된다면 세 달 후, 12월 5일에 시계 종이 여덟 번 울릴 때……, 물론 그날도 시계 종은 반드시 울리겠죠. 이제 낡은 구리 추의 움직임을 방해할 만한 건 아무것도 없으니까요. 그러니까……, 시계 종이 울리면 제가 원하는 걸…….〉

그녀가 고개를 들고 레닌을 바라보았다. 레닌도 진지한 표정으로 그녀를 바라보고 있었다.

그녀는 준비해 두었던 말을 하려고 했다.

〈당신도 알겠지만……, 알랭그르 성의 시계를 두고 약속한 일이 있죠? 모든 조건이 갖춰졌으니 이제 그것만 남았네요. 시계 종이 울리면 전 자유예요. 약속이니까 지켜야죠. 그리고 약속은 당신이 먼저 한 거니까……, 어쨌든 전 이제 자유예요. 가책 따윈 느낄 필요도 없겠죠?〉

하지만 그녀는 그 말을 꺼내지 못했다. 바로 그 순간, 등 뒤에서 찰카닥 소리가 나더니 시계 종이 울리려 했다.

첫 번째 종소리가 울렸다. 그리고 두 번째, 세 번째…….

오르탕스는 희미하게 신음소리를 냈다. 그 소리는 3개월 전 버려진 성에서 침묵을 깨고 마술처럼 울려 퍼졌던 알랭그르 성의 종소리……, 이들에게 모험의 길을 열어 준 바로 그 종소리였다.

오르탕스는 숫자를 세었다. 시계 종은 여덟 번 울렸다.

그녀는 손으로 얼굴을 감싸고 중얼거렸다.

「아! 저 시계……, 알랭그르 성의 시계……. 그 시계 소리가 분명해요……. 그곳에 있던 시계……, 기억 나요」

오르탕스는 더 이상 아무 말도 할 수 없었다. 레닌의 시선이 느껴졌다. 온몸에서 힘이 빠지는 것 같았다. 하지만 조금도 저항할 수 없었다. 그리고 저항할 마음도 없었다.

여덟 개의 사건은 모두 끝났지만 새로 시작해야 할 모험이 남아 있었다. 그 모험에 대한 기대 때문에 지나간 일에 대한 기억은 모두 사라져 버린 것 같았다. 그건 바로 가장 민감하고 격정적이며 짜릿한 사랑의 모험이었다. 그를 사랑하고 있기에 앞으로의 일들을 생각하며 행복을 느끼고 있는 그녀는 운명을 받아들이기로 했다.

오르탕스는 사랑하는 사람이 홍옥수 브로치를 찾아 준 바로 그 순간부터 자신의 삶에 다시 행복이 찾아 들었다는 생각에 자기도 모르게 미소를 지었다.

다시 한번 시계 종이 울렸다.

오르탕스는 레닌의 눈을 바라보았다. 그녀는 다시 잠깐 동안 망설였다. 하지만 여덟 번째 종이 울리는 바로 그 순간, 이미 사랑의 포로가 된 그녀는 조금도 저항할 수 없었다. 오르탕스는 레닌에게 몸을 맡기고 입술을 내밀었다…….

옮긴이 | 양진성

한국외국어대 통번역 대학원 한불과 재학 중

아르센 뤼팽 전집 13

시계 종이 여덟 번 울릴 때

1판 1쇄 펴냄 2003년 3월 18일
1판 6쇄 펴냄 2014년 7월 31일

지은이 | 모리스 르블랑
옮긴이 | 양진성
발행인 | 김세희
펴낸곳 | 황금가지

출판등록 | 2009. 10. 8 (제2009-000273호)
주소 | 135-887 서울 강남구 신사동 506 강남출판문화센터 5층
전화 | **영업부** 515-2000 **편집부** 3446-8774 **팩시밀리** 515-2007
홈페이지 | www.goldenbough.co.kr

© 황금가지, 2003. Printed in Seoul, Korea

ISBN 978-89-8273-430-4 04860 (13권)
ISBN 978-89-8273-417-5 (set)

㈜민음인은 민음사 출판 그룹의 자회사입니다.
황금가지는 ㈜민음인의 픽션 전문 출간 브랜드입니다.